乳母の文化史

中田元子
Motoko Nakada

人文書院

乳母の文化史　目次

乳母の文化史——一九世紀イギリス社会に関する一考察

序章　乳母（ウエットナース）という不可解な存在

本書は、一九世紀イギリスにおける乳母という存在をとりあげ、その実態を探るとともに、医学的言説、文学作品などにおける乳母表象を分析し、授乳の文化性を明らかにすることを目的とする。

乳母とは

一枚の絵から始めよう（図1）。授乳中の母親とその子を描いた絵とみえる。母親は穏やかな表情で赤ん坊を見守りながら授乳中。丸々とした赤ん坊は母親の胸に手をあてがい、母親を見つめながら乳首に吸い付いている。いわゆる母性愛を、授乳という行為を描くことによって象徴的に表した絵とみなすことができる。しかし、次にこの絵のタイトルに目をやると、そこに記されているのは《乳母（ウエットナース）》という意外な言葉。乳児を育てる方法としては、生みの母による授乳と、粉ミルクによる哺育しか知らない現代人にとって、予想もつかなかった表題である。

とはいえ、私たちが「乳母」という言葉や存在を知らないわけではない。日本でもかつては皇族、

図1　クレトフォンテ・プレティ《乳母》1865年

貴族、武家や裕福な家で雇われており、天皇家や将軍家の乳母となると権力をもつ存在であったことを知っている。[1] また文学作品でも、乳母や乳兄弟と養い子とのあいだに強い絆が築かれているのに出会う。[2] しかしそれらの乳母は、冒頭の絵の「乳母」の姿とはうまく重ならない。考えてみると、私たちが「乳母」の名で知っている存在からは、絵のほうで中心となっている授乳という行為がすっぽり抜け落ちているのである。

「乳母」の文字を見れば、乳母が授乳する存在であることは忘れようのないことのはずだが、日本語の「乳母」は乳汁を分泌する乳母と、自らの乳房からの授乳はしない育児係の両方を表す。元々は文字通り乳を与える者を乳母と呼んだに違いないのだが、授乳が必要なくなったあと子どもの世話係として残った者も引き続き乳母と呼ばれ、その後、最初からまったく授乳はしない世話係も乳母と呼ばれるようになったということだろう。[3] さらには、中世日本では男性が務める乳母職もあったという。[4] こうなると、もはや授乳という身体的行為とはまったく結びついていない。また、たとえ実際に授乳した乳母であったとしても、私たちが史実や物語で知っている乳母たちは授乳行為によって記憶されてはいない。言葉と、言葉がまぎれもなく示していることとの結びつきは忘れ去られているのである。このことが、乳母という表題の絵に文字通り授乳中の女性が描かれていることに当惑する一つの原因になっていると考えられる。本書では授乳する乳母に限定して考えることをまず確認しておきたい[5]。

『オックスフォード英語辞典』第二版によれば、乳母（ウエットナース）は「雇われて他の女の子どもに授乳し育てる女」と定義されている。この定義に曖昧な点はない。しかし現代に生きる私たちにとってはその定義自体が疑問を生むものとなる。冒頭の絵に描かれている女性は乳母で、金銭と引き換えに他人の子に授乳しているという。それならこの女性の子はどこでどうしているのだろうか。そもそも乳は出産したからこそ分泌されるものであり、それは生まれ出た子に与えられてしかるべきものだろうに。自分が当然得られるはずの乳を別の子に奪われて、乳母の子はちゃんと生き延びているのだろうか。この絵の画面外にいるだけで母の乳をもらえるのか、それともどこか別の場所に預けられているのか。もし別の場所に移されているならそこではだれがどうやって育てているのだろうか。女性の衣服や室内の様子は質素だ。雇われて報酬をもらうという金銭の流れからいっても乳母のほうが貧しい。したがってここは乳母の家だろう。すると、ここに描かれている赤ん坊は生家を離れているということになる。それなら赤ん坊の生母はいったいどこで何をしているのだろうか。赤ん坊を手元で育てられないような事情でもあるのだろうか。授乳できないような仕事でももっているのだろうか。しかし、この絵が描かれた時代に、乳母を雇うような身分の女性が金銭を得るための仕事をしていたとは考えられない。この赤ん坊が、母親から授乳されないばかりか、自分の家で育てられることもないのは、この子が生家にとって邪魔な存在だからだろうか。《乳母》という表題をもった絵は私たちにさまざまな疑問を抱かせる。

乳母の盛衰

乳母という存在をよく理解できないのは、乳母が現代人にとっては過去のものだからだが、それでは乳母はいつごろまで雇用されていて、いつごろからどのような事情によって消えていったのだろうか。本書はイギリスの乳母雇用を中心に考察するが、イギリスでの最盛期と衰退期について、またその理由について、研究者のあいだでは必ずしも意見が一致していない。

小児科医デイヴィッド・フォーサイスは論文「乳児哺育の歴史」（一九一一）において、エリザベス時代から二〇世紀初めまでのイギリスにおける乳児哺育の歴史を通観し、乳母雇用の最盛期を一八世紀末から一九世紀初めにかけてとしている。そしてその後、人工哺育の発達とともに徐々に下火になり、執筆の時点ではほぼみられなくなったとしている。[6]

作家ジョナサン・ゲイソン＝ハーディによる『英国ナニーの盛衰』（一九七二）はイギリスの名高い養育係ナニーについて詳述している。ナニーは乳母が消えると同時に出現したとして、乳母の消長についても簡潔に述べている。ゲイソン＝ハーディは、一八世紀にルソーが『エミール』（一七六二）で乳母雇用に反対したのに呼応して、医師たちも一斉に乳母をやめて母乳哺育するよう勧めたため、母親たちも一八世紀末までには母乳哺育をするようになったと考えている。一九世紀にも、母親が病気のときに乳母が雇われることはあったが、年を経るごと着実に減っていき一九世紀後半には乳母が消滅したとする。[7]

一方、歴史学者テレサ・マクブライドは、ヴィクトリア時代の子育てにかかわる家事使用人について考察するなかで乳母も取り上げ、乳母雇用は大陸では長く行われていたが、「イングランドでは一八六〇年代までに急速に廃れていった」としている。衰退の理由としては子ども観の変化を挙げている。子どもを慈しむべき存在とみなすようになったため、母親が自分で授乳するようになって、乳母雇用が廃れたとみているのである。[8]

乳母の歴史研究の第一人者ヴァレリー・ファイルズは、イギリスでの乳母雇用反対キャンペーンは一七世紀終わりから始まり、一八世紀にはたしかに母乳哺育の流行があったものの、授乳するようになったのは一部の母親にとどまったとみる。乳母雇用は一九世紀まで継続して行われ、世紀半ばから後半にかけて人工乳と哺乳瓶の発達によって徐々に消滅していったと考えている。[9]

これらの研究者の見方をまとめると、フォーサイスとゲイソン＝ハーディは一九世紀前半から衰退が始まったとみるのに対し、マクブライドとファイルズは、衰退したのは一九世紀半ば以降であるとしている。衰退の原因としては、母乳哺育の流行、子ども観の変化、人工哺育の発達など同じような理由が挙げられているが、それらの影響の大きさや発達状況についての判断が異なるため、衰退したとみなす時期も異なるようである。

このように判断が異なる原因は、実際の乳母の人数がわからないということにある。この時期のイギリス国勢調査の職業別人口統計においては、乳母は家事使用人の中の乳母（ナース）としてひとくくりにされている。[10] 乳母（ナース）のなかには乳母（ウエットナース）以外にも、乳母頭（ヘッド・ナース）をはじめとする子どもの世話係がすべて含まれているので、乳母(ウエットナース)単独の人数を知ることはできない。また、イギリスには、フランスにあったような乳母登録制度がなかったため、それを頼りに人数を把握することもできない。この結果、研究者間で乳母の衰退時期についての見方が異なると思われる。

乳房による労働

乳母は労働者としてどのような立場にあったのだろうか。右で国勢調査のうえでは子どもの世話をする家事使用人としてひとくくりにされていることについてふれた。ヴィクトリア時代の家事使用人についての代表的研究、パメラ・ホーン『ヴィクトリア時代の使用人の盛衰』（一九七五）は使用人自身の記録を引用しながらヴィクトリア時代の家事使用人の生活を具体的に記述している。ここでは子どもの世話をする使用人のうち、乳母頭、子守女中については記述があるものの、乳母(ウエットナース)についてはまったくふれられていない。乳母が家事使用人についての記述から排除されているのは、乳母がもっぱら一時的な身体的状態によって雇用され、その労働が、家事使用人を含む労働者階級を象徴する言葉ともなっている「手」ではなく「乳房」によって行われることが原因かもしれない。

その乳房による労働が行われている冒頭の絵に戻ってみよう。表題がなければ母子像としか見えない。授乳行為が母親による無償の行為か乳母による金銭と引き換えの行為かは表面上見分けがつかない。授乳できる身体状況にあるという点では、乳母も、乳母を雇った母親も同じなのでこれは当然のことである。

乳汁分泌は、受胎、妊娠、出産を経た女の身体に起こる事態であって、まぎれもなく女性性の発現行為である。このことを考えれば、授乳を仕事とする乳母は、まさに性を体現する存在ということになる。次の発言はそのことを端的に表現している。

「精子提供と乳母以外に、男女どちらか特定の性でなければできない仕事があると思いますか。[11]」

これは、一九七三年当時のイギリス自由党青年部の議長ルース・アディスンの言葉である。生殖にまつわること以外、性別によって与える仕事に差をもうけるべきではないという主旨であろう。ここで注目したいのは、男性の精子提供に対して、女性という性の固有性を表すものとして選ばれたのが、卵子提供ではなく、乳汁の提供であるという点である。男性が生殖にかかわるのは、精子によってだけであるのに対し、女性の身体は生殖に関して、妊娠、出産から授乳までひとつながりなのである。

このような認識は母親を道徳的、精神的存在として奉っていた時代には決して受け入れることのできないものだった。一八世紀の文筆家リチャード・スティール(一六七二〜一七二九)は、「出産は欲望の結果だが、授乳は美徳を備えた優れた者の証となる」と述べた。[12] この言葉は、授乳を野卑な行為とする上流階級の考えを正し、母親に授乳させようとする意図をもつものだったが、「欲望」に端を発する一連の事態を出産前後で切り分け、前者には罪を後者には美徳を割り当てている。スティールの、同じ身体に生起する出産と授乳に正反対の価値を付与する言葉は、現代からみると牽強付会にしかみえないが、当時は授乳する母親を非性的存在としておくことが重要だったことを示している。

授乳という行為を通じて、ミドルクラスの母親も性的存在であることを示唆する乳母は、さらに危険なことに、女の性的身体を売り物にするという点で、娼婦とも近い。マリリン・ヤーロムは『乳房論』（一九九七）で、授乳する乳房を「家庭的な乳房」、男性の性的欲望の対象となる乳房を「エロティックな乳房」と規定した。[13] これにしたがえば、乳母の乳房は一義的には「家庭的な乳房」として機能していることになる。しかし、乳母の授乳は金銭と引き換えに行われた。乳母は、女の身体を売り物にして収入を得るという点では娼婦と同じ立場に立つことになる。あとの章でみるように、実際、乳母になれなければ娼婦になるしかないという状況にあった女性もいた。「家庭的な乳房」になるか「エロティックな乳房」になるかは紙一重だったのである。このような乳房をもつ乳母は、同じ授乳する「家庭的な乳房」をもつミドルクラスの「家庭の天使」を娼婦にまでつなげうる存在だった。

乳母の労働は、乳房によるものであることから労働の領域にはうまく収まらず、一方で金銭勘定と性的なものを寄せ付けないようにしていたミドルクラスの家庭に、その両方を持ち込む可能性のある危険な存在だった。

本書の構成

以上、乳母という存在の曖昧な輪郭を示したが、本書では次のような構成で乳母の姿をできるだけ多面的にとらえていきたい。まず第一章では、一九世紀イギリスではそもそもなぜ乳母が雇用されたのか、現在行われている二つの乳児哺育の方法——生母による授乳と人工哺育——ではどうして不足だったのかを、育児書、手引書などを参考にしながら検討する。第二章では、乳母雇用の実態と問題を取り上げる。先にふれたように、依拠できる統計がないために、イギリスの乳母の実数を把握することは困難だが、ここでは新聞『タイムズ』掲載の乳母の求人・求職広告数の変化を調べることによって、乳母雇用の盛衰の概観を得ることを試みる。また、一八五〇年代から六〇年代にかけて『ランセット』、『英国医学雑誌』などの医学雑誌や一般紙誌で盛んだった乳母についての議論を検討することにより、乳母雇用の何がどのように問題だったのかをみる。第三章では、人々の日々の生活のなかで乳母がどのような存在だったかを、チャールズ・ディケンズ(一八一二～七〇)の『ドンビー父子』(一八四六～四八)にみる。この作品には当時の乳母雇用マニュアルともいえるような記述が含まれていると同時に、乳母にかかわった登場人物の反応からは、人々の乳母に対する典型的態度のいくつかをみてとることができる。

乳母の問題に取り組み始めるとすぐに直面するのは当事者の声の不在である。ここで扱う一九世紀イギリスの乳母は下層階級に属し、文字の読み書きも不自由な者が多かった。彼女たちが生活や思考の記録を残していることは期待できない。しかし、沈黙のなかにかすかな声を求めて、第四章ではまず乳母が出した新聞広告の文言に注目し、そこから乳母の意思や境遇を読み取る試みをする。次に、イギリス小説史上初めて乳母が主人公となった作品、ジョージ・ムア(一八五二～一九三三)の『エスター・ウォーターズ』(一八九四)を取り上げ、乳母自身の事情と乳母側からみた乳母雇用の現実に接近する。

他方、乳母に我が子を託した雇用者階級の母親の声も必ずしも明確に聞こえるわけではない。乳母をめぐる言説は、乳母雇用階級の男性によるものがほとんどだからである。このことを念頭に、第五章では、現実のミドルクラスの母親たちが、乳母や乳児哺育についてのさまざまな言説に囲まれて、授乳を中心とするごく初期の育児にどのように取り組んだのかをみる。対象とするのは、英国の首相を四度務めたグラッドストンの妻キャサリン・グラッドストン、作家ディケンズの妻キャサリン・ディケンズ、有名な家事マニュアルの著者ビートン夫人、バートランド・ラッセルの母アンバリー卿夫人キャサリン・ラッセル、英領インドで出産育児を経験したフローラ・アニー・スティールら、乳母雇用階級の母親たち、ついで、ミドルクラスが築くべき理想の家庭を営んでいると考えられていたヴィクトリア女王、そして最後に労働者階級の母親たちである。母親たちの育児の実態をみるとともに、階級の違いが母親のあり方に与えた違い、逆に階級の違いにもかかわらず共通する点なども検討する。

終章では、一九世紀イギリスにおける乳母雇用についての議論をふり返るとともに、いったん過去のものとなった乳母雇用が現代に復活していること、また金銭授受を伴わない現代版もらい乳の再来、さらには世界のさまざまな地域によって授乳に対する考え方が違うことなどにふれながら、授乳への文化の影響をみる。

なお、付章として、イギリスの乳母雇用を含む乳児哺育についての言説や状況が、明治初期の日本にどのような影響を与えたのかを考察する。イギリスの育児書の翻訳や現地での見聞が、それまでの日本の乳児哺育の習慣にどのような変更を生じさせたのか、その一端をみてみたい。

授乳という行為の目的はただひとつ、赤ん坊に栄養を与え成長させることである。それは現在では、産みの母が行うのが当然で自然であると多くの人が考えている。しかし、この明白な目的と担当者をもつようにみえる行為は、社会や文化による介入を受け、現実には予想通り実行されるものではなくなるようだ。本書では、「乳母」という授乳を職業とした存在を切り口に、授乳をめぐる絡み合った事情に分け入って多角的に検討し、授乳の文化性を明らかにしたい。それによって、冒頭の絵を一目見るなり母子と思い込んでしまった私たちの母親や乳児哺育についての「常識」が相対化され、私たちが「自然」な関係であると信じる母子関係の文化性、社会性が明らかになるだろう。

注

（1）将軍徳川家光の乳母として権勢を振るった春日局（一五七九～一六四三）がすぐに思い浮かぶ。天皇や将軍、戦国大名に仕え、多大な影響力をもった中世日本の乳母については、田端泰子『乳母の力』が詳しい。

（2）たとえば『平家物語』では木曾義仲と乳母子の今井兼平の密接なつながり、『伽羅先代萩』では乳母政岡の我が子を犠牲にしての献身、下村湖人の『次郎物語』では乳母お浜と次郎のあいだの強い愛着が描かれている。また、ホメロス『オデュッセイア』で、乞食がオデュッセウスであることを見抜いたのは、その足の傷を知っていた老乳母であった。シェイクスピアの『ロミオとジュリエット』に登場する乳母はジュリエットと親密で、彼女とロミオとの秘密の結婚をお膳立てする重要な役回りを与えられている。

（3）英語では、授乳のあるなしの別を示す wet-nurse、dry-nurse という表現があるが、nurse 一語で両方をさすこともできる。dry-nurse の『オックスフォード英語辞典』第二版での初出が一五九八年、wet-nurse のほうは一六二〇年であることを考えると、元々、人工哺育が現実的ではない時代には、乳児に栄養を与える仕事は乳汁を分泌する者のみが携わっておりそれが nurse の一語で表されていたものが、その後人工哺育が人々の目にとまるほどに行われるようになって、自らの身体から乳汁を分泌しない哺育者をdry-nurseという語で呼んで区別するようになり、さらにはそれと対比するためにwet-nurseという言葉ができたと考えられる。とはいえ、dry-nurseおよびwet-nurseの語ができてからもnurseの語でいずれをもさす場合も多く、そのような場合、授乳の様態に関しては日本語の「乳母」の語と同じように曖昧になる。

(4) 田端 一一三、他。

(5) これ以降、本書では「乳母」という語は基本的にウェットナースの意味で限定的に用いる。「乳母」がウェットナース以外の乳母をさすとき、またウェットナースをさしていても文脈上紛らわしい場合などはルビをふり意味をはっきりさせる。

(6) Forsyth 125.

(7) Gathorne-Hardy 41–42.

(8) McBride 46.

(9) Fildes, *Wet Nursing* 111–22, 200–04.

(10) Great Britain, *Irish University Press Series of British Parliamentary Papers: 1861 and 1871* 491.

(11) “Sex Board Wanted to Usher in Era of the Woman Jet Pilot” 3.

(12) Steele 457.

(13) Yalom 49–104.

第一章　乳母雇用の背景

本章では、一九世紀イギリスで乳母が必要とされた背景を確認する。生母による母乳哺育はどのような事情によって実践されにくかったのだろうか。また人工哺育はどれほどまでに未熟な発達状況にあったのだろうか。

一　母乳哺育

母乳哺育の流行

一八世紀の風刺画家ジェイムズ・ギルレイ（一七五七〜一八一五）の《当世風のママ——あるいは流行のドレスの便利さ》（一七九六）と題された絵を見てみよう（図2）。派手に着飾った母親が椅子に浅く腰掛けている。ドレスは当時流行の、身ごろとスカートがひと続きになったデザイン。パーティー用長手袋をはめ、右手には扇を持って、まさに出かけんばかりの格好である。そんな彼女の

The Fashionable Mamma, — or — The Convenience of Modern Dress

図2　ジェイムズ・ギルレイ《当世風のママ——あるいは流行のドレスの便利さ》1796年

左胸には何と赤ん坊が食いついている。ドレスの縦ラインを利用したスリットのあいだから出る乳首をくわえているのである。赤ん坊は胸と腹をメイドに支えられ、非常に不自然な格好で乳房に吸い付いている。母親はグロテスクなほど大きく描かれた緑の手で赤ん坊の頭を自分の胸に押しつけている。赤ん坊のほうは、その力に抵抗するように両手を母親の胸につき立て、目を見開いて必死に吸綴している。飲ませてもらえるうちにできるだけ飲んでおかなければ、というかのようである。窓の外では馬車が母親を社交の場に連れて行こうと待ちかまえており、従者が馬車の扉を押さえながら授乳場面を横目で見ている。絵のタイトルによれば授乳しているのは生母だ。しかしそこには通常母親の授乳場面が生み出すと予想される温かみはない。この上流婦人の部屋の壁には《母性愛》と題された絵がかけられているが、その絵が描く場面とは対照的な光景が、絵の下には出来している。ギルレイが皮肉っているのはもちろん、何事によらず流行に乗り遅れまいとする上流階級婦人の浅薄さであるが、このように授乳が流行として取り上げられていることが示すのは、それが当時当たり前に行われる行為ではなかったという

ことである。つまり上流階級の女性は授乳しないのが常態だったのである。(1)

「授乳しない者を母親と呼べようか」

もっとも、常態だからといって必ずしもそれが一般に容認されていたわけではない。一八世紀前半、授乳しない上流階級の女性たちは非難の的になっていた。文筆家リチャード・スティールは一七一一年『スペクテイター』紙で、上流階級の女たちが授乳せず、赤ん坊を乳母に託すことを「悪習」として次のように書いている。

思えば心無いことだが、資質でも境遇でもすべてに恵まれている女性が、出産と同時に、無垢でかよわい無力な嬰児を手放して、(万に一つも)健康状態がよいとはいえず、心身いずれも健全ではなく、また節操も信用もなく、さらには不憫な赤子にたいして愛情も憐れみも抱いてはおらず、その完全無欠な子どものことより金銭のほうに関心のあるような一人の女に引き渡すということが、ときとしてあるのだ。(2)

ここでは乳母の品性がひどく貶められているが、スティールが非難しようとしているのは、何ひとつ不自由のない生活をしているにもかかわらず授乳しない富裕階級の女性たちである。

医師も授乳しない母親たちを非難した。ウォルター・ハリス(一六四七〜一七三二)という医師はその育児書で、最近は上流階級ばかりではなく庶民のあいだでも、母親が観劇やカード遊びなどの

図3　ジョージ・モーランド原画、ウィリアム・ウォード版画《乳母の家に子どもを訪ねる》1788年

社交生活を楽しみたいがため授乳せず乳母に任せていると批判している[3]。そして、「これらの美しいレディたちは、のちに当然の報いを受けるのだ。というのも、子どもたちは、もし運よく生き延びたとしても、母親には冷たい気持ちしか抱かず、彼らを引き受け真の母親の義務を果たしてくれた乳母に愛情を抱くようになるのだから」(一八-一九)と警告している。同様のことは、人工哺育器具を開発した医師ヒュー・スミス(一七三五/六~八九)も『既婚婦人への手紙』(一七六七)という育児書で述べている。「乳児期に母親になおざりにされた子どもたちは、母親が晩年を迎えても、母親に対する義務と愛情を完全に忘れてしまうのです」(八一)と。先にふれたスティールが「授乳しない者を母親と呼べようか」(四五七)と問えば、医師ウィリアム・バハン(一七二九~一八〇五)は、「自分の子宮の実りを、それが生まれるやいなや見捨てて、雇い人の世話だけに任せてしまう者は、母親の名に値しない」と応えている[4]。

ジョージ・モーランド(一七六三~一八〇四)が一七八八年に発表した《乳母の家に子どもを訪ねる》という絵は、母親が警告に従わないとどうなるかを絵画で表したものといえる(図3)。着飾った母親が乳母に預けてある子どものもとを訪ねる。母親は久しぶりに会った我が子を抱こうと腕をさしのべるが、子どものほうは見知らぬ人をこわがるような顔つきで母親を見やりながら、乳母に抱きついている。授乳しなかった母親が子どもの愛情を失い、母親とみなされなくなることを一目瞭然に示す場面である。

このように、授乳しない母親は子どもの必要よりも自分の楽しみを優先させる自己中心的な人間として非難された。しかし実は、上流階級の母親は授乳するしないを自分だけで決められるわけでもなかったのである。

夫の関与

上流階級の母親が授乳しなかったのは、非難されているように、自分の欲望を優先させたことだけによるのではなかった。そもそも上流階級においては、授乳は必ずしも母親としての欠くべからざる務めとはみなされていなかったのである。授乳が理想化されるどころか、動物にも等しい卑しい行為と考えられ、授乳するためには周囲の反対を押し切らなければならない場合もあるほどだった。一六世紀、リンカン伯爵夫人エリザベス・クリントン（一五七四?～一六三〇?）は貴族階級としては例外的に自ら授乳することを希望したが、周囲の反対のため、その望みはかなえられなかった。(5)

リンカン伯爵夫人のような上流階級の母親が授乳を禁止される理由はいくつかあったが、そこには夫の思惑が大きく関与していた。一八世紀の医師、ジェイムズ・ネルソン（一七一〇～九四）は、

図4　授乳をめぐる口論のあと、B氏はパミラの機嫌を直そうと手を取る。

「多くの、分別をもち愛情あふれる母親が授乳を切望するにもかかわらず、夫が見当違いの権威を振りかざして授乳させないのだ」(四三)と上流階級の夫たちを批判している。

夫が妻の授乳を禁じる理由は、一つには授乳によって妻の容色が衰えると考えられたことがある。社交が生活のなかで重要な位置を占めていた上流階級においては、妻は装飾品としての役割が重要だった。この事情を認識していたヒュー・スミスは「幼子への義務を果たすことによって、あなたの魅力が失せる、などということを夫に言わせてはいけません」(七六)と述べている。

夫が妻の授乳を禁じるもう一つの理由は、授乳期間中の妻には性交渉を求めにくいことがあった。乳汁は子宮から乳房に運ばれた血であると考えられており、授乳期間中に性交渉をもつと、それによって子宮の血、つまりは乳が汚れ、乳児に悪影響を与えると信じられていたのである。したがって、このことを気にかける夫が、それでも自分の欲望を優先させようとすると、必然的に妻に授乳を禁じることになった。フェミニズム思想家の元祖メアリ・ウルストンクラフト（一七五九〜九七）は、『女性の権利の擁護』（一七九二）において、母乳哺育を推奨し、乳母による養育に反対しているが、乳児の父親が妻との性関係を望んでいることが乳母養育がなくならない大きな原因であると考えている。「結婚から日が浅く、妻の肉体に夢中になっているときには、妻に授乳をさせないほど、分別なく、父親としての愛情に欠けた夫が多い」（一六九）。妻を性的対象としてのみ見ているので、その妻と関係がもてない原因となる授乳を夫が許さない、という状況をふまえての批判である。[6]

サミュエル・リチャードソン（一六八九〜一七六一）の『パミラ』の続編（一七四一）[7]で、パミラは夫B氏から授乳を禁じられる。子どもが生まれたら授乳したいと望むパミラは、妊娠中にその希望を夫に伝えるが、夫は断固として反対する。パミラは、授乳は母親の義務であると聖書に記されていること、乳母を雇うとその卑しい性質がうつるかもしれないこと、初乳には効用があることなど、母乳哺育の利点を挙げて夫を説得しようとするが、B氏のほうは、聖書の時代とは違う、母乳を与えられても罪人になった聖書中の人物がいると反論し、乳母は注意深く選べばよいと言う。初乳の効用を求めるなら一か月だけはパミラが授乳することを認めるがそれ以上はゆるさないとする。授乳による容姿の衰えや、修養を積んでいるのが下等な仕事のために中断されること、夜の眠りが妨げられることにも懸念を示す。授乳しないのは神の道にそむくことで罪だと主張するパミラに対して、B氏は、妻が夫の意見に従わないほうが神の道にそむくことであると反論し、断固として授乳は認めない（第四巻三〇九－一六）（図4）。かくして、出産後パミラは乳母を雇うことになる（第四巻三八六）。

夫が妻の授乳を禁じるさらに別の理由として、授乳のもつ避妊効果がある。なるべく子どもの数を多くして家系の存続を確実にしたい上流階級にとって、授乳の避妊効果は望ましいものとは考えられず、夫が妻の授乳を禁止することになった。

夫たちが、母乳哺育が実践されるかどうかに少なからぬ影響を与えていることについては医師たちも認識していた。ウィリアム・カドガン（一七一一〜九七）はその育児書『誕生から三歳までの子の養育についての考察』（一七四八＝一七五〇）の冒頭で、子どもの養育について男性が注意を払うようになってきたのは喜ばしいことだとしている。[8] これは、妻に授乳を許さなかった夫たちが、自分の欲望より子どもの養育のほうを優先させるようになってきたことを暗示している。

一八世紀半ばまで、とくに上流階級においては、生母の授乳は万人が推奨する行為というわけではなく、それが実行されるかどうかには夫の意思も強くかかわっていたのである。

手引書の教え

授乳が単なる流行ではなく、母親が当然行うべきことと考えられるようになるにあたっては、ミドルクラスが大きな役割を果たした。ミドルクラスは、上流階級とは違う価値観によって自らの階級のアイデンティティ構築をはかったが、既婚女性の役割についても、上流階級のように社交の華としての役割よりも、家庭を守り、夫、子どもの道徳的模範としての役割を重視した。その結果、子育てを人任せにせず自ら授乳する母親が望ましい母親とされたのである。

一八三〇年代、四〇年代には、新しい階級の女たちの振る舞い方の指針を示すための手引書が盛んに出版された。それらの著作で母親の役割がどのように規定されているのか、また、具体的な育児法については何が書かれているのかを、同時代の手引書としてしばしば言及されるセアラ・ルイス（生没年不明）の『女性の使命』（一八三九）と、セアラ・エリス（一七九九～一八七二）の『英国の母親たち』（一八四三）にみてみよう。

セアラ・ルイスの『女性の使命』は、ルソーの影響を受けたルイ＝エメ・マルタン（一七八六～一八四七）の『家庭における母親の教育について』（一八三四）をもとにしている[9]。マルタンの書名が示すように、ルイスの「女性」は主として家庭における母親をさし、「女性の使命」とは家庭において子どもを道徳的に教え導くことであるとされている。母親が子ども（とくに男の子）にしっかりと信仰と善を教え込んでおけば、長じて万一過った道に迷い込んでも、子ども時代の母親の教えを思い出して正しい道に戻ることができるとしている（二九）。このような意味で、女性は家庭にあっても社会に影響を及ぼすことができると主張するのである（一〇）。ルイスは第二版への序で、この本の目的はいくつかの根本的な真理、とくに女性の影響力について述べることであって、女性の個々の義務についてはふれない、と断っている（iv）。この言葉通り、本書はあくまでも精神論のみを記した著作であり、子育ての実際についてはまったく言及がない。

セアラ・エリスの『英国の母親たち』も、母親の役割は道徳的影響力を及ぼすことと規定している。エリスは、母の愛は育児室にとどまるものではないという。動物なら限られた期間、生命の保護養育をすればよいが、人間の母親は一生涯子どもの道徳的教化をすべき存在であるとしている（二一－二三）。また、結婚前は精神を涵養し人格を高めてきた女性が、赤ん坊が生まれたとたん衣服の着脱を監督するだけになってよいものかと嘆いて、実際に赤ん坊を扱う行為にばかり熱中することに苦言を呈している（二二―二三）。母親の精神的影響力を重視する態度は、エリスの一連の著作の最初のものである『英国の女性たち』（一八三九）において、女性が男性に道徳的影響を与えるべき存在として規定されているものを、母子関係に置き換えたものといえる[10]。授乳はエリスがいうところの限られた期間の生命の保護養育にあたる。エリスはこの、赤ん坊の身体をもっとも初期の段階で保護する行為は、動物と同じ本能によるものではあるが、人間の場合は、動物とは違って、それ以降の責任を考えることなくしては行うことができない行為であるとしている（三）。すなわち、授乳行為より、それ以後の精神的導きの務めの重要性を強調しているのである。このことを反映するかのように、エリスの著作には授乳をはじめとする育児に関する実際的なアドバイスはまったくない。

　このような手引書を読んで、母親が道徳的存在であろうと決意したところで、実際に出産して母親になったとき、まず必要になったのは、目の前の赤ん坊の扱い方についての具体的なアドバイスだったはずである。血縁から切り離され都市で生活する核家族の母親は、身近に育児について尋ねる相手もいなかった。もちろん育児用の使用人を雇うことはできたが、若い母親はその使用人の監督をどのように行ったらよいかもわからない。そこで母親向けの育児書が求められることになった。

育児書の説得

ここでは、一八三〇年代後半から四〇年代後半にかけて四人の医師が出版した育児書を中心に、医師たちが母親の務めについてどのように規定していたか、乳児哺育の方法についてどのように考えていたかをみていく。扱うのは、パイ・ヘンリー・シャヴァス（一八一〇〜七九）の『妻の手引き』（一八三九）および『母の手引き』（一八三九）、アンドルー・クーム（一七九七〜一八四七）の『乳児養育』（一八四〇）、トマス・ブル（?〜一八五九）の『母親のための小児養育法』（一八四〇）、チャールズ・ウェスト（一八一六〜九八）の『小児病講義』（一八四八）である。このうちウェストの著作は、ロンドンのミドルセックス病院での講義をもとにした医学生対象のものであり母親向けではないが、母親たちにアドバイスを与える医療の専門家にどのような教育が授けられたかをみることができるので、母親向けの育児書とともにここで取り上げることにする。一八三九年から一八四八年までのあいだに相次いで初版が出版されたこれらの育児書は、改訂を加えつつ一九世紀末まで版を重ねていった。なかには二〇世紀まで重版され続けたものもある。[11] また、一九世紀後半の育児書として、ジョージ・ブラックの『若妻のための助言の書』（一八八〇）を参照し、世紀半ばの記述と比較する。

これらの育児書で扱われているのは、たとえばクームの育児書を参考にすると、妊娠中の母親の生活の仕方、新生児の様子、乳児の取り扱い方法、乳児の栄養、乳母、人工哺育、育児室を用意するときの注意、乳歯萌出時の対処法、断乳、さらには手引書が母親の務めとして強調していた道徳的教育方法にまで及ぶ。シャヴァスは人工哺育を扱った章で、栄養物の準備、哺乳瓶の清潔などは母親がきちんと監督しなければならない（『母の手引き』二五）と述べているが、これは乳児の世話が通常使用人に任される仕事であったことを示している。また、母親に対するこのような念押しは、エリスにみられたような、道徳的指導者としての母親の役割を重視し、相対的に実務的な役割を軽視する態度に釘を刺しているもののようにも思われる。

これらの育児書における乳児哺育についての記述では、一様に母親が授乳することが自然の掟であるとされている。ブルは「健康な女性が我が子に授乳するのは自然界の揺るぎない理法と呼べるだろう」(一五)と述べる。しかも、母親は一切をうち捨てて授乳に専念することが義務であるという。シャヴァスは「母親は全身全霊をあげて授乳に専念する覚悟ができなければ、そもそも授乳を始めてはならない。いわゆる社交生活の楽しみを一切やめることを決心しなければならない」(『妻の手引き』二五四)と述べる。ブルも「自分の都合のよいときだけ授乳するような母親は、そもそもこの義務を引き受けるべきではない」(二四)と、厳しい調子で母親に授乳専念の覚悟を迫っている。ミドルクラスの女性が上流階級の女性の生活を真似て社交に気を取られがちな現実があればこその戒めであろう。

医師たちはまた、授乳が母親自身の健康にとってもよいとして授乳を勧めた。ブルは、授乳中ほど健康に恵まれる時期はなく、それ以前は弱かった女性も頑健になると説く(一六)。シャヴァスも、授乳はふつう健康に格別の益をなすものであると述べる(『妻の手引き』二五六)。しかしこの母親の健康を気遣うような母乳哺育の勧めには、従わない場合の罰も付記されていた。シャヴァスは、授乳しないと病気になり、加齢も早まり、最終的には死が早まる、と警告する(『妻の手引き』二五六-五七)。この警告は表現を変えて何度も繰り返されるうち、授乳できるにもかかわらず授乳しない母親は、獣にも劣る存在であるという非難に変わる(『妻の手引き』二五七)。

授乳が「自然界の揺るぎない理法」であると考えられたため、いわゆる産褥熱もその理法に従わなかったために起こるとされた。病原体の感染による病気の発症という考えがまだ医学常識になっていない時代ではあったが、医師のあいだに根強くあった、授乳を自然の掟とし、産褥熱はそれに背いた場合に起こる不調とみなす考え方は、外部から病原体が侵入し子宮に感染するという考えをなかなか受け入れさせなかったという[12]。

一九世紀半ばに出された育児書が異口同音に繰り返している授乳の義務は、世紀後半に初版が出されたブラックの『若妻のための助言の書』においてもまったく同じ調子で繰り返される。ブラックは、母乳は自然の与えた栄養であり、どんなに凶暴な動物でも必ず授乳するのに、ずっと優れた能力を持つ人間がしないなどということはあってはならないと戒めている（七五）。そして、授乳するときは自分の都合を考えてはならない、何事があっても授乳を最優先にするという覚悟がなければ、そもそも授乳を始めてはならないと強い決意を求め、加えて、母親にとって都合がよいときにだけ授乳するのは子どもの健康を害する行為で、死さえもたらすかもしれないと警告している（七六）。授乳を自然が定めた義務であると説いている点、また、母親が授乳のために生活一切を捧げることを迫っていることなど、半世紀近く前に出された育児書と見分けがつかない。

育児書の他、一般の家庭用医学書も母親の授乳の義務についてふれている。ヴィクトリア時代に普及していた家庭用医学書で、ブロンテ姉妹の父パトリック・ブロンテ（一七七七〜一八六一）が牧師として頻繁に参照していたという、T・J・グレアム（一七九五?〜一八七六）の『現代家庭医学』の第一一版（一八五三）には「母親が授乳という神聖な義務を他の者に任せるなどということをさせぬように」という記述がある。(13) また、母親向けの雑誌でも授乳が義務であると説かれている。『英国母親雑誌』(14) 一八四九年三月号では、ジェイムズ・ハミルトン師（一八一四〜六七）が「授乳する母親たち」と題するエッセイで次のように述べている。

> 母子のあいだには、血の繋がった親子ならではの気質と体質の結びつきがあり、このためお互いの関係は完璧に調和が保たれているが、このような状態は子どもと他のいかなる女とのあいだにも存在しえない。したがって、母親は義務からいっても愛情によっても、自分自身の子どもの授乳者となるべくとくに求められている。病気と、授乳不能の場合以外は、いかなる理由をもってしてもこの義務を他人に委ねることはできない。(15)

筆者は同じエッセイの前半部では、規則授乳を勧めたり、疲労や感情の乱れは乳に悪影響を及ぼすので、そのような状態に陥ったあとはしばらく授乳を控えるようになどと、医師による育児書に書かれているような実際的アドバイスをしている。(16)

医師たちは「自然」を根拠に授乳を義務とした。授乳が自然なことなら、自然とは対極にある医術（アート）の使い手である医師がわざわざ口を出すことはなく、まさに自然に任せておけばよかったのではないかと思われる。医師たちが「自然」に従って授乳するようにと命じるについては、明らかに「自然」に従わない女性たちが想定されていた。それは上流階級の女たちである。彼女たちは、夫の要請もあったが、社交の華として振る舞うために容姿保持を優先させ、胸の形を崩す授乳を避けた。財力を得て、ともすれば上流階級と同じように社交生活の楽しみを優先させたがるミドルクラスの女性たちに、医師たちは「自然」に従って授乳する母を理想の女性として提示し、上流階級の女性との差別化を図ったと考えることができる。これはエリスなど手引書の書き手たちが、ミドルクラス女性を家庭における道徳的導き手として位置づけ、上流階級の女性たちとの違いを際立てたのと同様である。授乳する母親は、ミドルクラスの階級アイデンティティを形作る一翼を担ったのである。

二　人工哺育

母乳哺育を義務と考えて母親たちがその成功に腐心しても、もし十分な乳量がない場合、あるいは産後の体力の回復が思わしくないために授乳できない場合、また最悪の場合として、出産時に母親が死亡した場合、乳児の養育はどうなったのだろうか。現代なら出生直後であっても、何の躊躇もなく乳児用調整粉乳と哺乳瓶によって人工哺育をすることになるだろう。しかし一九世紀半ばには、哺乳瓶はやっとその最初期のものが作られた段階、乳児用調整粉乳はまだ実験段階だった。

人工哺育 artificial feeding は、ドライ・ナーシング、スプーン・フィーディング、ボトル・フィーディング、ハンド・フィーディングと呼ばれることもある。artificial という語は、人乳を乳房から直接授乳することを natural とみなすことに対する語である。[17] つまり、実母による授乳も乳母による授乳も、人工哺育に対しては等しく natural と位置づけられる。ドライ・ナーシングはウェット・ナーシングに対する語で、乳汁を分泌しない乳母（ドライナース）が、人工乳を、器具を使って与えることを意味する。スプーン・フィーディング、ボトル・フィーディングはそれぞれ人工哺育をするときに用いる器具を使った表現である。器具を特定せずハンド・フィーディングと言うこともある[18]。

図５　銀製パップ・ボート　1785-1786年

授乳器具

ヴァレリー・ファイルズによれば、人工哺育は「古くから行われていた。紀元前四千年以来、おびただしい数の哺乳器具が乳児の墓から見つかっている[19]」。現代では、人工哺育といえば、当然のこととしてゴム製の乳首付きのガラス製あるいはプラスチック製哺乳瓶による授乳と理解される。しかし、ガラス製の授乳容器が登場したのは一九世紀半ばのことで、さらにゴム製乳首が一般に受け入れられるようになったのは二〇世紀に入ってからのことである。それ以前、一八世紀末のイギリスでは数種類の授乳容器が併存していた。人工哺育を表す言葉としてスプーン・フィーディングという言葉があったことが示すように、パップ・ボートと呼ばれる器から、栄養物をスプーンですくって与える方法がよく知られていた（図５）[20]。単純な形状の器とスプーンの衛生は比較的保ちやすいものの、一口に多くの栄養物を与えすぎて乳児を窒息させる場合があることが問題とされた。

一八世紀の医師ヒュー・スミスは、自分の子どものためにバビー・ポットという哺乳容器を考案し、自著で紹介した。ディケンズの『ドンビー父子』（一八四六～四八）において、裕福な商人ドンビー氏の跡取り息子は誕生時に母親を亡くすが、すぐには乳母も見つからず、必要な栄養が得られない状態になる。このとき赤ん坊の伯父にあたるチック氏は、「しばらくティーポットで間に合わすことはできないのかね」（第二章六三）と言って人工哺育を提案する。この言葉が示すように、バビー・ポットはティーポット型、あるいは考案者スミスの形容によれば「コーヒーポットに似ていないこともない」（一四〇）形のものだった（図6）。

図6　陶製バビー・ポット　1770～1835年

図7　チューブ式ガラス製哺乳瓶　1865年頃

一方、一八世紀末からはガラス製哺乳瓶の開発が盛んになった。一八四〇年の段階で医師クームは、「ガラス製哺乳瓶が広く使われており、スプーンによって授乳するより「ゆっくり授乳できるという点で」よい」と述べている。クームが紹介する哺乳瓶は、「ゴム製のチューブが瓶の栓から瓶内に差し込まれ、チューブの反対側の端には一つあるいは数個の小さな穴が開いた人工乳首がついている」（一二三）という形のものである（図7）。ガラス瓶は内部の汚れは見やすいが、細長いチューブ内の清潔を保つことは難しく、「殺人ボトル」と呼ばれることもあった。[21] 乳児が吸綴しやすく、同時に清潔を保ちやすい哺乳瓶と乳首を作り出すための試行錯誤は一九世紀末まで続けられた。

栄養物

栄養物としては、一般的には、パップやパナダと呼ばれる、小麦粉やパンなどを水や牛乳で溶いたりスープで煮たりしたものが使われていた。しかし、これらは乳児が消化しにくいでんぷん質主体のため、赤ん坊が消化不良を起こして下痢をし、十分な栄養が摂れずに死に至るということがしばしば起こった。一八世紀後半に多くの医者が勧めたのは、ウシ、ヤギ、ロバなど動物の乳であった。動物の乳についての研究が進み、それらが栄養的に優れていること、また水で薄めると人乳の組成に近くなることがわかってきたのである。[22] 動物の乳のなかでも、組成が人乳にもっとも近いとして、とくにロバの乳を勧める医者もいた。たとえば一八世紀の小児医療に力を注いだ医師ジョージ・アームストロング（一七二〇〜八九）は、ロバの乳がたやすく入手できる場合、そして親が代金を支払える場合はそれが最良であると述べている（一一六）。一九世紀の医師のなかにもロバの乳を最良とする者が多い。たとえば、クームは「ロバの乳はあらゆる食物のなかで一番に選択すべきものである」（一二二）と述べている。トマス・ブルは人乳とロバ、ウシ、ヒツジ、ヤギの乳の栄養組成表をあげて、カゼイン、脂肪、糖分、塩分、水分の含有量を比較し、ロバの乳を新生児にとって最良としている(六六)。シャヴァズも「ロバの乳が最良の代替物」(『母の手引き』二九)と勧め、チャールズ・ウェストもロバの乳が人間の乳に一番近いとしている(五四〇)。一方、右記のようなロバ乳への評価に対して、ロバよりヤギの乳のほうが人間の乳に近いと主張する医師もいた。産科・小児科医C・H・F・ラウス(一八二二〜一九〇九)は『乳児哺育』(一八七九)において、ヤギの乳が人間の乳に最も近いとし(一四一)、乳母に不満をもった人が、乳母を解雇してヤギ乳に切りかえたところ、子どもは元気に育ったという例を挙げている(二一三)。

Fig. 26.—Ashlin's Place, Drury Lane. A London Dairy, 1863.

図8　ロンドン、ドルリー・レーンの牛小屋 1850年頃。「ウシは、暗闇のなか、普通は食べないものを餌として与えられ、新鮮な空気も吸えず、運動もさせられないまま、長時間閉じ込められていた」(Godwin 63-64)。

しかし、人工哺育の成否に関して、どの動物の乳を使うかということよりずっと影響が大きかったのは、その乳の新鮮さ、清潔さだっただろう。いくら組成が人間の乳に近いとしても、搾乳から時間が経って細菌が繁殖してしまえば乳児の命を奪いかねない。乳の運搬距離を短くするために、動物が都市部で飼われる場合もあったが（図8）、動物が狭い場所に密集して飼育されれば不衛生になり、清潔な乳とはいえないものが売られることにもなった。一八五五年、ロンドンのクラークンウェル地区の酪農場を見た医師ノーマンディーは次のように描写している。「三、四〇頭のウシは、潰瘍多数、乳首もただれ、脚にもあまたの腫瘍、膿瘍があるという不快きわまりない様子だった。実に見るもおぞましい姿だ。しかも、このように忌まわしい状態にもかかわらず、搾乳されていたのである。ここは決して例外的な酪農場ではなく、多くが同じような状態である」（ラウス『乳児哺育』一五四）。

さらには、たとえ搾乳時には問題のない牛乳でも、販売業者が水で薄めたり、石灰を入れたりすることがあった。医学雑誌『ランセット』は一八五一年から五四年にかけて食品汚染の問題を大々的に取り上げ、ロンドンで販売されている食品、薬品の検査結果を、販売店名・住所も含めて公表した。牛乳については二六のサンプルを調査したが、そのうち一一のサンプルに水が一〇パーセントから最大五〇パーセント加えられていた。このときの調査では水以外のものは検知されず、予想外によい結果だったとしているが、ときに、「石灰やサイズ［紙や織物の吸水性を抑えるために表面に塗る材料で、ふつうゼラチン質溶液］、ゴム、ヒツジの脳など」が混ぜ物として用いられるとのことである。[23]

このように、動物の乳を乳児に与えるについては安全性の面で懸念があった。乳の純粋さや清潔さを最優先するなら、なるべく人の手を排除することが重要である。その一つの方法が直接授乳だった（図9）。健康状態を確認した動物を選び、その乳房を清潔にして、直接乳児の口をあてがって飲ませるのである。しかし、直接授乳を実践するためには、赤ん坊のすぐ近くで動物を健康に飼育しなければならない。都市に住む個人にとっては難しい選択肢だったといわざるをえない。[24]

現在人工哺育に使われる乳児用調整粉乳は、一九世紀半ばにはまだ試作段階だった。牛乳の粉末化技術は一八五五年にグリムウェイドが特許を取り、主として、生乳が入手できない戦場の兵士や、船旅をする乳児に用いられてはいたが[25]、育児書の人工乳の項目には入っていなかった。最初の販売用の乳児用調整乳を考案したのは、ドイツの化学者ユストゥス・フォン・リービッヒ（一八〇三～七三）とされている。一八六五年初め、牛乳、小麦粉、炭酸カリウム、麦芽を原材料とする「子ども用スープ」の作り方が『ランセット』に掲載されると、その直後から、リービッヒの調整に基づく乳児用食品とうたって、製薬業者が売り出した。[26]これは最初は液体だったが後に粉末化され、様々な乳児用調整粉乳の開発製造が進んだ。[27]一九〇二年の『ランセット』には、二一種類の市販されている乳児用食品の組成一覧が掲載されている。このうち、材料に牛乳を含む、現在の調整粉乳に近いものは六種類あり、三か月児用、六か月児用などと対象月齢を絞ったものもある。グレート・オーモンド・ストリート子ども病院の医師ロバート・ハッチスン（一八七一～一九六〇）は、これらの調整粉乳を病院で実際に使ってみてその有用性を認めている。た

図9　フランスでのヤギによる直接授乳の様子　19世紀末

だ、乳児が二、三か月になったらジュースを足さないと壊血病にかかる恐れがあること、脂肪分が少なすぎることなど栄養学上注意すべき点があると述べたあと、牛乳やコンデンスミルクよりはるかに高価であることを最大の欠点としてあげている[28]。

贅沢な人工哺育

人工哺育にまつわるさまざまな問題を考えると、成功の可能性は、確実に、下層階級より富裕階級においてこそ高かっただろう。人工哺育を成功させる重要な要素である、新鮮な家畜の乳を手に入れる一番確実な方法は、何といっても自分の家で動物を飼うことであろう。しかし、これには金と手間がかかる。まず、搾乳用の動物を買い入れなければならないが、そのためには動物を健康に飼育できるだけのスペースと飼育者も確保しておく必要がある。また、授乳器具の清潔さの確保という点についていえば、これも人手を要するものだった。殺菌のために授乳器具を消毒しようとすると、まず清潔な水を沸かし、容器を煮沸消毒して乾燥させる、という手順をとることになるが、この作業を授乳のたびに繰り返すのは非常に手間のかかることである。作業の必要性を認識した使用人を雇う必要があるだろう。このように、人工哺育を成功させる前提条件は金持ちであることだった。のちにみるように、政治家グラッドストン（一八〇九～九八）が妻の授乳不調により乳母を雇用するか人工哺育するかの選択を迫られたとき、一般的にはより安全とされる乳母雇用をした場合に陥ることになる倫理的ジレンマ――自分の子どものために乳母の子どもの命が犠牲になる――を、人工哺育を選択することによって回避できたのは、広大な敷地で乳児にとって最適の乳を出すとされたロバを飼い、毎日新鮮な乳を搾ることができる見通しがあったからである。エミリ・ブロンテ(一八一八〜四八)の『嵐が丘』(一八四七)では、登場人物のうち二人までもが出生直後から牛乳で育てられ、無事成長するが、これも毎日新鮮な牛乳を入手できるような裕福な家に生まれたからだといえるだろう。

実際、上流階級で人工哺育が流行したこともある。たとえば、一六八八年に誕生したジェイムズ二世の世継ぎは、医師の勧めによって誕生直後から人工哺育で育てられた。また、一七一〇年、バッキンガム公爵は息子の養育を人工哺育で行うことにこだわった。[29] グレイ伯爵夫人ヘンリエッタ(一七三七〜一八二七)は、跡継ぎを産んだあとの一七六七年、第二子の女児を人工哺育で育てようとした。[30] 右にあげた例のうち、ジェイムズ二世の世継ぎは、七週目に危機に陥ったあと乳母にかえて生き延びたが、他の二人は結局命を落とした。小児科学の確立に功績のあったマイケル・アンダーウッド(一七三七〜一八二〇)は、一七八九年に出版された『小児病学』という医学書のなかで、最近、富裕階級のあいだでの人工哺育熱が下火になったのは喜ばしいことだとしている。[31] 人工哺育の流行があったことを推測させる言葉である。

一九世紀に入ってからも、人工哺育は裕福な家の子どもに対してこそ選択されるべきであるという主張がなされたことがある。一八五二年九月四日付の『タイムズ』にS・G・Oの署名で「乳母制度」と題する投書が掲載された。この投書の主旨は、乳母雇用は乳母の子を犠牲にするという点で不道徳な慣習であると乳母制度を批判することにあったが、その慣習をなくすためには、上流階級が人工哺育すればよいと主張する。上流が金をかけて注意深く人工哺育(スプーン・フィード)すれば、乳母を雇わずにすみ、乳母の子が救われて乳児の死亡率は低くなる、と述べているのである。[32]

富裕階級こそ人工哺育を成功させることができる、という主張は理論的には正しくても、そのあまりにも煩雑な手間を考えると躊躇せざるをえない選択肢だった。そして彼らは無理をしてまで人工哺育を選択する必要はなかった。乳母を雇えばよかったからである。

危険な人工哺育

人工哺育は現実には何といってもそれしか選択肢がなかった下層階級のものであった。当然のことながら、彼らには人工哺育を成功させるために手間ひまをかける余裕はなかったので、必然的に乳児死亡率は高くなった。ウィリアム・カドガンは、ロンドン捨て子養育院の運営方針としても採用された育児書『誕生から三歳までの子の養育についての考察』で次のように書いている。「人工哺育はこのうえなく自然に反する危険な方法だと考えている。私見によれば、三人のうち一人も生き延びることはない」(二八)。そのためカドガンは、養育院の子どもたちも、人工哺育を避け、田舎の乳母に出すことを勧めている。一九世紀半ばになっても人工哺育による死亡率の高さは変わらなかった。一八三二年の英国医学協会の設立にも尽力した医師マーシャル・ホール(一七九〇~一八五七)は、人工哺育された子どもは一〇人中七人が死亡すると述べている。[33] 一八七一年の幼児生命保護法案の委員会報告書によると、一才未満の乳児死亡率は、人乳で育てられている場合は一五パーセントから一六パーセントなのに対して、人工哺育になると、よく注意を払って育てても四〇パーセントになり、下層階級の乳児が預けられる施設の場合、田舎で四〇パーセントから六〇パーセント、都市の場合だと衛生環境の悪さのため七〇パーセントから八〇パーセント、ときには九〇パーセントにもなったとのことである。[34]

このような死亡率の高さゆえに、人工哺育はミドルクラスにとっては常識はずれのものとみなされていた。先にふれたように、ディケンズの『ドンビー父子』で、誕生時に母親を亡くしたドンビー家の跡継ぎの赤ん坊に、伯父にあたるチック氏は人工哺育を提案するが、これは赤ん坊と血の繋がった伯母である妻を激怒させ、頭がどうかしていると激しく非難される。チック氏は、長いあいだ待ち望んだ末やっと生まれた跡継ぎに、飢えるくらいなら乳母が見つかるまでのほんの一時しのぎとして人工哺育をしてみては、と妥当な提案をしたつもりだったのだが、夫人にとっては、人工哺育を提案すること自体、赤ん坊の生存を願ってはいないことを意味したのである。『ドンビー父子』の舞台設定は執筆と同時代の一九世紀半ばと考えられ、人工哺育にもいくらかの有効性は認められるようになっていた時代である。しかし、チック夫人の反応は、ミドルクラスの人々のあいだでは相変わらず人工哺育は危険で避けるべきものであると考えられていたことを示している。

新聞の求職広告からも人工哺育の困難さを推し量ることができる。『タイムズ』に出されたドライナース（紙面では Nurse として出ている）[35]の求職広告のうち、人工哺育をするとうたっているものを探してみると、一九世紀半ばにいたっても、出生直後から人工哺育（ハンド・フィーディング）すると記載している者は、生後一か月から引き受けると書いている求職者にくらべ、きわめて少ない。たとえば一八六一年の『タイムズ』の求職広告欄からサンプル調査してみると、生後一か月から人工哺育を引き受けるという求職広告は四五件あるが、誕生直後から人工哺育を引き受けるという広告は七件しかない。[36]誕生直後から人工哺育することがいかに大変であったかを示すものである。[37]

ただ、まれに、人工哺育で立派に育つと主張する者もいなかったわけではない。『タイムズ』一八五六年八月七日付の裁判記録においては、医師が牛乳で十分育つと証言している（一二）。この裁判の被告は四六歳のドライナースで、殺人罪で訴えられた。その経緯は次のようなものである。原告の母親は、乳母として働くために、七か月の早産で生まれた赤ん坊を、生後六週間の段階でこのドライナースに預けた。赤ん坊はビスケットなどを与えられているうちに徐々に衰えて、ついには死んでしまった。この裁判に証人として出廷した地元バークレーの若い医師は、経験からいって、当地では七、八か月の未熟児でも月満ちて生まれた赤ん坊と同じように十分育つ、しかも牛乳で育てても母乳と同じように育っている、と証言した。しかし判事は、この証言は専門家ではない者には奇妙に聞こえる、人工哺育された子は死ぬことが知られており、したがって乳母（ウエットナース）を雇わなければならないと理解している、陪審は常識を働かせなければならないと述べ、この医師の証言は常識ではないことを示唆している。この医師が言うように、早産児に人工哺育をしても、正期産児に母乳を与えるのと同じように育てることができるなら、赤ん坊を死なせてしまったこのドライナースはその仕事を引き受けるに十分な手腕がなかったということで有罪になるだろう。判事の指摘が影響を与えたかどうかは定かではないが、この裁判で陪審は無罪の評決を出している。証人となった医師の見解は、一般人の常識からはずれたものとみなされたようである。

人工哺育が安全なものになるについては、下層階級のために働いた医師の努力があった。先にふれた一八世紀の医師ジョージ・アームストロングも、貧困層のあいだで働いた経験によって人工哺育に関心をもち、自分の子を実験台にして授乳器具や栄養物の研究を行った[38]。下層階級の子どもが集まる捨て子養育院での乳児哺育の実践は、結果として規模の大きな実験となった。このように、一部の医師たちは奮闘し、牛乳の衛生管理についての当局の介入もあったが[39]、人工哺育が安全なものと考えられるまでにはなお時間がかかった。一九世紀末になってもまだ、母乳が与えられないとき、人工哺育を最適の代替物として勧めることはできなかった。小児科医エドマンド・コートリー(一八六四〜一九四四)は、一八九七年に出版された、開業医および医学生のための小児の栄養に関する著作において、人工哺育について詳しく述べながらもなお「よい乳母は人工哺育にはるかに優る」(二九四)としている。さらには、二〇世紀に入ってからも人工哺育の難点が指摘されている。一九〇三年、ロバート・ハッチスンは、ハムステッド医学協会で「乳児の人工哺育について」というタイトルで講演を行ったが、このなかで、人工哺育は手順が複雑すぎて実行を躊躇させていると述べた(八〇三—〇五)。人工哺育の安全性を確保する方法は知られるようになったものの、まだ実用性が伴わなかったたようだ[40]。

人工哺育が技術を要するものであったということを考えれば、医術という技術が主導権を握り、医師が権威を主張することができる領域ともなりえたはずである[41]。それにもかかわらず、大多数の医師たちはもっぱら人工哺育の困難さや危険性を強調し、決してそれを母乳哺育の次の選択肢として勧めることはしなかった。これは明らかに、彼らが診察の対象、また育児書の読者対象としていたのがミドルクラス以上の階級であったことと関係している。その階級の人々は、危険を冒してまで人工哺育をせずとも乳母が雇えたからである。真に安全な人工哺育を必要としていたのは主に下層階級に属する人々であったが、彼らに対する医師たちの態度は、「こういう種類の人間はいつも自分たちでどうにかする」[42]というものであった。

一九世紀を通じて人工哺育の安全性は徐々に高まっていったものの、完全に信頼できるものとはならなかった。ミドルクラス以上の階級にとって、母乳哺育に代わる第一の選択肢は乳母雇用だったのである。

注

(1) 同じくパーティーに出かける直前の授乳場面を描いた絵に、フランスのエドゥアール・デュバ＝ポンサン(一八四七〜一九一三)の《舞踏会の前に》(一八八六)がある。この絵では、外部と遮断された家庭空間のなかで、パーティー服に身を整えた女性がソファに深く座り、ドレスの胸をあけて赤ん坊を見つめながら授乳している。同じく出かけるばかりに身支度を整えた夫も、せかす様子もなくその様子を見ている。ここにはギルレイの絵とは違って風刺の視線はない。ガル・ヴェントゥーラによれば、乳母雇用が盛んだったフランスでも、一八六〇年以降母乳哺育が奨励されるようになり、この絵はそのような時代背景を反映しているとのことである(Ventura 223-25)。

(2) Steele 454-55.

(3) ハリスの著書は一六八九年 *De morbis acutis infantum* というラテン語の書物として出版された。それが著者の死後、一七四七年に英訳されて *A Treatise of Acute Diseases of Infants* として出版された。

(4) Buchan 4.

(5) Clinton 16. リンカン伯爵夫人は、息子の妻が自ら授乳することを選んだとき、そのことに敬意を表して小冊子 *The Countess of Lincolnes Nurserie* を捧げた。

(6) 授乳中の性交渉についての禁忌は、「イギリスではそれほど強いものではなかった」(Fildes, *Breasts* 104-05)

とか、「一八世紀には廃れていた」(Stone 270) としている研究者もいる。しかし一方、一八世紀の医師のなかにも完全に迷信として打ち捨ててはいない者もおり、表立って節制の必要を主張しない医師でも、性交渉後数時間は授乳を控えることを勧めていた、という研究者もいる (Perry 131)。ウルストンクラフトの例は、一八世紀後半において、知識人のなかにも、性交渉が母乳に悪影響を与えるという言い伝えを信じる人がいたことを示している。

(7)『パミラ、あるいは淑徳の報い』*Pamela; or, Virtue Rewarded* は一七四〇年に出版され大評判になった。後日談やパロディが次々に出されるのをみて、リチャードソン自身も翌年自ら結婚後のパミラの物語を出版した。続編出版後は、パミラとB氏の結婚で終わる正編が第一巻、第二巻、結婚後の二人の生活を描く続編が第三巻、第四巻となっている。以下の参照頁は、第三巻、第四巻の続編部分のみを収録した Samuel Richardson, *Pamela in Her Exalted Condition* (Cambridge: Cambridge UP, 2012) による。

(8) Cadogan 3. カドガンの著作は広く知られており、一七四八年から一七九二年までに、英仏で少なくとも一一版を重ねていた (Fildes, *Wet Nursing* 113-14)。

(9) マルタンのフランス語の原著は、一八四二年にエドウィン・リー (Edwin Lee) という人物が英訳出版したが、ルイスの著作のほうが人気があり、一八五四年までに一七版を数えたとのことである (Helsinger 126)。

(10) エリスはこの他に二冊の手引書、『英国の娘たち』(一八四二)、『英国の妻たち』(一八四三) を書いている。

(11) たとえば、シャヴァスの『妻の手引き』は、一八三九年に初版が出されたあと、一八四三年に第二版、一八五四年に第三版、一八七一年に第一一版が出され、このあとも一九一一年まで版を重ねている。同じ著者の『母の手引き』も、一八三九年に初版が出されたあと、一八七五年に第一二版が出され、改訂版は一九四八年まで出ている。また、クームの『乳児養育』は、一八四〇年に初版が出たあと、一八七〇年までに一〇版を重ねた。ブルの『母親のための小児養育法』は、一八四〇年に初版、一八七九年には第二七版が出された。ウェストの『小児病講義』も一八四八年に初版が出されたあと、英語では第七版まで出版されたほか、いくつかのヨーロッパ語に加え、アラビア語にも翻訳された。付け加えるなら、ブラックの『若妻のための助言の書』も二〇世紀まで再版され続けた。

(12) Sherwood 25.

(13) Thomas J. Graham, *Modern Domestic Medicine* 247. コールドウェルによれば、家庭の医学書のたぐいは、グレアムの『現代家庭医学』一八二六年版のタイトルページにあるように「牧師、家庭、そして医学生のため」のものだった。近所に医者がいない環境では、牧師が人々の心身両面にわたる助言者として期待されていた。パトリック・ブロンテは所有していた『現代家庭医学』に多数の書き込みをしているとのことである(Caldwell 70)。

(14) 『英国母親雑誌』は一八四五年に創刊された福音派的性格をもつ月刊誌で、その後名称を変えながら一八六四年まで発行された(*Waterloo Directory of English Newspapers and Periodicals: 1800-1900*)。

(15) James Hamilton, "Nursing Mothers," *British Mothers' Magazine* March 1849: 53.

(16) このエッセイは、先に言及したクームの『乳児養育』の第七章の一部とほとんど同じである。この一文は、筆者ジェイムズ・ハミルトン自身の『オリーヴ山』という作品からの引用とされているが、ハミルトンの『オリーヴ山』にはこの一節は見当たらない。このエッセイの直前に引用されている一文がハミルトンの『オリーヴ山』からの引用なので、誤記したものと推測される。

(17) たとえばシャヴァスは、「母親が子どもに授乳できないことが確認されたら、[中略]健康な乳母を雇う必要がある。というのも、もちろん、自然が与えてくれる滋養物は、技術によって生み出されるものよりはるかに優れているからである」(『母の手引き』二八)と述べている。

(18) 手で育てるbring up by handという表現は、ブルが "'by hand' as it is popularly called"(『母の心得』二九三)と断っているように、医師ではない一般人の表現であった。ディケンズの『大いなる遺産』(一八六〇~六一)で、主人公ピップは、幼いとき自分が年の離れた姉によって「手で育てられたbrought up by hand」と聞かされるたびに、自分の置かれた状況から推測して、それは姉の手で叩かれながら育てられたことを意味するものと誤解していた。

(19) Fildes, *Breasts* 262. 授乳器具と母乳代替品の歴史については、Fildes, *Breasts* 262-350 および Baumslag

113-43 を参照。

（20）図3のモーランドが描いた乳母の家の絵では、乳母の足もとの小さなテーブルの上にスプーンが入ったパップ・ボートが乗っているのが見える。

（21）Bennion 264.

（22）牛乳を乳児にとって消化しやすいものにするために、もっとも一般的に用いられた方法は、水で薄めて砂糖か大麦の重湯を加えることであった（Baumslag 120）。一九世紀の医師たちは、ロバの乳の場合には砂糖を加える必要はないが、牛乳を与える場合は砂糖を加えるよう指示している（Bull, *Maternal Management* 67; Chavasse, *Advice to a Mother* 29; Combe 122）。

（23）*Lancet* 4 Oct. 1851: 324.

（24）フランスでは、孤児院や病院が敷地内でヤギやロバを飼育して、胎児性梅毒の乳児に直接授乳を行った。一方イギリスでは、直接授乳が広く行われることはなかったが（Fildes, *Breasts* 269）、医師のなかにはその利点を認める者もいた。ラウスは、人工哺育の死亡率の高さに対する対策としては、他国で行われている直接授乳以外にない、と記している（Routh, *Infant Feeding* 192）。

（25）"The Army in the Crimea," *Times* 29 Jan. 1856: 7; William Domett Stone, "Infants at Sea," *Lancet* 5 Mar. 1864: 290 参照。

（26）"Baron Liebig's Soup for Children," *Lancet* 7 Jan. 1865: 17.『タイムズ』一八六五年三月六日付一五頁には、シュヴァイツァーとフーパーという別々の製薬業者がリービッヒの調整にもとづく乳児用栄養物の宣伝を掲載している。

（27）ラウスは『乳児哺育』の第三版（一八七六＝一八七九）で、リービッヒの麦芽入り乳児用食品を「何千もの乳児の命を救った」と高く評価している。本文でふれた一八六五年の『ランセット』の記事に言及して元々の製法を説明したあと、「今では粉末で売られている」と記している（一八四）。

（28）"Dr. Robert Hutchison: Patent Foods," *Lancet* 5 July 1902: 5.

(29) *Trumbach* 205.
(30) *Trumbach* 206.
(31) Underwood 329 アンダーウッドは同書で、同時代の医師アームストロングが人工哺育を擁護していることについて、はなはだしい間違いであると批判している（三三〇）。
(32) S.G.O. "The Wet-Nurse System," *Times* 4 Sept. 1852: 5. S・G・Oは、慈善活動家、牧師のシドニー・ゴドルフィン・オズボーン（一八〇八～八九）。『タイムズ』に掲載された一連の「俗人の説教」でよく知られ、幅広い社会問題（自由貿易、教育、衛生、女権、家畜伝染病、コレラなど）について頻繁に寄稿していた（"Osborne, Lord Sydney Godolphin," *Oxford Dictionary of National Biography*. 以後は *ODNB* と略記）。一八八八年九月一九日付『モーニング・アドヴァタイザー』によれば、オズボーンは「二五年前には、もっとも多筆なアマチュア・ジャーナリストの一人で、そのまっとうな常識は説得力のある文章によって表現され、多くの読者を獲得していた」とのことである。
(33) Forsyth 129-30.
(34) Great Britain, *Report from the Select Committee on Protection of Infant Life* iv.
(35) この時期には、ほとんどのドライナースの広告は単にNurseという職名で出されており、人工哺育による授乳が必要な乳児の世話をするつもりでも、Dry Nurseという職名を掲げて広告を出している例は少ない。Wet Nurseは別にそれとして明白に記載されていたので、自らの身体から乳を与えない場合はあえてDryと断る必要はなかったのだろう。なお、新聞広告の職名ではNurseはもっぱらWet Nurseと区別されたDry Nurseを意味しているが、当時の文献ではNurseがWet Nurseの意味で用いられていることも多い。さらに、現代ではNurseといえばSick Nurse看護師のことを意味するが、この時期の広告ではNurseは子どもの世話係を意味していることのほうが圧倒的に多い。
(36) 調査したのは、一八六一年の各月第一週の火、木、土曜日の求職広告欄である。なお、人工哺育をすると明記していないものも含めると、生後一か月から引き受けるという広告は一五二件、誕生直後から引き受けるというものは一七件ある。「生後一か月」が区切りの時期になっているのは、出産直後から一か月間は産婦と赤ん坊の両方の世話をする（ただし、自らの乳房からの授乳はしない）産後乳母（マンスリー・ナース）が雇われるが、ちょうどその雇用期間が切れる時期であるためと考えられる。

（37） ただし、これらの広告主が本当に人工哺育を成功させる手腕の持ち主だったかどうかはわからない。なかには、のちにベビー・ファーム問題となって明るみに出るように、最初から育てる気がなくて赤ん坊を引き取る者もあったかもしれないからである。ベビー・ファームについては第四章で扱う。

（38） アームストロングは、実験の結果、授乳器具としては、パップ・ボートとスプーンがよいこと、また栄養物としては新鮮なウシの乳とパップを混ぜたものがよいなどと書き記した（Armstrong 106–16）。

（39） 牛乳の衛生管理については、一八八五年、「酪農場、牛舎、牛乳店に関する規則」が出されたが、具体的な実施は地区行政に任されたので、取り組みには地域によって大きな差があった。牛乳の生産と販売に関する包括的な規制は一九一四年の「牛乳及び酪農場に関する法律」まで行われなかった（French and Phillips 161）。

（40） 歴史地理学者アトキンズは、母乳の代替物としての安全な牛乳の普及は、これまで考えられてきたより遅く、一九二〇年代以降のことであるとしている（Atkins 227）。

（41） 人工哺育と権威の結びつきということでいえば、『大いなる遺産』でピップを育てた姉は、危険な人工哺育を成功させた功績を根拠に、威張り散らし傍若無人に振る舞うことを正当化している。

（42） S. G. O., "The Wet-Nurse System," *Times* 4 Sept. 1852: 5.

第二章　乳母雇用の実態と問題

一九世紀のイギリスにおいては母親による授乳が規範となっていたが、医師たちがなだめたりすかしたりして母乳哺育を勧めている様子をみると、実際には母親たちが授乳しない場合が多かったことが推測される。一方で、人工哺育は信頼できるものとは考えられていなかったので、結果として、乳母が必要とされていた。

しかし序章でもふれたように、乳母の実数を知る統計はなく実態は不明である。正確な数をつかむことは難しいとしても、何らかの根拠のある数字によって雇用の増減傾向を把握することはできないだろうか。その一つの試みとして、本章第一節では、『タイムズ』掲載の乳母広告の件数を調査する。ついで第二節では、雇用されつつも「必要悪」[1]と認識されていた乳母にまつわる懸念について、育児書や新聞雑誌の記述をもとに考察する。

一　新聞広告件数にみる乳母雇用の推移

　本節では、ロンドン発行の日刊紙『タイムズ』掲載の求職・求人広告の数から、一九世紀の乳母雇用の推移を推測することを試みる。[2] 新聞の、それも『タイムズ』一紙に出された広告の数が、実際の乳母需要の推移をどの程度反映しているか、という問題はある。また、調査対象とした四分の三世紀にわたる長い期間のうちに、『タイムズ』の価格や広告掲載費、発行部数は大きく変化した。したがって、広告掲載数の変化がそのまま乳母需要の変化を反映しているとはいえないかもしれない。それでも、乳母の実数に関する資料が少ないなかで、雇用数の変化を具体的に示すものとなってくれるのではないかと期待される。

　調査したのは、『タイムズ』の一八二一年から一八九六年までの五年ごとの、毎月最初の一週間（月〜土曜）に出された乳母の求職・求人広告件数である。各年につき七二日分をサンプルとして調査したことになる。年ごとの合計数が表1、それをグラフにしたものが図10である。[3]

　広告件数のあとの括弧内の数字は、乳母候補者の結婚状態別の人数である。あとの議論で必要になるので一覧に加えた。広告文中にこの情報を含めていないものについては不明とした。なお、表1を一見してわかるように、求職広告件数に比べて求人広告件数はつねに格段に少ない。ミドルクラスの家庭で乳母を雇いたいと思ったとき、まずは医師あるいは信頼できる知り合いに推薦を依頼することを考えたため、だれが応募してくるかわからない新聞広告を出すことは少なかったのでは

表1 『タイムズ』における乳母求職・求人広告件数（著者作成）

年	乳母求職件数（既婚/未婚/不明）	乳母求人件数（既婚/未婚/不明）	乳母求職・求人件数（既婚/未婚/不明）
1821	31（5/0/26）	1（0/0/1）	32（5/0/27）
1826	28（7/0/21）	1（0/0/1）	29（7/0/22）
1831	21（8/0/13）	1（0/0/1）	22（8/0/14）
1836	30（9/0/21）	1（0/0/1）	31（9/0/22）
1841	69（17/0/52）	4（0/0/4）	73（17/0/56）
1846	66（26/0/40）	4（1/0/3）	70（27/0/43）
1851	72（31/3/38）	7（3/0/4）	79（34/3/42）
1856	231（63/8/160）	3（0/0/3）	234（63/8/163）
1861	173（55/15/103）	8（0/0/8）	181（55/15/111）
1866	76（18/8/50）	9（2/0/7）	85（20/8/57）
1871	46（7/2/37）	4（0/2/2）	50（7/4/39）
1876	22（8/1/13）	1（0/0/1）	23（8/1/14）
1881	18（8/1/9）	1（0/0/1）	19（8/1/10）
1886	10（4/0/6）	2（0/0/2）	12（4/0/8）
1891	2（0/0/2）	0	2（0/0/2）
1896	0	0	0
総数	895（266/38/591）	47（6/2/39）	942（272/40/630）

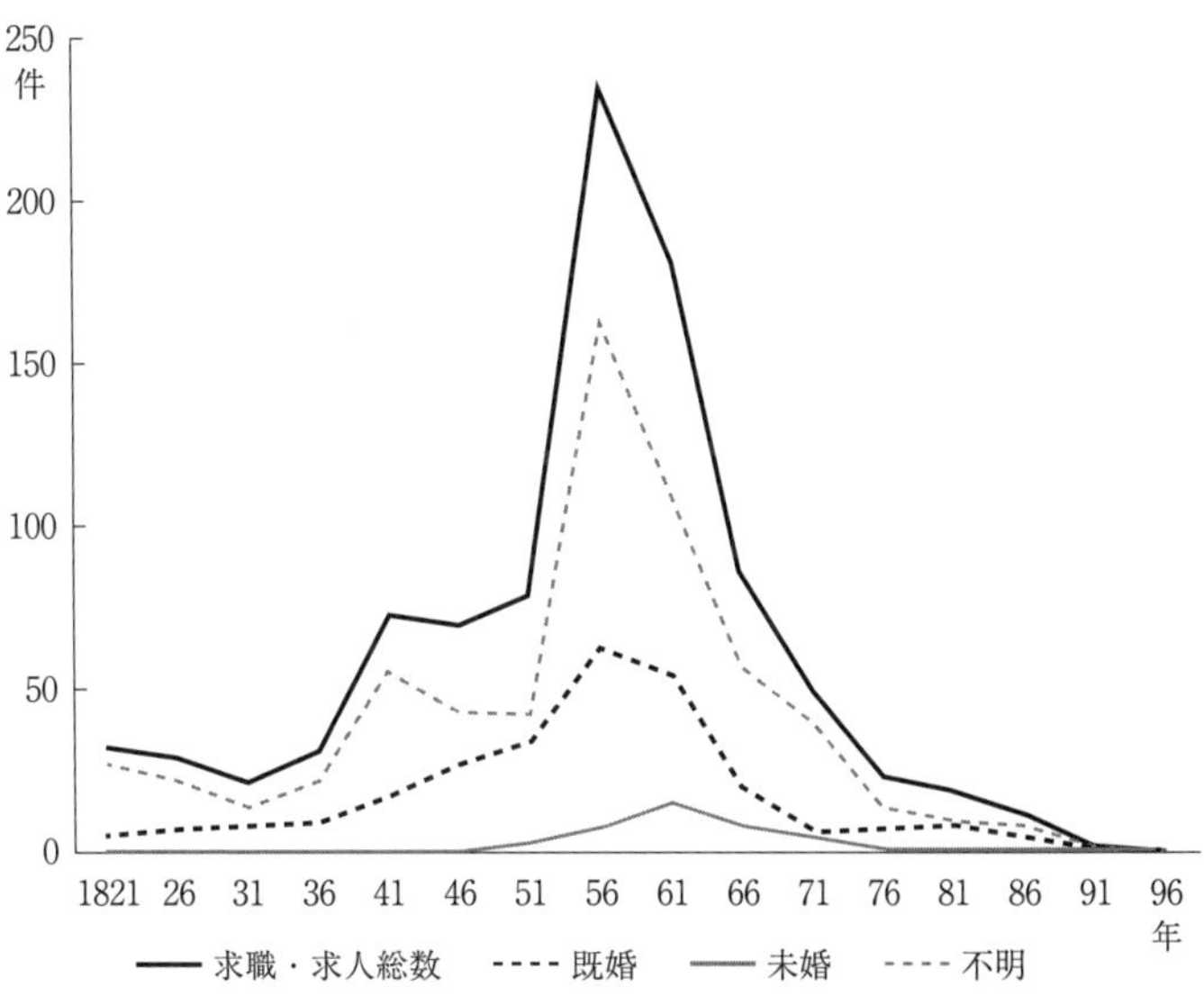

図10 『タイムズ』における乳母求職・求人広告件数の変化（著者作成）

ないかと考えられる。

これらをみると、一八五六年に広告件数が最も多くなっており、ついで一八六一年も他の年に抜きん出て多い。これは、実際にこの時期が乳母需要の最盛期だったことを示していると考えてよいのだろうか。ここで考慮しなければならないのは、スタンプ税、広告税、用紙税などの、新聞にかけられていた税金の推移である。これらは一七一二年に課税が始まって以来継続的に税率が引き上げられ、一八一五年から一八三六年のあいだに最高になった。その後、徐々に減税されて、一八五三年に広告税、一八五五年にスタンプ税、そして一八六一年に、最後まで残っていた用紙税が撤廃された。これによって『タイムズ』自体の価格も、一八一五年には七ペンスにまで値上げされたものが、一八三六年には五ペンスに、一八五五年には四ペンスに、そしてすべての税金が撤廃された一八六一年には三ペンスに下がり、この後世紀末まで同じ価格だった。この減税は広告掲載料にも値下げという形で反映されたと考えられることから、それに伴って乳母を含む求職・求人広告も増えただろうと推測できる。[4] 実際、スタンプ税が一挙に三ペンス引き下げられ、連動して新聞価格も二ペンス下げられたあとの一八四一年、また、広告税、スタンプ税が撤廃されたあとの一八五六年には乳母広告数が急増している。

世紀前半の広告掲載料の高さを考えると、その時期に広告数が少ないからといってそれがそのまま乳母需要の少なさを反映しているとはいえない。掲載料に見合うだけの広告効果が得られないと考えて、新聞広告ではない方法で求職・求人をしていたかもしれないからである。世紀前半の実態がわからない限り、この調査だけで一八五六年を乳母需要の最盛期と断定することはできないだろ

表2　『タイムズ』における家事使用人の求職広告件数概数（著者作成）

年	1831	1841	1851	1861	1871	1881
求職広告件数（一日平均）	25.5	87.1	97.4	241.6	214.0	264.3

注（調査方法）：1831年から1881年までの10年ごとに、各年の１、２、３月の第１週目の火・木・土曜に出された家事使用人の求職広告件数をもとに、１日平均を算出。

う。しかし、本章第四節でみるように、一八五九年から一八六〇年代にかけては、未婚の乳母を雇うことの是非をめぐる議論が盛んだった。これは、実際に雇用されていた乳母の数が多かったためであると考えられる。したがって、本調査で明らかになった一八五〇年代後半から六〇年代前半の時期の乳母広告件数の多さは、その時点に関しては現実を反映していると考えられる。

次に、一八六六年以降乳母広告件数が急激に減少した原因を考えてみたい。この間、新聞価格には変化がなかったので、広告掲載料が求職・求人者たちに広告を出すのを控えさせるほど値上げされたとは考えにくい。現に、『タイムズ』に掲載された乳母を含む家事使用人全体の求職広告件数は世紀後半にかけて減少してはいない（表2）[5]。したがって、この時期の乳母広告数減少の原因は、乳母の需要そのものが減少したことにあると考えられる。もっとも、一八六四年から、ナース派遣協会という、乳母を含む各種ナース（ウェットナースの他、産後乳母（マンスリー・ナース）および看護婦（シック・ナース））の派遣協会が『タイムズ』に広告を出していることをみると、他の求職手段が出てきたため個人的に新聞広告を出す必要がなくなった、ということも考えられないわけではない。しかし、以前から、新聞広告と並行して、医師や産院が乳母の斡旋をすることは行われていたので、世紀後半の広告数の急激な減少ぶりは、他の求職・求人方法への分散化が進んだためというよりは、乳母そのものの需要が減少したことを反映しているように思われる。

『タイムズ』の求職・求人広告からみる限り、乳母需要は一九世紀半ば過ぎまでかなり多く、その後急速に減少していったようである。第一章でみたように、一九世紀半ば過ぎには、人工哺育用の栄養物や器具の研究開発が盛んに行われていた。人工哺育が完全に信頼できるものになってはいなかったとしても、乳児の月齢や雇用者側の事情によっては、人工哺育を採用してもよいと考える人が増え、結果的に乳母雇用は廃れていったと考えられる。

二　乳母への懸念

乳母雇用は、その利点が人工哺育の欠点を上回ると考えられている限り続いていた。しかし、「必要悪」と認識されていたことにもみられるように、乳母雇用にはさまざまな問題がつきものであった。このことは、たとえば育児書において、乳母の選択の仕方について必ず一定のページが割かれていたことをみてもわかる。一九世紀半ばによく読まれた育児書でみてみると、T・J・グレアムの育児書『乳幼児の養育と疾患について』の一八五三年に出された初版では、「乳母雇用について」と題する章に三〇頁も費やされている。ちなみに、人工哺育についても同じく三〇頁あてられているが、母乳哺育については一六頁である。少し時代が進んで一九世紀後半になっても、アンドルー・クームの『乳児養育』の第一〇版（一八七〇）では、「乳母の選択と管理」という章に一〇頁以上、また、トマス・ブルの『母親のための小児養育法』の第一三版(一八七五)でも、乳母の選択方法、食事などに一〇頁が割かれている。一九世紀末の一八九七年に出版されたエドマンド・コートリーの『乳幼児の自然哺育および人工哺育』は、ほぼ全巻を母乳と人工乳の記述に費やした書物だが、それでも乳母についての記述を消し去ることはできず、乳母の選択にあたって注意すべきことを一〇頁以上にわたって書いている。以下では育児書や医学雑誌の記事などを中心に乳母の何が問題とされたのかをみていく。

気質の伝染

育児書で乳母選択にあたってとりわけ注意すべき事項として挙げられているのは、授乳による乳母の気質の伝染である。前章で、一七世紀末から上流階級のあいだで人工哺育の試みがあったことをみた。乳母を雇うことが階級の規範にもとることとはみなされず、金銭的にも何の不安もない上流階級が、なぜわざわざ危険な人工哺育に臨んだかといえば、下層の「劣った」性質を乳母の乳を通して自分の跡継ぎに注ぎ込ませたくないと考えたからである。[6] 乳によって授乳者の気質が伝わるという考えは、少なくともローマ時代には信じられており、その後も長く一般に共有された。[7] 上流階級の女たちがわが子に授乳せず乳母に託すことを「悪習」として非難したリチャード・スティールは、「乳母が授乳によってその性質や気質を子どもに注ぎ込み影響を及ぼす力をもつことは、日々いやというほど見聞きするところである」(四五五)と書いている。また、同時代のダニエル・デフォー(一六六〇?~一七三一)は『英国紳士大全』(一七二八~二九)で、「気質に関しては、父あるいは母から受け継ぐものより、吸った乳から受け継ぐもののほうが多い」（七五）と述べている。

乳によって授乳者の気質が子どもに伝わるという考えは、単に医学的知識に欠けた一般の人々のあいだでのみ信じられていた迷信ではなかった。医師ヘンリー・ブラッケン（一六九七～一七六四）は一七三七年の著作『産婆の手引き』で、多くの医師が乳の影響力を主張しているのは愚かな間違いであると批判している。ブラッケンは、乳と子どもの関係は、土地とそこに育つ植物の関係と同じであるとする。土地が肥沃なら植物はよく育つが、土地がやせていれば植物はやせ衰え枯れてしまう。しかし、どんな土地でも、リンゴの木にナシの実をならせたり、プラムの木にサクランボの実をつけさせたりすることはできない。すなわち、たしかに、乳が多ければ子どもはよく育つし、少なければやせ衰えるが、乳の影響はそこまでであって、元々の気質や性向を乳によって変えることはできない、と説く。ブラッケンはこのようにして、乳母の乳を通して気質や性質が赤ん坊に伝わることはない、と主張したが、自分の考えが医師も含め一般に受け入れられている考えに反するものであることも認めている（二七五）。授乳者の気質が赤ん坊に伝染するという考えは人々のあいだに深く浸透していた。

一九世紀になってもこの考えは生きており、育児書でも言及されている。パイ・ヘンリー・シャヴァスは「古くからの言い伝えで、子どもは母親あるいは乳母の気質を受け継ぐというものがあるが、私のみるところでもこれは真実だといえる」（『妻の手引き』二七〇）と述べている。トマス・ブルは、授乳によって授乳者の気質が伝わるので、乳母雇用に際しては候補者の「道徳的資質」に注意するように、そしてこの点で少しでも不安があったら、健康状態などその他の点で問題はなくても雇ってはいけない、と述べている。ここでブルが「道徳的資質」で表そうとしていることのなかには、禁酒、清潔さ、品行のよさ、子ども好き、子ども扱いの巧みさなどが含まれている（『母の心得』二八七）。また、一八五九年、C・H・F・ラウスは次のように述べている。

> 女が授乳するときには、間違いなく、授乳者自身のいわば血液の精髄を送り込んでいるのである。したがって、根っから不道徳で激しやすい乳母が授乳すれば、その乳を飲んだ子は、徳性が同じように汚される危険にさらされることになる[8]。

本章第四節でみるように、ラウスは未婚の乳母を雇うことの是非をめぐる論争において、その雇用に反対したが、その論拠の一つとして挙げたのが、この乳による気質の伝染である。未婚で出産するというような不道徳な行いをした乳母に授乳させれば、そのふしだらな性質が養い子に伝わるというのである。

もちろんこのような考え方がナンセンスであることを指摘する者もいないわけではなかった。未婚の母を乳母として雇用することを強く勧めたウィリアム・アクトン（一八一二?～七五）は、授乳による気質の伝染について、それに疑問を呈する立場から、よく知られた例として、敬虔な両親のもとに生まれ、母親によって授乳されたのに、極めて不道徳な人間になった人物の例を挙げている。またキャンプスという医師は、ラウス博士は母親の乳だけが子どもの精神を決定すると主張しているのだろうか。自分は、父親の性質が引き継がれている場合が多いと思う、とごく真っ当なことを述べている[9]。

しかし、このあとも、依然として乳による気質の伝染を信じる発言は相次ぐ。たとえば一八六七年七月六日号の医学雑誌『ランセット』では、M・A・Bという筆名の投稿者が、乳によって道徳的性質が伝わることの証拠として次のような例を挙げている。双子の女児を、一人は母親が授乳し、もう一人は素性の明らかでない乳母に任せたところ、際立った性質の違いを生じた。乳母に任されたほうの子どもにはあまりにも悪い影響が及んでいたので、その後正すことができなかった。その結果、一人はレディらしく慎み深い洗練された女性に育ったのに対し、もう一人は荒々しく、大胆で、ひどく野卑な女になった、というのである[10]。

気質の伝染が問題になるときには、もっぱら悪い気質が伝わることばかりが指摘されるが、ごくまれに、乳母のよい性質が子どもに伝わったと考えられた例もある。アスキス首相（一八五二～一九二八、首相在職期間一九〇八～一九一六）の二度目の妻となったマーゴット・アスキス（一八六四～一九四五）はその自伝で、一八五八年生まれの二番目の姉について次のようなエピソードを記している。この姉は家族のなかで一人だけ背が高くしかも美人だったが、母はその理由を、乳母が背が高く美人だったからと考えていたとのことである（一四）。

乳母による気質の伝染をこれほどまで心配しているのであれば、赤ん坊に動物の乳を飲ませることにはさらに警戒感が強かっただろう。実際、フランスを除くヨーロッパでは、ロムルスとレムスはオオカミによって育てられたので非常に残酷になったとか（図11）、ペリアスの残忍さは不幸な雌馬の乳を飲んだからだ、というような話が繰り返し語られて、動物の乳による哺乳はあまり進まなかったとのことである。[11]

乳によって気質が伝わるという考えは、その時々に反駁されながらも、単なる迷信と片づけられるまでには長い年月がかかった。たとえ迷信とはわかっていても、肌をふれ合わせて分泌物を受け渡すという行為に重大な意味を付与したくなるのは抑え難いことだったのかもしれない。乳による気質の伝染が根拠のない迷信であるときっぱり否定されたのは、一九世紀も終わろうとするころになってからである。エドマンド・コートリーは一八九七年、その育児書で、「乳によって気質が伝染するというよく知られた考えがあるが、まったく根拠のないものであり、気にする必要はない」（三〇二）と述べて、医学的にはこの迷信に終止符を打った。もちろん、だからといって人々がすぐにこの考えを無効にしたとは限らない。

図11　ロムルスとレムス　スタフォードシャー陶器　1820年頃

感情の影響

個人特有の気質が乳汁を通じて赤ん坊に伝わることのほかに、一時的な感情の乱れが乳を通じて赤ん坊に影響を与えるという考えも、古くから信じられていた。怒りや悲しみなどの強い感情に襲われた直後に授乳すると赤ん坊に致命的な影響を与える可能性があるので、そのような状態に陥ったときはしばらく時間をおいてから授乳するようにと指示された[12]。

この注意は一九世紀においても繰り返しなされている。一八五九年の『ランセット』では、母親の感情の乱れが子にどのような影響を与えるかについて、次のように述べられている。

怒りの爆発、悲嘆、感情の急な高まりなどは、母親にとっては影のように通り過ぎるもので、その後何もなかったかのように暮らせる。しかし母乳には明らかに重大な影響を及ぼし、その後何日、何週間にもわたって乳児の健康を損なう[13]。

気分を穏やかに保つことは、生母、乳母にかかわらず望まれることであった。しかし、乳母選択に際してはことさらにこの点に注意が促される。クームは『乳児養育』で、「心が落ち着いていて、感情が安定していることが、乳母にはとりわけ望まれる」と述べ、次のようなエピソードをひいている。大工の夫が兵士と喧嘩をして剣で切られそうになった。妻は身を挺して止めに入り、兵士の手から剣をもぎ取り、折り、投げ捨てた。直後に、機嫌よく遊んでいた赤ん坊を抱き上げて授乳したところ、その子は数分後に死んでしまった、というのである（一一三）。これは乳母ではなく母親の例だが、乳母選択の項目のところに記載されている。乳母となる階級の母親は感情の起伏が激しいので注意するように、とでも言おうとしているかのようである。

病気感染

言うまでもなく、乳母が病気をもっていないかどうかはよく確認すべきことだった。とくに結核と性病が乳母によって養い子にうつることが警戒された。育児書では、乳母候補者の首に腫れがないか、皮膚に発疹がないかを調べるよう指示されている[14]。首の腫れはるいれきと呼ばれた結核性頸部リンパ節炎の兆候を、また皮膚の発疹は性病の兆候を示す。病気については、表向きは当たり前のごとく下層階級が感染源となると考えられており、梅毒について「彼らの［下層］階級に特有の病気」と書いた医師もいた[15]。医学雑誌でも、たしかに乳母が養い子に梅毒を感染させた例の報告はなされている。たとえばヘクター・ギャヴィン（一八一五〜五五）は、一八四六年の『ランセット』で、梅毒の病歴のある乳母が、表面上の兆候が消えたため治ったと思って乳母になったところ、授乳した養い子に梅毒をうつし、その子が今度は実母に感染させたと考えられる例を挙げている[16]。

しかし、乳母と梅毒感染の問題について医師たちがより問題視していたのは、実は逆方向の感染、つまり養い子から乳母への感染だったようだ。一八三七年、アイルランドの外科医エイブラハム・コーレス（一七七三〜一八四三）は、実母は先天性梅毒の子に授乳しても感染しないが、乳母には感染する場合があることに注目して次のように書いた。

明らかな性病の兆候のない母親から生まれ、しかも誕生後感染するような状況にはなかったのに、生後二、三週のときにこの病気の兆候を示した子どもは、授乳によって、あるいは単に世話をしたり服を着せたりしただけで、健康そのものの乳母に病気をうつす。それにもかかわらず、同じ子どもが母親にはうつさない。たとえ子どもの舌と口に性病の潰瘍がある状態だったとしても、母親にはうつさないのである[17]。

この「先天性梅毒の子は、授乳を通じて、母親にはうつさないが乳母にはうつす」という考えは「コーレスの法則」として、この後一九世紀を通じて医師たちに対して影響力をもった。

乳母が養い子から梅毒をうつされる問題は、一つの裁判をきっかけに、一八四六年五月から八月にかけて『ランセット』誌上で集中的に議論された。訴えは、アイルランドのコークで、乳母だった妻が養い子から梅毒をうつされたとして乳母の夫が起こしたものである。妻は、乳母として引き受けた赤ん坊が梅毒に感染していると知らずに授乳し、梅毒に感染した。乳母からその夫にもうつり、結局一家全員が梅毒にかかった。その後乳母が出産した子も先天性梅毒児ですぐに死亡した、というのである[18]。ダブリンの医師ジョン・C・イーガンは、同郷のコーレスに言及し、先天性梅毒の子に母親が授乳してもうつらないが、乳母にはうつるし、乳首から直接授乳しないドライナースにもキスなどによってうつると述べている。この他に五人の医師の投稿が掲載されているが、ほとんどの医師がうつるという意見である。ウィリアム・アクトンは、乳児から乳母にうつっていると思われる症例もあるが、家庭の崩壊を来しかねないこともあり、軽々しく結論は出せないと慎重である。しかしそのうえで、赤ん坊が先天性梅毒だとわかっていたら、自分の家の恥をさらすことになるので決して乳母に授乳させてはならないと忠告している[19]。

この問題はこれ以降も議論が続き、一九世紀末になっても決着はつかない。一八九七年、乳汁による気質の伝染をきっぱり否定したエドマンド・コートリーは、同じ著書で、コーレスの法則はもはやあまり受け入れられていないし、実際に先天性梅毒の子から病気をうつされた乳母も見たことはないが、現段階ではまだ先天性梅毒の感染性について完全に解明されてはいないので、先天性梅毒の子を乳母に預けるようなことは決してしてはならない、と注意している（一〇二）。

このように医師たちは梅毒と乳母の関係について深い関心を抱いていたが、育児書で注意喚起されている、乳母が養い子に梅毒をうつす問題よりは、先天性梅毒の子が乳母に病気をうつす問題のほうにより関心をもっていたようだ。アクトンが慎重に述べたように、自分たちの階級の名誉がかかる問題だったからだろう。

子どもの成長への影響を考えると、気質の伝染より梅毒感染のほうが、現実的にはより由々しい問題だったのではないかと思われる。しかし育児書などの記述においては、気質の伝染のほうが重要視されているようにみえる。気質の伝染というのは根拠を明らかにできるようなものではないが、実体のわからないものだからこそいっそう不安を抱かせるものだったのかもしれない。気質の伝染への恐れは、乳母雇用階級のもっていた下層階級からの汚染恐怖を象徴的に表していたといえるだろう。

また、梅毒感染は、気質の伝染のように、一方的に下層階級に属する乳母を汚染源として責任を負わせることができない問題であることがわかっていたということもあるだろう。乳児から乳母にうつったと思われる例も隠しておけないほど多かったため、乳母と梅毒との関わりを正面きって問題にすると、乳母だけを一方的に悪者扱いすることはできず、逆に自分たち乳母雇用階級の道徳性が問われることになった。家庭に梅毒をもちこむような行為を、リスペクタブルであるはずの階級の一家の主人が行っていることが白日のもとにさらされることになったのである。それを避けようとする思惑も、育児書で気質の伝染のほうが梅毒感染より重要な問題として扱われたことの背景にあるように思われる。

アヘン剤使用

次に、乳母を雇い入れたあとの注意として挙げられている項目をみてみよう。まず注意が促されるのがアヘンを与える乳母である。乳母として雇われたものの、実は乳が出ず、そのことを隠すために赤ん坊にアヘンを与える乳母がいた。アヘンによって麻痺した子どもは、空腹でも泣くことはないが、そのうちに痩せ衰えて、結局死んでしまうことがあった。ブルは『母の心得』で「それは乳母にとって非常に便利な薬なのだ」(三四四、強調原文)と、普及の真の理由を暴露している。

ただし、アヘン入りの薬は、ゴドフリーズ・コーディアル、スティードマン鎮痛粉薬、アトキンソン小児薬などの商品名で当時広く流通していた[20](図12)。乳母に限らず、母親も、乳歯萌出時のむずかり対策や下剤として使っており、『ビートン夫人の家政読本』(一八六一、以下『家政読本』と略記)もアヘンの粉末とアヘンチンキを家庭の常備薬リストに入れている(五二二)。もっとも、医師たちはそのような薬の害を認識しており、医学雑誌ではその使用によって子どもの命が奪われているとの記事が一九世紀を通じて掲載されていた。[21]母親向けの育児書もアヘンの害について注意している。たとえばクームは、多くの母親や乳母が、子どもの寝つきが悪いことを理由に安易にアヘン入りの薬を与えがちであることを問題としている（一〇八－〇九）。しかし、その使用は世紀末まで法律で禁じられることはなかった。アヘンを与える乳母というステレオタイプが長く残存したことは、一八九七年のコートリーの育児書で、乳母が乳量不足の場合赤ん坊にアヘンを与えて静かにさせようとすることがあるので注意するように、と書かれていることでもわかる（三〇二）。

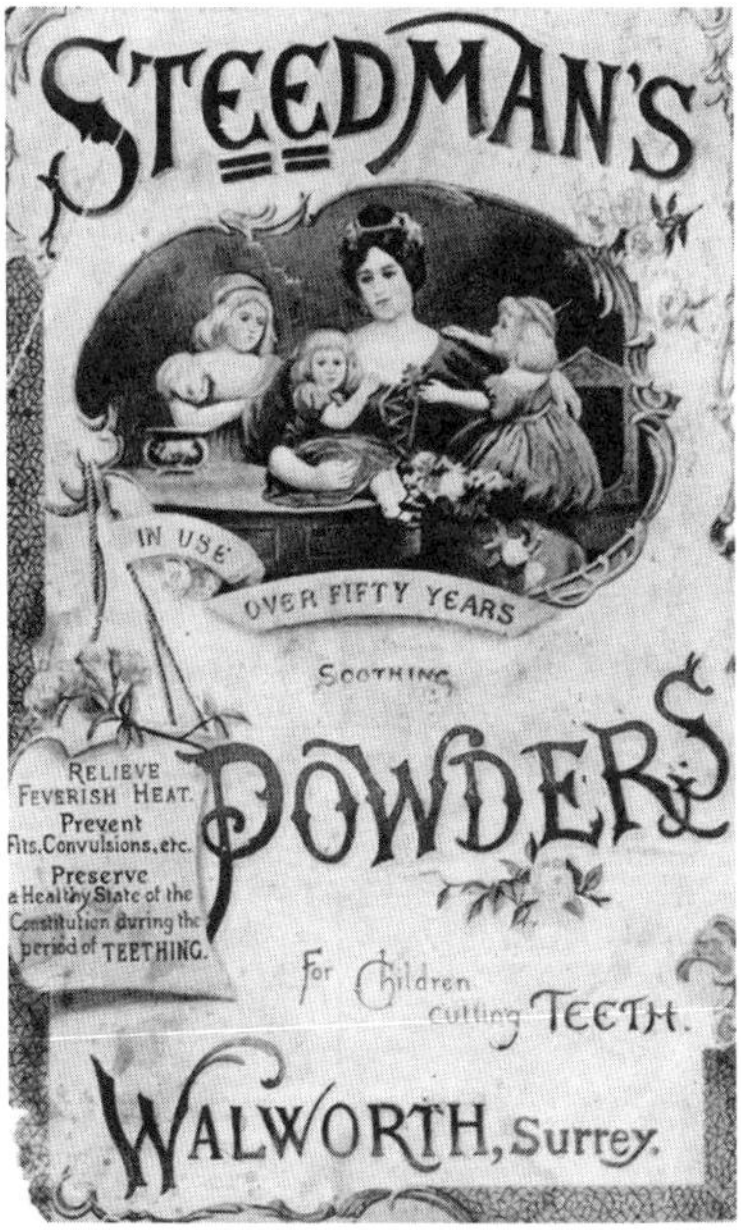

厄介な使用人

ビートン夫人は『家政読本』の「乳母」についての項を次のような文章で始めている。

> ご婦人方のなかに、結婚生活のある時期において、あの尽きせぬ悩みの種「乳母」ほどやっかいな家庭問題はないとおっしゃる方がおられることは承知しております[22]。

ビートン夫人は、一般に乳母ほ

図12　スティードマン鎮痛粉薬の広告　19世紀イギリス

ど厄介なものはないと言われるについては、たしかに乳母として働くに値しない人間もときにいるが、きちんと仕事を務める者も多い、と乳母を弁護する。トラブルは、女主人が自分のやり方を経験豊かな乳母に押し付けようとする場合に起こりがちであるとし、階級が下の者たちには思いやりをもって接しなければならないと説く。ビートン夫人は女主人に向けて乳母を尊重するようアドバイスしたが、現実には、若い未経験の主婦は乳母の言うがままになることが多く、また、家庭内で雇っている他の使用人たちが、高給取りで高待遇の乳母を妬むことから生じる問題にも悩まされた。[23]

乳母がもたらす家庭内の混乱は、医学的な問題ではないにもかかわらず、医師がわざわざ育児書でふれる必要があると考える問題でもあった。ブルは、乳母がさまざまな点で育児室の秩序を乱す存在となることを警戒し、母親に対して、雇用にあたっては乳母に立場と義務をわきまえさせるようアドバイスしている（『母の心得』二八九－九二）。コートリーは、乳母は、養い子の命が自分の乳にかかっていることを知っていて、それをたねに、給料を上げなければ辞めるといって脅しをかける可能性があると注意を促している（二九五）。

一方、ラウスは、とりわけ未婚の乳母を家庭内に雇い入れた場合、他の使用人に与える悪影響について懸念を表している。未婚で出産するというような不道徳な行いをした女が、使用人中一番の高給を取り、よい食事を与えられ、馬車に乗るのを見たら、女中など他の使用人が自分も同じように安楽な身分になりたいと思う可能性がある、というのである（『乳児哺育』一一〇－一一）。未婚の乳母問題についてはのちほど詳しく検討するが、ミドルクラスが衒示的消費として乳母雇用を行うようになって乳母需要が高まったために生じた問題とも考えられる。

そもそも乳母と他の使用人との摩擦は、乳母を家庭内に雇い入れることによって生じた問題である。子どもを乳母のもとに出すのが通常の雇用形態だったフランス同様、イギリスでも、一九世紀初めのうちまでは、乳母が自分の家に引き取って育てる場合もあった(24)。しかし、家庭を重視するミドルクラスは、子どもを外に出すことをよしとせず、乳母を雇い入れるのが通常の雇用形態となっていった(25)。

乳母が雇用主の家に住み込むことによって、妻に去られた乳母の夫の問題も生じた。一八五二年一〇月四日付『タイムズ』には、乳母の夫が起こした事件に関する裁判記録が掲載されている。この事件は、貴族の屋敷に乳母として働きに出てしまった妻の夫が、妻の雇い主に脅迫状を出したというものである。兵卒である夫が述べる事情は次のようなものである。妻の妊娠中、できる限りの世話をしたのに、出産後乳母として出て行ってしまった。子どもも一緒に連れて行ってしまったので、その様子を知るために手紙を出したが返事がない。直接出向いていって面会しようとしたら追い返された。そこで、妻を帰さなければ復讐するという趣旨の脅迫状を出した、というのである。夫は自分で子どもが屋敷近くの村に預けられているのを発見しロンドンに連れ帰った。預けられているあいだほったらかしにされていたので、もし自分が救い出さなかったら死んでいただろうと述べた。貴族の称号をもつ金持ちだからといって下層を踏みつけにするような行為をしてよいのかと訴え、このときは治安判事も同情的である。しかし、翌一〇月五日付の同紙に掲載された被告の妻の証言をみると事情はかなり違う。それによると、雇用主は夫が妻に会うことを制限しなかったし、毎日一パイントの新鮮な牛乳を子どもに届けてくれた。このため子どもは当地に来たときより元気になった。夫は妻にたびたび金を普請する手紙を出しており、家にいたときも虐待したり、ふしだらな女を連れ帰ったこともあったので、妻は自分の給料だけが目当ての夫とはもう連絡を取りたくないと訴えた。この事件は結局夫に誓約保証金一〇〇ポンドの支払い、執行猶予二年が申し渡されて決着がついた。この事件では夫の側に問題があったようだが、妻が家を出て、夫が（場合によっては乳飲み子とともに）家に残されれば、問題が生じても不思議ではないだろう。[26]

三　乳母の子の運命

乳母を雇うに際して、雇用者はいろいろな心配をしなければならなかった。しかし、それらの問題は、乳母を雇うと決めた時点で雇い主が引き受けるべき問題であった。乳母雇用のより深刻な影響は、乳母の側、より正確にいえば乳母の子に及んだ。乳母の子どもたちにとって、実母が乳母として働きに出ることは、文字通り命をかけた問題になったのである。

乳母の子の問題が生じたのは、前節でもふれたように、乳母の雇用場所の変化が大きく関係している。乳母が養い子を自分の家に預かるという形態なら、乳母は自分の子の世話をし授乳することもできる。乳母の子も養い子と同じように成長できただろう。しかし、乳母が自分の家を出て雇われ先に住み込むことになったとき、通例、乳母は自分の子はあとに残し一人で雇い主の家に住み込んだ。たとえ乳量が十分だったとしても、雇用主は目の前で自分の子以外の赤ん坊が授乳されるのを見たくはなかっただろう。本来は乳母の子のものであるとしても、高い賃金を支払って得ている乳が横取りされているような気がしたかもしれない。したがって、自分の母親が乳母になると、その子は母乳以外のものを母以外の手で与えられて育てられることになった。たとえ親身になって面倒をみてくれる家族、親戚、知人がいたとしても、人工哺育の困難さは第一章でみたとおりなので、乳母の子が生き延びられる可能性は大幅に減じた。

乳母雇用者の認識

乳母を雇用主の家に雇い入れると乳母の子はどうなるか、少しでも想像力を働かせれば結果はすぐに推し量れそうなものだが、雇用主たちは乳母を雇うにあたって罪悪感をもたなかったのだろうか。雇い入れる形での乳母雇用が常態になった一九世紀半ば近く、なかには乳母を雇うと乳母の子が犠牲になることに気づいて悩む雇用者も出てくる。

たとえば、画家ベンジャミン・ロバート・ヘイドン（一七八六〜一八四六）は一八三一年の日記に乳母雇用にあたっての悩みを記している。ヘイドンの娘ファニーは生後三か月のときに母親の病気のため離乳を余儀なくされ、その後人工哺育で育てられていた。うまく栄養がとれずやせ衰えて手の施しようもない状態になっていたが、ある日キスをしたときに自分の頬が強く吸われるのを感じて、試しに乳母を雇うことにする。雇い入れる予定の乳母の家を訪れたとき、その家の元気そうな乳児が、母親が乳母になると離乳させられるというのを聞いて、「自分の子を救うために別の子を命の危険にさらすのは正しいことだろうか」と悩む。しかし、娘の命を長らえさせることを優先させて雇うことにする。結局乳母の子は亡くなり、ヘイドンは「何の権利があって、自分の子を救うためにこの哀れな女の貧乏につけこむことができたのだろう。子どもがいることがわかっていたのに」と自責の念を記している（五七八）。

また、のちに第五章で詳しくみるように、グラッドストンは一八四二年、医師から、乳母雇用のために乳母の子は生得の乳を失いひいては命を失うと聞かされ、最終的に乳母ではなく人工哺育を選ぶ。乳母雇用のもたらす弊害を知ってからのグラッドストンの行動は、裕福で人工哺育が心配なくできる環境にあったという条件を考慮に入れても非難しようのないものだが、医師から聞かされたときの日記の記述——乳母の子の死亡率の高さの原因は「働くに際して乳母自身の子どもを子守りに預けなければならないからだという」——はその事情に初めて気づいたことを示している（二三九）。グラッドストンは政治家として社会悪に敏感だったはずである。そのような人物が乳母雇用の弊害を認識していなかったのなら、多くの乳母雇用者も同様だっただろうと推測せざるをえない。

乳母雇用の負の側面が雇用者に認識されていなかったことは次のような記事からもわかる。一八五九年九月一日付の『タイムズ』に、文筆家ハリエット・マーティノー（一八〇二～七六）による乳幼児死亡率の高さを問題にする論説が掲載された[27]。乳幼児死亡率が高い原因は乳母の子が置き去りにされて命を奪われる乳母雇用にあるとし、富裕階級の婦人(レディ)が授乳すれば死亡率は大幅に下がるだろうと、一つの解決策を提示する。しかしマーティノーは、レディが授乳しない理由を、単に彼女たちが怠惰であるからとは考えない。医師が簡単に乳母を紹介しすぎることを指摘し、医師の責任を追及するのである。マーティノーは言う。レディたちは乳母の子が死ぬことに気づいていない。

一年に死ぬ乳児の何割が乳母の子であるかわかったら、彼女たちは驚き、乳母を勧めた医師を責めるだろう、と。乳幼児死亡率が高い原因を乳母雇用に帰す場合、乳母を雇う富裕階級の母親を非難するのがふつうだった。マーティノーが、安易に乳母を紹介する医師を批判して、結果的に母親を擁護することになっているのは注目に値する。乳母の子の運命について知らせることは医師の責任なので、知らずに乳母を雇用する母親だけを責められないというのである。

乳母雇用が乳母の子の命の犠牲の上に成り立っているという事実について、乳母雇用に直面して気づく雇用者もいたが、大方の認識は概して浅いものだった。乳母の子どもの運命に思いをいたすことが当然のごとくなされないほど、階級間の分断は截然としていたのである。

医師の責任

マーティノーに責任を問われた医師もみな母乳哺育を勧め、乳母雇用には反対していた。しかし育児書などが乳母雇用を断念させようとして強調するのは、乳母の乳が悪影響の源泉であるということであった。乳母を雇用すると、乳母の子が死に瀕するという点を前面に押し出して、ミドルクラスの倫理観に訴えれば、乳母雇用を減らすために効果があったのではないかと考えられるのだが、育児書のなかに乳母の子の運命に言及して乳母雇用を思いとどまらせようとしているものはない。

医師たちは乳母雇用と乳母の子の運命の関係についてどのように認識していたのだろうか。社会史家ライオネル・ローズは、医師たちのなかで乳母の子の運命を憂慮した初期の例として、産科医トマス・デンマン（一七三三～一八一五）を挙げている。デンマンは置き去りにされる乳母の子について心配し、乳母の子が払うことになる犠牲を少しでも減らそうと、乳母の子のための施設の運営に力を尽くした。しかしローズによれば、この試みは時代を先取りしすぎていたために失敗したようである。[28]

デンマンと同じころ、最初期の小児科医とされるマイケル・アンダーウッドも、乳母雇用のために犠牲になる乳母の子に言及している。しかしアンダーウッドは、この問題は直接乳母を雇用する人ばかりではなく広く一般の人々にとっても重要な問題だが、医者より倫理学者のペンを必要とする、として自身は深く立ち入らない。[29] このように、乳母雇用や乳児にかかわる医師たちは乳母雇用と乳母の子の死の関係に気づいてはいたが、それぞれ個別の指摘や対応をするにとどまり、医学界として問題視し対策を講じようという動きにはなっていなかった。

一九世紀半ばになると、医療統計によって乳児死亡率が高いことが明らかになり、その原因のひとつとして「母乳不足」が注目されるようになる。戸籍本署は一八三九年から刊行を開始した年報とは別に、一八四〇年から毎週ロンドンの一週間の死亡者数と内訳、死因などを発表するようになった。[30] ウェストミンスター医学協会の会長も務めたことのある医師のジョン・ウェブスター（一七九五～一八七六）は、一八四九年ごろから戸籍本署の医療統計を半年ごとに概観して、ロンドンの公衆衛生状態について発表していた。一八五〇年四月一三日に開催されたウェストミンスター医学協会での報告では、初めて「子どもの死亡率」という項目を立て、全体のうち一五歳未満の子どもの死亡率が四一・五パーセントを占めていることに注意を促した。子どもに多い死因を挙げるとともに、母乳不足が原因となって死亡した子が三か月間で四〇人いると述べる。一八四八年と一八四九年の過去二年間をみると、同じ理由で三四七人の乳児が死亡していることにふれ、「この高い死亡率は明らかにこの国の中・上流階級で広まっている乳母雇用の慣習に主な原因がある」と指摘する。乳母雇用が乳幼児死亡率を高める原因であるとしているからには、乳母の子の払う犠牲を問題にするのだろうと予想して読み進むと、意外なことに、まず犠牲者として出てくるのは乳母に授乳される富裕階級の子である。乳は子どもの成長とともにそれにふさわしく変化するのに、生みの母が授乳しないで乳母に任せると、成長段階に合わない乳を与えられ子どもに害が出るというのである。そしてその次に注意すべきこととして乳母の子のことが挙げられる。乳母として働きに出た女の子どもは多くの場合人工哺育され、放っておかれ、慣習の犠牲になると述べる。これらを考え合わせて、身体的理由のみならず道徳的理由によっても、生みの母がどうしても授乳できないとき以外は乳母雇用は認めるべきではないと主張する。[31]

ウェブスターはこのあとの半年ごとの報告でも、三回続けて「母乳不足」による子の死亡に特別の注意を向けるよう促している。[32] 一貫して、乳母雇用慣習を成立させている母親たち――授乳の面倒を嫌って乳母を雇用する富裕階級の母親と、安楽な生活を求めて乳母になる下層階級の母親――双方が乳児の命を奪っていると非難するが、連続報告の最後にあたる一八五一年一二月の報告では新たな注目すべき発言をする。同僚の医師たちに向けて、裕福な上流社会の医学協会メンバーが乳母制度を擁護すべきではないと訴えるのである。[33] 先に、マーティノーが乳母を勧める医師の責任を問うていることをみたが、医師自身にも、自分たちがその存続に加担しているという自覚があったことを示している。このように、一歩踏み込んだ発言までして乳母雇用と乳児死亡の関係について述べたものの、状況は一向に改善されなかった。改善どころか、ウェブスターが一八五六年のロンドン医学協会で行った年次報告によれば、母乳不足による乳児死亡は増加した。全死亡者数自体は横ばいか減少傾向を示しているにもかかわらず、「母乳不足」による乳児の死亡数はそれまでのうちで最高になっているというのである。ウェブスターはここでも乳児死亡の原因として乳母雇用という「流行の慣習」を強く批判したが、命を落とすのは「子どもたち自身の母親の乳」を奪われた赤ん坊とし、それを乳母階級に限定していない[34]。

現実に、乳母に預けてうまく育たなかった富裕階級の子どももいたとはいえ[35]、乳母雇用が生み出す子どもの犠牲ということでいえば圧倒的に乳母の子のほうが多かったはずである。乳母雇用の慣習において、雇用階級の子どもと乳母の子どもを同等の立場に置くのはどうみても不自然である。それにもかかわらずウェブスターが乳母雇用は両方の階級の子どもを犠牲にする制度であると言い続けたのは、聴衆が富裕階級の家庭に乳母を紹介する立場にある医師たちだったことと関連しているだろう。乳母雇用が自分たちの階級の子どもにとって悪影響を及ぼす慣習であることを強調して、乳母雇用の現場に影響力をもつ医師たちに、この慣習を見直すよう暗に促したと考えられるのである。

一方、医学協会の外では、乳母雇用と関連する「母乳不足」は当然のごとく乳母の子にのみ起こることとされる。「母乳不足」が原因となった乳児死亡の統計は一般紙でも報道され、それがきっかけになって医師以外の一般人を巻き込んだ乳母雇用をめぐる議論に発展した。

一八五二年八月二八日、医師でメリルボン教区登記官のエドワード・ジョウゼフが行った報告が四日後の九月一日付の『タイムズ』に掲載された。

八月一日から〔二八日までに〕一歳以下の子ども一九人の死亡を記録した。死因はいろいろだが、ほとんどの子はいわゆる「手で育てられていた」。なかには非嫡出子もいた。母親が乳母の職を得ると、自分の子を、きちんと世話をしてくれる人も頼まないで置き去りにするのだ。食事はしばしば不適切なもので、しかも不規則にしか与えられない。子どもはふつう四、五か月のうちに死亡する。ほかならぬ自然の栄養物――母乳――がないために。[36]

この記事について、三日後の九月四日、同紙の投稿欄にS・G・Oの署名で「乳母制度」と題する投書が掲載された。[37]この記事は、ジョウゼフの報告を、乳母雇用が乳児死亡の理由になっていることについて初めて公式に言及したものとして評価し、乳母の子の命が危険にさらされることを理由として、乳母雇用を批判している。

喜ばしいことに、私が数年前から貴紙のコラムで訴えてきたこと――すなわち、上の階級の母親たちの不自然な行いによって毎年失われる乳児の命について――がついに公式に発表された。〔中略〕産後乳母や医師が、興味深い誘惑の話を作り上げ、かわいそうな娘を雇うことは都合がよいだけでなく人助けになるときれい事を言う。しかし、大多数の場合、乳母は栄養物のためだけに雇われるのである。〔中略〕その子どもがどうなるかについては、「こういう種類の人間はい

つも自分たちでどうにかする」ですまされてしまう。(38)

筆者は続けて次のように書く。乳母として雇われた母親が高級住宅地で贅沢な食事をし、甘やかされているあいだに、その子どものほうはさまざまな病気に見舞われ、五か月ほどで墓場行きになる。雇った母親は、退屈な授乳をせずにすみ、容姿を保って気兼ねなく社交にかまけることができ、その夫も夜の眠りを妨げられることはない。さらに、未婚の乳母についていえば、罪を犯しながら、それを問われるどころか高給を食み甘やかされるのでは、何度も罪を犯すようそそのかされているようなものである。女として堕ちただけでなく母親としても堕ちたといえる。乳母の多くは既婚者だという主張がなされるかもしれないが、それにしたところで、乳母の子に与えられるべきものが売りに出されてしまう点では同じである。乳母雇用を今の半分に減らし、富裕階級が人工哺育をすれば、乳母の子の死亡率は下がるはずだ。筆者はこのように論じている。

この記事には乳母雇用が論じられるときのトピックが網羅されている。富裕階級の母親の授乳忌避批判、乳母雇用が未婚の母の救済策になるという主張への言及、見捨てられた乳母の子の運命の指摘、楽な労働を求めて乳母になる下層階級の母親への批判。しかも、最後には大胆な解決策の提案も行っている。乳母雇用階級への人工哺育の勧めである。たしかに裕福であれば人工哺育の成功の可能性は高いが、それでもこの時点で人工哺育を乳母雇用の代替策として提案しているのは思い切ったものだといえる。

この投書の二日後、医療関係者と思われるL・Cという人物からの反論が掲載される。授乳が退屈だからとか、容姿を保って社交にかまけるために、あるいはまた夫の夜の眠りが妨げられるからなどの理由によって富裕階級の母親が授乳しないという主張には根拠がない。また、乳母雇用の慣習がなくなれば乳の不足によって死ぬ子はいない、というのも間違いだ。中・上流階級の母親の多くは自ら授乳している。しない母親は本当にできないのである。医者が大変なのは、身体的に授乳できない母親に授乳をあきらめさせることである。彼女たちは乳母を雇用したくないがために授乳をやめようとしない。そしてこの躊躇の犠牲になる子どもが多いのだ。また、この結果、心身の健康を害する上流の母親が多い。未婚の母についていえば、S・G・Oが乳母のために描いているような生活は幻想である。未婚で何人子どもを産んでも制裁を受けるどころか乳母として雇われて甘やかされているというが、未婚で二人目の子どもを産んだら、実際にはもはや良家で働くことはできない。L・Cはこのように主張する[39]。

この反論記事の目的は、イギリスの富裕階級の母親がどこの国の母親にも負けないくらい熱心に授乳していると擁護することにあるようだ。S・G・Oの論点は、乳母雇用のために乳母の子の命が危険に瀕するということだったのだが、それについてはほとんどふれていない。むしろ、乳母雇用をやめたからといって母乳不足で死ぬ子がなくなるというわけではない、と論点のすりかえを行っている。

S・G・Oの投書に対しては『ランセット』にも意見が掲載された。S・G・Oは、医師は騙されて妊娠したかわいそうな女の話をでっちあげ、堕落した女を乳母として送り込もうとしているなどと主張しているが、これは我々医師に対するひどい中傷である。またミドルクラスの女性が授乳しないことも批判しているが、母親たちが授乳できない場合があることを理解していない。このような間違った意見は医師に対するこのうえない侮辱であり嘆かわしいことである。[40]このようにS・G・Oを批判しているが、乳母の子の命の危険についての言及はないうえ、そもそも『タイムズ』への投書について『ランセット』に投稿していることからみるとS・G・Oに正面切って応答するつもりはないようにみえる。一般人が事情を知らずに医師を批判しているが困ったものだという態度で、乳母の子の死亡率の高さの問題も、無知な一般人の的外れの批判の範疇に押し込めようとしているようだ。

乳母の子の死亡率の高さの問題に正面から取り組むのを避ける傾向が次の例にもみられる。産科医ラウスは一八五七年の一〇月と一一月にロンドン医学協会で「捨て子養育院における乳児死亡率、および広く母乳不足の影響について」と題する講演を行った。その第二回目の講演には「乳母雇用の利点と危険」という副題が加えられている。ここでラウスは、母親が授乳できない場合でも即座に乳母を雇わず、二、三日は人工哺育で様子をみるよう勧めている。その理由として第一に挙げているのが、乳母を雇用すると置き去りにされた乳母の子が死んだり発達が阻害されたりすることがあるということである。[41]やっと本格的に乳母の子が瀕する危険について述べるのかと読み進めると、すぐあとには、人工哺育された子の一〇パーセントは死亡したが、同じく一〇パーセントはよく発育したという統計を引き、乳母の子が人工哺育されても、適切に行えば予想するほど高い死亡率にはならないとする。ラウスは乳母雇用を思いとどまらせるための理由として乳母の子が瀕することになる危険に言及しながら、自らそれを打ち消すような発言をするため、理由が理由としての効果をもたなくなっている。ラウスが乳母雇用を遅らせるよう勧める第二の理由は、以前ウェブスターが繰り返していた、乳母に授乳された子の死亡率が上がる、ということである。いくつかの統計を引用しながら、母親に授乳された子と乳母に預けられた子の死亡率の違いを示し、乳母に預けると必ず死亡率が上がるので、乳母に預けるとしてもなるべく遅らせるほうがよいとする。乳母雇用を遅らせるよう勧める理由の三番目は、育児書などでも乳母の危険の第一として挙げられる、乳母からもたらされる可能性のある身体的、道徳的悪影響の心配である。そしてこのあと詳しく述べられるのは、ほかならぬ乳母の選び方についてである。[42]ラウスは、乳母雇用が乳母の子に危険を及ぼす可能性があることに言及してはいるが、注意深く人工哺育をすれば危険は避けられるとしており、乳母の子の命を守るために乳母雇用に反対するという議論にはなっていない。

医師たちは、乳母雇用によって乳母の子が置き去りにされて犠牲になる可能性があることについては認識していた。しかしその問題に正面から取り組もうという姿勢はみられない。現実に乳母雇用階級に乳母を紹介する立場にあった医師は、声高に乳母の子が犠牲になる運命にあることを指摘することはできなかった。それはとりもなおさず乳母を紹介する自分に対する非難にもなってしまったからである。

乳母を紹介する医師の責任を広く医学界が認めたことを示す初期の例としては一八六一年一月一九日号の『英国医学雑誌』の論説「子殺し——その乳母雇用との関係」を挙げることができる。[43]乳母雇用は実質的に乳母の子の命を奪う行為であり、それに対して「我々医者は残念ながら責任を負うべき立場にある」と認める。そして「我々はレディの患者の子と同じように乳母の子の健康のことも考えなければならない」と医師の原則的立場を説く。続く号には、論説に賛同し、倫理的理由から乳母雇用は軽々しく認められるべきではないと主張する投書が三通掲載される。[44]そのなかで、英国産院付きの医師ヒューイットは、同産院が危険にさらされる乳母の子を減らすために、前年から乳母斡旋を厳格に行う規則を定めたことを報告している。これによって、同産院で乳母を紹介してもらいたいときは、母親あるいはその子の命の保全のためにはどうしても乳母が必要であることを医師が証明することが必要になった。[45]『英国医学雑誌』の論説とその後の投稿からは、乳母雇用が、乳母によって授乳される富裕階級の子どもの命も危険にさらすという、少し前にあった苦しい理由づけは姿を消している。乳母雇用は乳母の子の命がかかった悪習であることが、富裕階級を相手にする医師のあいだでも遠慮なく語られるようになったのである。

四　未婚の乳母論争

乳母の子の命を守るために、医者も安易に乳母雇用を勧めるべきではないという合意が形成されたかにみえたとき、意外な反論が出される。それは前節の最後でふれた、英国産院における乳母斡旋規則制定に関してである。同産院が乳母斡旋規則を厳格に適用すると、乳児死亡率は逆に高くなる、という投書が、規則制定記事の二週間後の『英国医学雑誌』に掲載されたのである。[46]乳母雇用を厳格化すると、未婚の乳母の就職先が減り、乳母として雇用してもらえない母とその子どもが死ぬことになるため、乳児死亡率が高くなる、という論理である。この投書の主はウィリアム・アクトンであった。実はアクトンは二年前の一八五九年、『ランセット』でも慈善的理由を押し出して未婚の乳母雇用を強く勧め大議論を巻き起こしていた。また、前節で言及したラウスとも、一八六〇年四月、ロンドン医学協会で未婚の乳母雇用について議論を戦わせていた[47]。

救済か、悪徳の助長か

乳を通して授乳者の道徳的性質が伝わるという考えが依然として広く信じられていた時代には、不道徳な行いをしたことが明らかな未婚の乳母を雇うなどもってのほかと考える人が大多数だっただろう。しかし前節で取り上げたS・G・Oの投書もふれているように、未婚の乳母を雇うことは人助けであるという主張もあった。右に言及した、一八六〇年四月のロンドン医学協会における議論でも、発言者のうち約半数が、騙された娘に更生の機会を与えるため乳母として雇用することに賛成の意見を述べている[48]。実はアクトンと対立したラウスも、少し前には慎重な言葉遣いながら未婚の乳母を雇うことを認めていた。騙されて一度だけ罪を犯しても、女子矯正施設に入所を認められるような態度のよい女なら、既婚者より優先して雇う、と言っていたのである[49]。既婚の乳母が雇いにくくなっていたことを背景に、未婚の乳母を雇用せざるをえない状況になっていたことは多くの医師が認識していたようだ。しかし、だまって未婚の乳母を紹介することと、それを公に奨励することのあいだには大きな違いがある。育児書で未婚の母を乳母として雇うことを勧めているまれな例としてシャヴァスの育児書があるが、シャヴァスは、未婚の母が乳母として働くことができた結果、身をもち崩すことなく再び立派な社会の一員に戻ることができた例を数多く知っているとし、未婚の乳母を雇うことの人道的側面を強調する。しかし、シャヴァス自身が「尊敬に値する友人たちの多くが既婚ではなく未婚の乳母を雇おうという私の主張に反対する」(『母の手引き』三六-三七、強調原文)と認めている。表立って未婚の乳母雇用を奨励されると、規範的道徳を堅持する立場からは反対意見を出さざるをえなかっただろう。

乳母とドメスティック・イデオロギー

未婚の乳母雇用賛成派は時代の規範に挑戦し、反対派は規範を守ろうとして真っ向から対立しているようにみえる。しかし、その議論を詳細にみていくと、意外な類似点がみえてくる。この問題が初めて医学雑誌で議論になった一八五九年の『ランセット』での雇用賛成派アクトンと反対派「おふくろ」の議論を検討してみたい。

未婚の乳母を積極的に雇用しようと主張したアクトンは、パリでフィリップ・リコールのもと性病について学び、一八四〇年に帰国。その直後、『性病診療全書』(一八四一)を出版した。その第二版(一八五二)で売春についてまとまった序を書き、同年この部分だけを独立させてパンフレット『公衆衛生との関連における売春』として出版した。[50] さらにこのパンフレットがもとになって、一八五七年、『売春——道徳的、社会的および衛生的観点からの考察』が出版された。アクトンの売春婦観は「当時としては非常に現実的で人道的」[51]で、一般の通念とは大きく違っていた。たとえば、一般には、いったん娼婦になったら一生娼婦を続け、最後は救貧院で死ぬ、と考えられていたが、アクトンは、ほとんどの娼婦は一時的にその仕事をしているだけであり、のちに結婚したり、それもときには上昇婚をしたりして、まともな社会に復帰すると述べる。このような現実認識に基づいてアクトンは、娼婦は特別な人間ではなく、普通の生活をしているどの人間とも同じでありもちろん矯正可能であると考えて売春婦対策を提案した。

未婚の母を乳母として雇うという方策も、過ちを犯したとしても適切な対応によって正しい道に戻せるという考え方に基づくものであった。未婚の母は娼婦予備軍とみなされているが、乳母として雇われるという道があれば娼婦に堕ちなくてすむ、と主張したのである。未婚の乳母が現実に少なからず存在していたとはいえ、未婚で出産したことを明らかにすることや、また正面切って明らかにされることにも抵抗があったであろう時代に、その存在を顕在化させ、未婚の乳母こそ積極的に雇うべきだと主張したのは画期的なことだった。

「未婚の乳母」と題された『ランセット』への投稿でアクトンは次のように述べる。富裕階級に授乳できない母親が多いのは、医者ならだれでも知っていることである。しかし、まともに結婚した乳母を雇おうとすると非常な困難に直面する。一方で、悪い男にだまされて妊娠し、未婚で出産した「かわいそうな娘」が困窮している。

私たちが言っているのは、若いハウスメイド、あるいはきれいなパーラーメイドのことです。その娘が住む同じ通りでは、病気がちなレディが病弱な赤ん坊を産んでいます。その赤ん坊にとっては健康な乳が命の綱で、それ以外の何を与えても死んでしまうのです。メイドは恥辱と恐怖を感じながら、執事あるいは警察官、あるいは雇い主の息子の子を産みます。当然、娘は解雇されます。当然、誘惑した男は知らぬ顔をします。貯えが尽きれば、自然の成り行きとして、娘は恥辱と嫌悪のうちに、娼婦の生活を始めなければならなくなるのです。[52]

先にみたように、アクトン自身は、いったん娼婦になってもその立場は一時的なもので、社会的にまともな立場に復帰可能であると考えていた。しかしここでは、未婚の母は娼婦とは違うことを強調して、救済の対象とするよう訴えている。すなわち乳が出なくて困っているレディと同じ通りに住む、悪い男にだまされた「かわいそうな娘」であり、その娘を乳母として雇うことが「堕ちつつある女 falling woman」を「堕ちた女 fallen woman」にしないための唯一の方策であると主張するのである。[53] アクトンを支持する医師たちは、自分が知っている未婚の母の更正例を挙げて未婚の乳母雇用を擁護した。[54]

このように、未婚の乳母雇用賛成派が未婚の母の救済策としての側面を前面に押し出したのに対し、反対派がとくに注意を促したのは、前節でみた乳母の子の問題である。『ランセット』にアクトンの「未婚の乳母」が掲載された次の週、「おふくろ」というペンネームの投稿者が、未婚の母を乳母として雇うことは乳児殺しに等しいと批判する。

「かわいそうな娘」の子はどうなるのでしょう。侵入者に道を開けるためにわきへ押しやられた子は？――その行く末については私たちは知らされません。そういう子の死はときには突然であり、またときはゆっくりとしたものです。しかし、いずれにせよ、まちがいなく、あの専制的慣習である乳母雇用の犠牲になるのです。[55]

たしかに正論である。未婚の乳母雇用推進派のアクトンは、未婚の母の救済を強調しており、乳母の子には言及していない。

しかし、母親と母乳を奪われるということでいえば、既婚の乳母の子も同じ運命にさらされる。未婚、既婚を問わず、母親が乳母として働きに出れば、乳母の子は生得の乳を失うのである。未婚の乳母の場合にのみ問題となることではない。「おふくろ」は、そもそもは、未婚の乳母雇用に反対を唱えるために乳母の子の運命に注意を喚起した。しかし、乳母の子の運命ということになれば、乳母が未婚であるか既婚であるかの違いは問題にできなくなる。結果的に「おふくろ」は、乳母が既婚であるか未婚であるかの違いを曖昧にして、乳母雇用の慣習全体に批判を広げていることになる。論の展開をみても、「おふくろ」は、乳母が未婚であることを理由に反対しているのではなく、未婚の乳母が問題になった機会を利用して、乳母雇用の慣習自体に、なかんずく乳母を雇う富裕階級の母親に批判を加えようとしている。乳母の子から生得の権利である乳を奪うことの非道徳性を訴えつつ、乳母雇用階級の母親に対して、流行を追い求める生活をやめて「母親としての義務」を果たすよう強く促す。遊惰な生活に溺れ、授乳という母親としての義務をなおざりにする母親は「英国の母親の品位をおとしめる」とさえいう。「おふくろ」は、人道主義の観点から乳母雇用に反対しながら、実は乳母を雇う富裕階級の母親を非難しているのである。言い換えれば、未婚の乳母問題を利用して、富裕階級の母親に対し、母乳哺育という規範に従うよう迫っているといえる。

「おふくろ」は、乳母を雇って自分では授乳しない母親を批判するために、未婚の乳母が問題になった機会を利用して乳母反対論を展開したわけだが、ここでもう一度、未婚の乳母を既婚の乳母と区別して前者の雇用を勧めるアクトンの主張をみてみよう。アクトンは、きちんと結婚している乳母を雇いたいと思っても非常に難しいと嘆くが、同時に労働者階級の既婚女性が乳母として働きたがらないことを、正しい母親のあり方として肯定する。

もし彼女たち［労働者階級の母親］が［中略］貞節と母親の心構えの模範を示すとしたら、そういう人たちを雇うことはできません。そして、それこそまさに英国の労働者階級の母親の証になります。産科医ならだれでも私の次の意見を支持してくれることでしょう。すなわち、いくら報酬を払っても、多少とも世間体（リスペクタビリティ）を気にするような既婚女性を雇って、授乳できないか、する気がない母親の子どもの半数も育てられまい、ということです。(56)

このように、イギリス労働者階級の母親が乳母になりたがらないことを褒め称えるアクトンは、理の当然として既婚の母親が乳母になることには否定的な評価を下す。「既婚の女が金のために自ら進んで自分の子を置いて家を出るのは、たまたま誘惑されて、パンのために他人の子に授乳する娘よりましとはいえません」と述べるのである。既婚の母親が金のために子どもを置いて働きに出ることが問題にされていることが示しているのは、労働者階級の母親にも、ドメスティック・イデオロギー――既婚女性は〈家庭の天使〉として家にとどまり夫と子どもの道徳性を守る存在――に基づく母親の規範が適用されているということである。同じ考え方がシャヴァスの未婚の乳母推奨の基盤にもなっている。シャヴァスは、「もし既婚女性が欲に駆られて自分の子どもを見捨て、他人の子に授乳するとしたら、その女は人道にもとる母親に違いなく、まったくもってその職務に適していない」（『母の手引き』三六）と断ずる。

未婚の母には乳母になることを認めているのに、既婚の母は乳母になるとなぜ「人道にもとる母親」になってしまうのだろうか。乳母になれば、未婚でも既婚でも「自分の子どもを見捨て、他人の子に授乳する」ことになるのだから、そのことは人道にもとる理由とはならない。未婚の母は生活を支えるのが彼女一人である一方、既婚女性には夫がいてその収入があるはずだ。したがって、妻が働くことは必要上やむをえぬ行為ではなく「欲に駆られ」た行為と考えられ「人道にもとる」ことになるのである。いったん既婚の枠内に入ったら、夫が稼ぎ、妻は家庭内にとどまり夫の収入で生活する、というやり方に従わなければ「人道にもとる」ことになるのである。

既婚の乳母が母親の規範に抵触するとして雇用を控えるよう促されたのにひきかえ、未婚の母を乳母として雇うことが奨励されたことが意味するのは、未婚の母には母親の規範が適用されないということである。アクトンのいう「母親の心構え」は既婚の母親のみが、つまり夫のいる家庭の妻のみがもつものであり、家父長制の管理下にない未婚の母はもつとは考えられていないことがわかる。規範から外れているということは、通常は道徳的に不利な要素と考えられ、現実に多くの人がそのことを理由に未婚の母の乳母雇用に反対していたのだが、アクトンら未婚の乳母雇用賛成派は、規範から外れていることを道徳上の問題とするのではなく、逆に利点として使おうとしている。つまり、未婚の母はそもそも家父長制の枠外に位置するので、家父長制が既婚女性に適用する規範に基づく判断を免れるとみなしているのである。

未婚の乳母雇用について、「おふくろ」は反対、アクトンは賛成と、表面上は真っ向から対立する形になっているが、その議論をよくみると、結局両者ともミドルクラスにとっての母親の規範を守ろうとしているという点では同じであることがわかる。「おふくろ」がミドルクラスの母親に対して慈愛にあふれた家庭の天使らしく授乳するよう促せば、他方アクトンは、労働者階級ではあっても、いったん結婚したら妻は夫の支配下にとどまるべきであるとする。それぞれミドルクラスの規範を存続させようとする主張である。表向きはたしかに乳母について、あるいは乳母の子について語っているが、それらの主張は同時にミドルクラスが理想とする母親のあり方についても語っているのである。

注

（1）医師チャールズ・トマス・ヘイドン（一七八六～一八二四）は、死後出版された『小児の養育と病気についての実用的な所見』（一八二七）で、「乳母は不幸なことに必要悪なのだ。彼女たちがいなければ、富裕層の子どもたちは著しく苦しむだろう」と述べた（Haden 115）。この本に収められた文章は、元は、ヘイドンが教養のある親に向けて発行していた月刊誌*Journal of Popular Medicine* 1821-22 に掲載された記事である。

（2）新聞に掲載された乳母広告数をもとに乳母の盛衰をたどる方法は、ジャネット・ゴールデンが『アメリカにおける乳母の社会史』（一九九六）で用いている。ゲイソン＝ハーディも『タイムズ』の乳母の求人広告（求職広告は対象外）に着目して乳母雇用の傾向をごく簡単に述べているが、具体的な調査方法は不明である。また、ゲイソン＝ハーディが一九世紀を通じて乳母求人広告数は漸減傾向にあったとしている点は本章の調査結果とは異なる（Gathorne-Hardy 42)。

(3)『タイムズ』の乳母広告調査はマイクロフィルム版で行った。調査後 *Times Digital Archive* が利用可能になったので、特定の記事を参照するのに利用した。

(4) ネヴェットによれば、新聞に広告掲載料が記載されていないのは、企業秘密だったからというわけではなく、逆によく知られていたのでいちいち書く必要がなかったからとのことである。ネヴェットが挙げている一八二四年の資料によると、平均的広告掲載料は、一件につきロンドンでは六シリング、地方では五シリングだった。このなかには広告税（当時は三シリング六ペンス）が含まれていたので、それを別にすると、純粋な広告料はそれぞれ二シリング六ペンス、一シリング六ペンスになった（Nevett 89)。時代は下るが、『タイムズ』では一八九五年八月二二日から、広告欄に広告掲載料が示されている。それによると、求人広告欄は三行で三シリング、一行増えるごとに一シリング追加、ガヴァネスなどミドルクラス用の求職広告欄は四行で三シリング、一行増えるごとに六ペンス追加、下層階級向けの求職広告欄は三行で一シリング六ペンスとなっている。

(5) ディーンとコールによれば、家事使用人の数は一九世紀を通じて増え続けた。一八〇一年には六〇万人だったものが、一八五一年には一三〇万人、一八八一年には二〇〇万人になっており、人口の増加率（一八八一年には一八〇一年の約二・五倍になった）より急な増加率を示している（Deane and Cole 143, Table 31)。

(6) Trumbach 204.

(7) Fildes, *Breasts* 30.

(8) C. H. F. Routh, "On the Selection of Wet Nurses from among Fallen Women," *Lancet* 11 June 1859: 580.

(9) アクトン、キャンプスの発言は "Reports of Societies," *British Medical Journal* 7 Apr. 1860: 274 に掲載されている。

(10) M. A. B., "The Evil Effects of Wet Nursing" 30. このペンネームの筆者は、社会改良家M・A・ベインズ(Mary Anne Baines) である。ベインズは一八五七年に創設された全国婦人衛生知識普及協会に加わり、乳母問題、乳児養育、乳児殺しなどについてパンフレットを書いて、協会活動に貢献した。一八五〇年代末から一八六〇年代初めにかけては、乳母雇用によって乳児死亡率が高くなっていることについて講演したり（一八五九年一〇月に社会科学普及協会、一八六三年七月に国際統計会議）、『ランセット』や『メディカル・タイムズ・アンド・ガゼット』といった医学雑誌、『タイムズ』などの一般紙に寄稿した。一八五九年に英国産院が乳母雇用の規則を定めたのも運営委員会委員だったベインズの提案によるものだった（Hewitt 129）。その後、一八七一年、幼児生命保護法案審議の際にも、産科医のW・タイラー・スミス（一八一五〜七三）らとともに乳母問題についての権威として言及されている（Great Britain, *Report from the Select Committee on Protection of Infant Life* 12）。

（11）Fildes, *Breasts* 271.

（12）Rosen von Rosenstein 7.

（13）"Wet-Nurses from the Fallen," *Lancet* 29 Jan. 1859: 114.

（14）Bull, *Hints to Mothers* 285; Combe 115; Chavasse, *Advice to a Mother* 32.

（15）Routh, "On the Selection of Wet Nurses from among Fallen Women" 581.

（16）Gavin 62.

（17）Colles 287. コーレスが観察したように先天性梅毒児が母親に梅毒をうつさないようにみえるのは、母親はすでに感染していて、初めて感染したときの兆候を示す段階を過ぎているためである。

（18）"A Nurse Diseased by a Syphilitic Infant," *Lancet* 16 May 1846: 563-64.

（19）Egan 214-15; Acton, "Questions of the Contagion of Secondary Syphilis" 127-28.

（20）アヘン入り鎮静剤は一九世紀半ばには少なくとも十種類が販売されていた。なかでもよく知られていたのはゴドフリーズ・コーディアルで、その成分は、アヘン、糖蜜、水、スパイスであった（Wohl 34）。

（21）たとえば以下の記事を参照。"Commentaries on Some of the Most Important Diseases of Children," *Medico-Chirurgical Journal and Review* Feb. 1816: 161; G. F. Collier, "Death from Administering 'Godfrey's Cordial',"

Lancet 10 June 1837: 409; Alfred Ebsworth, "Medical Reform," *Lancet* 25 Feb. 1854: 226; "Death from Godfrey's Cordial," *Lancet* 5 Nov. 1892: 1061.

（22）Beeton 473.

（23）家事使用人の給料を、『タイムズ』の求人広告欄で雇用者側が提示している額で比べてみると、ウェットナースには週給一〇シリングが提示されているのに対し（一八五一年一〇月七日付、二）、（ドライ）ナースには年一二ポンド［週給換算で四シリング半強］（一八五一年一〇月四日付、二）、簡単な調理もできる使用人には年一〇ポンド［週給換算で四シリング弱］（一八五一年一二月六日付、二）の提示であり、二倍以上の開きがある。

（24）乳母雇用が盛んだったフランスでは、通例子どもは乳母の家に預けられた。たとえば、ボヴァリー夫人は娘を同じ村の大工の妻に預けている（Gustave Flaubert, *Madame Bovary* (1857) Part II, ch. 3)。また、イギリスにおける乳母の雇用場所の変化は、第四章第一節でみるように、『タイムズ』の乳母の求職広告における広告文句の変化からもわかる。

（25）ローレンス・ストーンによれば、情愛家族の出現に伴って、家庭内の結びつきが重視されるようになり、赤ん坊を親元から離すことをよしとしなくなったという（Lawrence Stone 411）。

（26）乳母の夫とのトラブルは、第五章第四節でみるように、バートランド・ラッセルの両親、アンバリー子爵夫妻も経験した。夫人のキャサリン・ラッセルがつけていた日記には、一八六五年八月、第一子のために乳母を雇ったものの、二日後に乳母の夫が連れ戻しに来たことが記録されている（Russell 406）。

（27）"Miss Martineau on Infant Mortality," *Times* 1 Sept. 1859: 7. なおこの記事は週刊誌 *Once a Week* からの転載記事として掲載されている。

（28）Rose 52.

（29）Underwood 333.

（30）死亡統計一覧週報の概要については、Farr 652.『タイムズ』も同年、医療統計の歴史について概観するとともに、ファーの報告にも言及して、近年、科学的で有益な統計が出されるようになったと一般の関心を喚起しようとしている。"The Public Health," *Times* 12 Dec. 1840: 5.

(31) Webster, "On the Health of London, during the Six Months Terminating March 30th, 1850," *London Journal of Medicine* 2.18 (1850): 543.

(32) 三回の報告の題目は以下の通り。Webster, "On the Health of London during the Six Months Terminating September 28, 1850" 1120; Webster, "On the Health of London during the Six Months Terminating March 29, 1851" 526; Webster, "On the Health of London during the Six Months Terminating September 27, 1851" 1060.

(33) Webster, "On the Health of London during the Six Months Terminating September 27, 1851" 1060.

(34) Webster, "On the Health of London during 1855" 590.

(35) M・A・ベインズは一八五九年の講演で、フランスの統計を引いて乳母に授乳された場合の乳児死亡率が高くなることを示している。それによると、一歳未満の死亡率は、母親に授乳された場合一八パーセントだったのに対して、乳母に授乳されると二九パーセントになったという。Baines, *The Practice of Hiring Wet Nurses* 8.

(36) "The Public Health," *Times* 1 Sept. 1852: 6.

(37) 筆者のS. G. O. [Sydney Godolphin Osborne] については第1章の注32参照。

(38) S. G. O. "The Wet Nurse System," *Times* 4 Sept. 1852: 5.

(39) L. C. "The Wet Nurse System," *Times* 6 Sept. 1852: 4.

(40) *Lancet* 13 Nov. 1852: 458.

(41) Routh, "On the Mortality of Infants," *British Medical Journal* 6 Feb. 1858: 104.

(42) Routh, "On the Mortality of Infants," *British Medical Journal* 13 Feb. 1858: 121–23; 20 Feb. 1858: 145–47.

(43) "Child-Murder: Its Relations to Wet-Nursing," *British Medical Journal* 19 Jan. 1861: 68.

(44) C. H. F. Routh, "Child-Murder and Wet-Nursing," *British Medical Journal* 2 Feb. 1861: 128.; Graily Hewitt, "Wet-Nurses," *British Medical Journal* 2 Feb. 1861: 128–29; H. Terry, "Wet-Nursing," *British Medical Journal* 2

Feb. 1861: 129.

(45) Hewitt 129. 英国産院は一八五九年一〇月一五日付の『ランセット』で、乳母斡旋を厳格に行うための規則を定めたことを報告し、他の産院も同様の措置をとるよう促した。規則の第一は、乳母を雇いたいときは、母親あるいは子どもの安全のためにどうしても乳母が必要であることを医師が証明すること、第二には、産院の婦長は乳母候補者の名簿を作り、医師の証明書とともに毎週委員会に提出し検査を受けることとしている。"Wanted a Wet Nurse," *Lancet* 15 Oct. 1859: 395.

(46) Acton, "Child-Murder and Wet-Nursing" 183.

(47) Routh, "On Some of the Disadvantages of Employing Fallen Women as Wet-Nurses," *British Medical Journal* 7 Apr. 1860: 273–74; 14 Apr. 1860: 293–94.

(48) Routh, "On Some of the Disadvantages of Employing Fallen Women as Wet-Nurses" 274, 293. この記事では、ラウスによる標題の講演と、それに対する賛成、反対それぞれの意見が記録されている。

(49) Routh, "On the Mortality of Infants," *British Medical Journal* 6 Feb. 1858: 105.

(50) Fryer 10.

(51) "Acton, William John," *ODNB*.

(52) Acton, "Unmarried Wet-Nurses" 175.

(53) Acton, "Child-Murder and Wet-Nursing" 183.

(54) キャンプスという医師は堕ちた女を自分の家で雇っていたことがあるが、数年後にきちんと結婚したと述べた。またJ・F・クラークは、乳母として雇い入れられたあとリスペクタブルになった女を知っているし、同種の例は数多くあると思うと述べた。Routh, "On Some of the Disadvantages of Employing Fallen Women as Wet-Nurses" 274, 293.

(55) "Mater" 201.

(56) Acton, "Unmarried Wet-Nurses" 175.

第三章　ドンビー氏の乳母対策

本章では、チャールズ・ディケンズ（一八一二～七〇）の小説『ドンビー父子』（一八四六～四八）における乳母を中心とした乳児哺育についての描写を、育児書の記述や、当時の乳母についての常識、論争と対比させながら検討する。乳母雇用という緊急事態がふりかかったときの登場人物の行動や感情は、一九世紀半ばの人々の乳母に対する意識を具体的に示すものとなるだろう。

一　乳母雇用マニュアルとしての『ドンビー父子』

ドンビー父子商会の経営者ドンビー氏に、待ちに待った跡取り息子が生まれる。しかし子どもの母である妻は出産と同時に亡くなってしまう。赤ん坊の伯父が提案した人工哺育は問題外とされ、乳母探しが急がれる。ドンビー氏をはじめ周囲の人々はどのような手順、基準で乳母を雇うのだろうか。

乳母の見つけ方

乳母選びを任されたドンビー氏の姉チック夫人は、「下の食堂を赤ちゃんだらけにされた」（第二章六二）[1]と言っている。これは、乳母候補者が大勢、面接のために赤ん坊を連れてドンビー家を訪れたことを意味する。[2]その殺到ぶりからすると、候補者たちは新聞広告を見て一斉に押しかけたのかもしれない。しかし、このときはそれらの候補者のいずれにも決まらなかった。赤ん坊の父親のドンビー氏が、どの候補者についても納得しなかったかったからである。

一方、チック夫人の友人のトックス嬢は、友人が「シャーロット妃王立既婚婦人院（Queen Charlotte's Royal Married Females）」という施設のことを忘れていると気づき、自ら赴いて適当な乳母候補者がいないか尋ねる（第二章六四）。これは、当時実在したシャーロット妃産院（Queen Charlotte's Lying-In Hospital）がモデルになっている。この時代の産院は、寄付によって運営される貧しい女性の出産場所で、乳母の斡旋も行っていた。医学雑誌『ランセット』の病院紹介欄には、シャーロット妃産院の管理体制、ベッド数、研修生受け入れの条件などに加えて、「健康な乳母のリスト常備」と、乳母の斡旋を行う旨が記されている。[3]また同産院は『タイムズ』にも「資格を持った産後乳母および乳母（ウエットナース）をイングランド各地および海外に派遣」という広告を出している。[4]ロンドンには、この他にも同種の産院がいくつかあり、乳母の紹介も行っていた。[5]

乳母の検査

トックス嬢の問い合わせに対し、産院の婦長は、ちょうど退院したポリー・トゥードルという、機関車の火夫の妻を推薦する。「立派な証明書と非のうちどころのない推薦書」(第二章六四)を手にして、トックス嬢はその足で自らトゥードル家を訪問し、その家や家族の状態を検査する。里子に出す場合なら、環境を確かめるために乳母の家を事前に訪問することは考えられるが、乳母を自宅に雇い入れる場合、わざわざ乳母の家の検査をする必要はないのではないかと思われる。どの育児書も、乳母の家に行って住環境を検査することを指示してはいない。トックス嬢によるトゥードル家訪問は何のためだったのだろうか。ここで乳母雇用に際して医師たちが最も重視した点を思い出してみたい。乳を通じた道徳的気質の伝染を心配した医師たちは、その点で少しでも不安があったら、その他の点で問題がなくても雇ってはいけないといっていた。では道徳的資質というきわめて曖昧なものを、医師たちは何によって判断しようとしたのだろうか。トマス・ブルは、飲酒をしないこと、身辺が清潔であること、品行がよいこと、子ども好きで子どもの扱いが巧みであること、などを確認すべき点として挙げている(『母の心得』二八七)。トックス嬢のトゥードル家への抜き打ち訪問は、結果的にこれらのことを確かめる機能をもつことになった。ちょうど家族全員が揃って夕食のテーブルについていたトゥードル家は「床から拾って食べられるくらい清潔」(第二章六四)で、トックス嬢は大いに満足する。これによって、ポリーの道徳的資質には問題なしと判断され、乳による気質の伝染への不安は、トックス嬢一人の判断に任された形で早々にぬぐい去られる。トックス嬢(とトックス嬢の判断を受け入れたチック夫人)が簡単に問題なしとしたこの点に、実はドンビー氏は非常にこだわっていた。そもそも、大挙して面接に訪れた乳母候補者をすべて却下したのもそのためだったのだが、この点についてはのちに節を改めて述べる。ここでは、乳母に関する常

図13　トックス嬢、「御一行」を紹介（『ドンビー父子』第二章、フィズの挿絵）

識を共有しているトックス嬢とチック夫人にとって、乳母の道徳的資質はその家庭の状況が保証するものであったということを確認しておきたい。

　ポリーを自信をもって推せると考えたトックス嬢は、善は急げとばかり、ポリーとその家族をドンビー家に連れて行く。乳母候補者のポリーは当然のこととして、また、授乳中の子は乳質の重要な証明になるので連れて行くことには理由があるものの、夫と上の四人の子どもたち、それに同居しているポリーの未婚の妹ジェマイマまで連れて行くのは何のためだろうか。実際の乳母雇用にあたって、家族全員が雇用主の家に連れて行かれるなどということはなかっただろう。したがってこれは、ディケンズがエキセントリックなトックス嬢のやり方によって滑稽な場面を生み出しているとみなすことはできる（図13）。しかしこの後の乳母検査の場面で明らかになるように、家族全員が立ち会うことには、乳母雇用にあたっての現実的な理由もみとめられるのである。

　乳母選びの全権を担ったチック夫人は「ポリーや、子どもたちや、結婚証明書や、推薦書、人物保証書などを子細に調べ始めた」（第二章六四）。この何気ない短い一文には、乳母選択にあたって育児書が注意を促す事項がすべて含まれている。

まず、最も重要なこととして、乳母候補者ポリーの身体検査が「子細に」行われたはずである。しかし、本来は医師が行うべき乳母の身体検査をチック夫人がどのように行ったかは全く書かれていない。『デイヴィッド・コパーフィールド』（一八四九〜五〇）でデイヴィッドの母がデイヴィッドの異父弟にあたる赤ん坊に授乳する姿は、デイヴィッド自身にとってはさみしさを感じさせるものではあるが、愛情深い母親を象徴するものとして挿絵と文章で提示されている（図14）。しかし同じ「家庭的な乳房」ではあっても、それがあからさまな検査対象となる場面が描かれることはない。乳房は、母親の愛情の象徴としてなら肯定的な価値付けをされミドルクラスの家庭に入り込むことができるが、「母親の愛情」抜きの身体の一器官として取り上げられる場合には、リスペクタブルな人々の目にはふれてはならないものなのである。

図14　わが家の変化（『デイヴィッド・コパーフィールド』第八章、フィズの挿絵）

ポリーに対する身体検査は、当時の育児書を参考にすると、以下のような点に注意して行われたと考えられる。

健康、しっかりした体格、遺

伝性の病気の兆候がないこと、適度にふっくらしていること、色つやのよい顔色、澄んだ眼、健康そうなまぶた、深紅色で、ひび割れがなく、かさかさしていない唇、健康な白い歯、形のよい適度にひきしまった乳房、乳首はただれていたり発疹などないこと[6]。

この他に、乳の質と量をチェックするためには乳汁を搾って検査した可能性がある。体格や顔の様子などは外見から簡単に確認できるが、乳房の検査もチック夫人が行ったとすると、これは当時のミドルクラス女性の行動規範から逸脱する慎みのない行為のように思われる。しかし、たとえば、服を仕立てるにあたって生地屋が持ってきた服地を品定めするのと同じように乳母を吟味していると考えれば、当り前の行為をしているにすぎないということになる。乳母を、流通する商品と考えれば、品位の問題を避けて通ることができるのである。

チック夫人の検査に戻ろう。健康に関しては、身体的健康だけではなく、精神的に安定していることも望まれた。興奮しやすい性質だと、それが乳に影響を与え、それを飲んだ子どもに害を及ぼすと考えられたからである[7]。この観点からいえば、雇用が決まったポリーが、家族との別れ際、優しい夫の言葉に大泣きしたのは、雇用者からみると憂慮すべきことであった。事実、チック夫人は、泣くことによって乳が「酸っぱくなる」（第二章七二）と心配し、いそいでポリーをなだめにかかる。もっとも、この一時的な感情の乱れの表出によってポリーの雇用が取りやめになることはない。また、のちにポリーがもう一度涙を流すことになる場面では、涙を流すこと自体も好意的解釈を受ける。このときポリーは、ドンビー氏によって自分の長男が慈善学校に推薦されたという知らせを受けたのだが、支給された制服の寸法が息子の身体に合っていないのではないかと想像して哀れに思い涙を流す。しかし、ドンビー氏側はポリーがうれしくて泣いているものと解釈し、感謝を知る人物と判断したために、乳への影響を心配することはない。

チック夫人の検査項目の二番目には「子どもたち」が挙げられている。乳母候補者の子どもは、乳母を選ぶに際して重要な判断材料になった。育児書では「もし赤ん坊が健康で活発で、機嫌がよく、世話が行き届いているなら、乳母の資質について確実な評価を手にしたことになる」（クーム一一五－一一六）などと書かれ、乳母の求人広告にも、「赤ん坊同伴で面接に来られたし」といった文言がみられる。[8]

このことから、ポリーの赤ん坊が面接に連れて行かれたのは十分な理由のあることだった。しかし、赤ん坊以外の四人の子もわざわざ連れて行かれたのはなぜだろうか。さらに、ポリーの検査を終えたチック夫人がドンビー氏の部屋に報告に行くとき、まず同伴するのが、ポリー本人ではなく、またその赤ん坊でもなく、その他の子どものうち二人であることも疑問である。しかし、チック夫人の行為の意味は、自らは検査に立ち会わないドンビー氏には了解される。ドンビー氏の所に連れて行かれたのは「一番バラ色の」（第二章六六）子ども二人であったが、ドンビー氏は彼らを見て「健康そうな子どもたちですな」と言い、子どもたちの母親が乳母として適格であることを認めるからである。成長した子どもは、乳母の乳の良質さと、育児手腕を示すという意味において有効な判断基準になったのである。

チック夫人が一人ではなく複数の子を連れて行ったのは、ポリーの育児手腕の高さを強調するためだったと考えられる。とはいえ、乳母の育児経験については医師のあいだで意見が分かれていた。すでに子育てをしたことがある者のほうがよいとする意見と、第一子を産んだばかりのほうがよいと考える者とがいた。ブルは、「すでに一人、あるいは二人の子どもをもっている女のほうがつねに望ましい。そのほうが乳量が多い可能性が高く、また乳児の世話の経験を積んでいるからである」(『母の心得』二八六)と述べている。しかし、育児経験が必ずしも肯定的に受け止められない場合もあった。経験豊富な乳母は自分のやり方を押し通そうとするので、新米主婦にとっては扱いにくいと考えられたからである。ポリーの場合は、子育ての経験のあるチック夫人が実質的な監督にあたることになっており、乳母に牛耳られる心配はないと考えて、育児経験の豊富さは好ましい条件と受け止められただろう。

乳母の子どもに関しては月齢も問題になった。赤ん坊の月齢はすなわち乳の月齢であるが、望ましい月齢については医師によって意見が分かれていた。クームは「実母と乳母がほぼ同時期に出産しているのが望ましい。というのも、時の経過とともに乳の組成が変わるからである」(二一一)としており、ブルも「出産時期が近ければ近いほどよい」(『母の心得』二八五)としている。一方、カドガンは出産時期が同じであることにはそれほどこだわらず、それよりは、最近二、三か月以内に出産して授乳している女性が望ましいとしている(三〇)。ポリーは六週間前に出産しているので、クームやブルのように出産時期の一致を重視する観点からいえば、生後間もないポールにとって最も望ましい乳をもつ乳母ではないことになるが、カドガンの基準にしたがえばまさに最適の乳母となる。

乳母の子どもは乳母の優秀さを示すものとして提示されたが、同時に否定的兆候がないことも検査された。ポリーの家族をチック夫人に紹介するとき、トックス嬢は長男の顔にある赤い傷痕に言及する。

「鼻に火ぶくれのある元気なお子が、ご長男。その火ぶくれは、もちろん」とトックス嬢は一家をぐるりと見回しながら言った。「生まれつきではなく、お怪我ですね?」(第二章六六)

ここでトックス嬢は長男の鼻の皮膚症状に注目し、それが梅毒性痘瘡ではないことを確かめていると考えられる。[9] トックス嬢は、長男の鼻の火傷について尋ねながら家族全体を見渡し、他の家族に同様の皮膚症状が見られないことも確認している。トックス嬢の問いに対して、子どもの父親は、「アイロン」が原因であると答え、雇用者側を安心させる。

チック夫人はポリーの結婚証明書と推薦書なども検査対象にした。推薦書は家事使用人として働こうとするときには必要なものだったが、乳母の場合は仕事の性質からいって、普通の家事使用人とは違う特別な証明書類が必要だったのではないかと想像される。事実、フランスでは、乳母候補者は、市長か教区牧師から乳母の免許を得る必要があった。[10] しかし、イギリスでは、乳母雇用に関して統一的な規則がなかったため、乳母証明書というようなものもなかった。したがって、医師は「乳母を雇うときには、適格な医師の許可なしに最終決断を下してはならない」(クーム 一一五)と雇用者に注意を促している。一方、乳母側も、仕事の性質上、健康状態に関する証明を医師からもらうほうが有利であることはわかっており、求職広告を出すときには、医師の推薦書を提出できる旨の広告文句を載せている乳母求職者が多い[11]。ポリーは産院の婦長からの推薦書を得ていた。

では、結婚証明書はなぜ必要とされたのだろうか。それは言うまでもなく既婚の乳母が望まれたからである。単純に考えれば、乳母になろうとするということは乳を分泌しているということであり、そのためには出産していなければならず、出産は結婚した女性がするもの、したがって乳母になろうとする者は結婚しているはず、となる。それなら乳母であること自体が結婚を証明することになる。しかしこの表向きの論理が通用しないことが、乳母に結婚証明書が必要とされていたことからわかる。乳母の雇用形態が雇用者の家に住み込む形になっていくと、既婚の乳母が家を出て他家に住み込んで授乳することを嫌がるようになり、既婚の乳母を雇用するのが難しくなっていった。既婚の乳母の不足を補ったのが未婚の乳母で、第二章第四節でみた通り、その増加は一八五〇年代後半から一八六〇年代初めにかけて論争をまき起こした。『ドンビー父子』は未婚の乳母論争の一〇年前に書かれているが、そこで結婚証明書が乳母雇用時の必要書類とされていることは、そのころにはすでに未婚の乳母が多かったということを示している。

乳母の待遇

チック夫人とポリーが合意した給料の金額は具体的には書かれていないが、第二章でもふれたように、乳母は他の使用人と比べて高給を食む存在だった[12]。給料がよいほか、日常生活の待遇も非常に恵まれていた。チック夫人とトックス嬢は、食事と衣服に関してぜいたくができることを次のように話す。

「暮らしはねえ、リチャーズ［ポリーのドンビー家での呼び名］」とチック夫人は続けた。「最高級品を好きなだけいただけるのよ。毎日ちょっとしたディナーを注文できるし、好きなものがあれば、まるでレディのように、すぐ用意してもらえることまちがいなしよ。」

「ええ、そうですとも！［中略］それにポーターといえば！――飲み放題、ですわね、ルイザ？」

「まあ、もちろんですとも！［中略］ただ、お野菜だけはちょっと控えていただかなくてはね。」

「それと、たぶんピクルスも」とトックス嬢は付け足した。

「だけどあとは」とルイザ。「何でも好きな物を言っていいのよ。遠慮はいりません。」（第二章七二―七三）

乳母（および授乳中の母親）が摂るべき食事について、医師たちは事細かに指示していた。トックス嬢が「飲み放題」と言っているポータービールについていえば、一八世紀の育児書の著者たちは、たしかに乳の出をよくする滋養物として勧めている。「著名な内科医」による『乳母の手引き』（一七二九）は、モルト原料の飲み物を称賛しているし（三五―三六）、カドガンも「少量のビール」（三二）を許している。しかし、一九世紀になると、ビールを飲むことには反対が多くなる。クームは「イギリスに広まりすぎている習慣、すなわち、乳母に大量の強いモルトビールを飲むのを許す習慣は、乳母の健康と気分に害を及ぼすうえ、授乳している赤ん坊にはさらに有害である」（一一七）

と述べている。ブルも『母の心得』で「ポーターが乳量を増やすという一般に広く知られた考え方」に対して次のように異を唱えている。

> この偏見の結果、乳母はしばしば好きなだけ飲むことを許される。［ポーターを］大量に摂取すると、しばらくして体内に熱が発生するため、乳量を増すどころか、大幅に減ずることになる。ときに、乳量は減らず、気づかぬうちに由々しきまでに乳質が悪化していることがある。[13]

このような医師の意見をみると、チック夫人とトックス嬢は、ポーターに関しては古い考え方を引き継いでいるようである。

他にも、育児書の記述とチック夫人およびトックス嬢の考えが食い違っている点がある。二人はポリーに野菜を控えるよう言っているが、医師たちはむしろ他の食物と合わせてバランスよく摂るよう勧めている。また、一般には乳母には量を多く食べさせなければならないと考えられていたのに対して、医師は質素な食事を奨励している。これらの点に関しては、一八世紀から一九世紀にかけて医師たちの考え方に変化はない。カドガンが一八世紀半ばの段階で「乳母の食事は肉と野菜を適当に組み合わせたものにすべきである」（三〇－三一）と述べているのに対し、一〇〇年後のクームも「健康な乳は栄養価の高い食事ではなく、むしろ野菜、穀類、水分を適当な割合で摂り、それに加えてほどほどの肉を摂る、といった食事によって作られる」（八四）と同じような記述をしている。ブルは「授乳中にはふだんより多く食べなければならないというのは間違っている」（『母の心得』二八八）とはっきり食事の増量を否定している。チック夫人とトックス嬢の発言をみると、野菜を避け、食事量を増やすというのは、人々の頭から払拭するのが難しい一般に根強く広まった思い込みだったようだ。

食事以外の好待遇として『ドンビー父子』で描かれているのは、衣服の支給である。チック夫人は言う。「もう喪服の採寸は済んだのよね、リチャーズ？［中略］きっとぴったりでしょうよ。だってあの若いお針子には今までにもう何枚もドレスを作ってもらいましたからね。それに布地だって最高級ですもの！」（第二章七二）。ドンビー家では、ドンビー夫人の死去を受け、仕立屋が喪服の用意に忙しい（第二章六二）。チック夫人は、乳母の喪服をよい生地を使って贔屓の縫い子に仕立てさせていることを好待遇の一つの証としている。当時まだミシンはなく、手縫いされたドレスは高価だった[14]。ドレスの値段は生地によって差があり、喪服はふつうウールで作られたが、それは使用人の通常のドレス生地であった木綿より値が張った[15]。したがって「高価な喪服」（第三章七九）を支給されることはよい雇用条件といえたのである。しかし実はこれは純粋にポリーのためというわけでもなかった。使用人の服装は雇用主の社会的立場を示すものでもあったので、雇用主は使用人にできるだけきちんとした格好をさせておこうとした[16]。ポリーに高価な喪服を支給することには、ドンビー家の社会的立場を誇示する側面もあったのである[17]。

乳母の恵まれた待遇は、同じ家で働く他の使用人の嫉みを買った。とくに、すでに上の子どもがいて育児係の使用人がいる場合、育児室の秩序が乱れることが心配された。これは深刻な問題だったので、医師のなかにはその点の助言をしている者がいるほどである[18]。『ドンビー父子』でも、姉娘フローレンス［フロイ］・ドンビー付きのメイドであるスーザン・ニッパーは、初対面のときからポリーに敵対的である。

「でも、よろしかったら覚えておいていただきたいんですけど、フロイ嬢ちゃまはあたしがお世話係で、ポール坊ちゃまの係があなただってこと。」

「でも、だからって、けんかすることはないじゃありませんか」とポリーは言った。

「あら、もちろんですとも、リチャーズさん」と癇癪もちは返した。「全然ありませんわ、そんなことしたいなんて思っちゃいませんわよ。私たちそんな間柄じゃありませんもの。だってフロイ嬢ちゃまのお世話は終身雇用で、ポール坊ちゃまのほうは臨時雇いですからね。」（第三章七九）

ここでスーザンが示しているのは、同じ使用人ではあっても、給料や待遇が格段によい相手への嫉妬と、とはいえしょせん授乳期間が終わったら解雇されてしまう立場である乳母への軽蔑である。

雇用期間

スーザン・ニッパーが何度も強調するように、乳母は雇用期間の限られた仕事である。赤ん坊が乳を必要としなくなったときが雇用の終了である。離乳の時期について、医師たちは生後九か月から一二か月のあいだに徐々に進めるよう助言していた。たとえばブルは「一般的には、赤ん坊と母親の双方ともが健康な場合、離乳は九か月（これがもっとも普通の時期である）より早く始めてはならず、一二か月よりあとまで延ばしてはいけない」と述べている(『母の心得』二八〇)。クームも「母親の健康が万全なら、そしてまた乳の出が十分なら、離乳は、一般的にいって、九か月か一〇か月ぐらいに行う。そのころ歯が生え始めて、食べ物を変えてもよいことがわかるのだ」(八八)。ただし医師たちは、病弱な赤ん坊には離乳を遅らせるよう助言していた。ブルは「もし子どもが虚弱だったら[中略]二、三か月長く授乳したほうがよい」(『母の心得』二八〇)と書いている。これらのことから、乳母の雇用期間は、短ければ九か月、長くても一五か月まで位だったことが推測できる。

ポリーが乳母となってから、ポールは順調に成長し、ついに洗礼を受けることになる。洗礼はふつう生後一週間で受けるが、ポールの場合は虚弱のため生後六か月という異例に遅い時期になった。ドンビー氏はこのときポリーに特別の心付けを与える。それは、ポリーの長男を、ドンビー氏がかかわっている学校の給費生推薦枠で入学させるという形を取った。これでポリーの乳母としての立場は確固たるものになったかにみえた。したがって、ポリーは最低でもあと三、四か月、ポールが「生まれつき弱かった」(第八章一四九)ことを考えれば、平均より長く雇用される可能性もあった。しかし、その雇用はある事件をきっかけに突然終わりを告げる。

ポリーは、学校に入れてもらった息子の制服姿を一目見たいという気持ちを抑えることができず、ポール、フローレンス、スーザンを伴って、ドンビー氏には無断で自宅に帰ったのである。息子はまだ学校から帰宅しておらず、途中で会えることを期待して遠回りでドンビー家へ戻ろうとするが、途中で息子が近所の子らにいじめられているのに出くわす。ポリーが息子の救助をしている間にフローレンスは迷子になり、一時行方不明になってしまう。この事件によってポリーの無断帰宅はドンビー氏の知るところとなる。下層階級との接触を避けるべく、ポリーに家族と会うことを禁じていたドンビー氏は、息子が下層階級の居住地に連れて行かれたことに我慢がならず、即座にポリーを解雇する。その結果、ポールは六か月で唐突に離乳させられてしまうのである。元々弱い身体だったことを考えると、この突然の離乳がその後の成長に重大な影響を及ぼしたことは確かだろう。

ポリーが解雇されたあと、あらためてウェットナースが雇われることはない。代わりにドライナースが雇われるだけである。ドライナースとして雇われたウィカム夫人による人工哺育の様子は具体的には描かれていない。しかし、それはポールの成長を阻害するものであったことは明らかで「彼は乳母が解雇されたあとやせ衰えた」（第八章一四九）。五歳の段階で、ポールは健康状態が望ましい水準にはないことがはっきりし、伯母のチック夫人は「あたしたちの坊やは、望むほど丈夫ではない」（第八章一五五）と嘆く。人工哺育が貧弱な段階にあったことを考えると、離乳の時期が早すぎたことは、元来虚弱だったポールの成長を疎外し、のちの早死に影響を与えたといえるだろう。

乳母の子の問題

育児書ではふれられておらず、乳母を雇用する人々のあいだでも認識に差があった乳母の子の問題は、この作品ではどのように扱われているのだろうか。乳母雇用が乳母の子を犠牲にする慣習であるということは、社会問題に敏感だったディケンズなら気づいていてもよいことだ。しかし『ドンビー父子』において、乳母の子の問題は巧妙に回避されている。まず、乳母を必要とする赤ん坊は母親を出生時に亡くしているという、乳母雇用を十分正当化できる状況が設定されている。また、乳母として雇われるのは、健康で道徳的にも問題のない既婚女性である。そして、母親の乳を奪われる赤ん坊には、乳母の妹を養育者としてあてがうという対策をとっている。面接のためポリー一家を連れてきたトックス嬢は、ポリーの妹ジェマイマのことを「まだお嫁にいらしてない妹さんなんですけど、みなさんと一緒に住んでらして、お子たちの面倒をみて下さることになっていますと」（第二章六四）と紹介する。トックス嬢の説明は、乳母雇用は乳母の子どもから養育者を奪いその生命を危機にさらす行為であるという非難を意識し、信頼できる身内が赤ん坊の面倒をみるのだからポリーの雇用に関しては乳母の子が置き去りにされる問題は生じないと暗に主張するもののように思われる。このようにして、『ドンビー父子』の乳母雇用は、道徳的な人々の批判を喚起しないように描かれているのである。

もっとも、夫から人工哺育を示唆されたときのチック夫人の反応を思い出してみれば、未婚の妹に託されたポリーの子が生き延びる可能性が低くなったことは確かである。このときドンビー家のポールに乳を奪われた子は運よく生き延びることができたようだが、トゥードル家ではその後生まれた子どものうち一人が亡くなっていることが明らかにされる（第二〇章三五二）。その原因は述べられてはいないが、母親ポリーが再度乳母として働きに出たためであると推測することも可能である。乳母の子については、ドンビー家周辺では問題なしとされるものの、社会の問題として意識され、作品に痕跡を残している。

二　乳母恐怖

ドンビー氏は、自分の家と会社の跡継ぎの生存が、一刻も早い乳母の選定にかかっているというときに、大挙して面接に押しかけた乳母候補者をすべて却下してしまっていた。それは候補者がおしなべて適性に欠けるからというよりも、家系の存続を、ドンビー家以外の人間、それも下層階級の「雇われ女」（第二章六七）に頼らなければならないことを屈辱と感じるからであった。しかし、その屈辱感の下には恐れもあった。ドンビー氏は我が子が乳母に授乳されることによって、下層階級と何がしかのつながりが生じることを恐れたのである。

乳兄弟

乳母選定にあたったチック夫人が、ドンビー氏の前にポリーの子どもたちを連れて来る場面をみてみよう。子どもたちはポリーの乳母としての適性を証明する役割を担っている。

「健康そうな子どもたちですな」とドンビー氏は言った。「しかし、いつかこの子らがポールと何か縁があるなどと言い出すことを考えると！」

「まあ！　でも、どんな縁があるの！」とルイザが言い始めると――

「ある、ですって！」とドンビー氏はおうむ返しに言った。無意識に口にした考えに応えてもらおうとは思っていなかったのだ。「ある、って言いましたか、ルイザ！」

「ありうるか、ってことですよ。」

「まさか、あるわけがない」とドンビー氏は厳しく言った。（第二章六七、強調原文）

ポリーの検査をしたチック夫人は、ポリーの子どものことをポリーの乳の優秀さと育児能力を証明するものとみなしただけだった。しかしドンビー氏は、ポリーの子どもたちを見て、即座に、その子たちが息子と乳兄弟になることを感じ取る。息子と下層階級の子どもたちのあいだに擬制的家族関係が生じることを想像し、不安にとらわれるのである。この場面で、ドンビー氏はその可能性を強く否定しているが、その力の入りようは、逆にその可能性の現実味を際立たせる。

たしかに、乳母の子と養い子が乳兄弟として特別な間柄になることは乳母を雇用する文化ではしばしばみられることだった。かつて日本においては、天皇や将軍、大名に仕えた乳母あるいは乳兄弟と、乳母に養われた主君との絆は深く永続的だった[19]。また、イスラム法では、乳兄弟は結婚できないことになっており、もしひとりの乳母が別々の家の二人の子どもに授乳したとすると、その二人も乳兄弟ということになり結婚できなくなるという[20]。一九世紀イギリスにおいても、母親が乳母だったことで、主人一家の子どもと乳兄弟としてのつながりを保つことがあった。エミリ・ブロンテの『嵐が丘』（一八四七）で、語り手の一人ネリーは、母親が乳母として育てたアーンショウ家の子どもたち、キャサリン、ヒンドリーと乳兄弟として育った。このため、成長してからも、単なる主人と使用人の関係を越えたつながりがみられる。

しかし、ドンビー氏の時代のミドルクラスの家に雇用される乳母は、通常は、フローレンス付き女中スーザン・ニッパーが軽蔑をこめて言うように、「臨時雇い」という位置づけで、授乳が終われば雇用も打ち止めだった。右のドンビー氏と姉との会話でも、言葉のうえでは、乳母の子と縁などあるわけがない、とされており、それが当時の一般的常識だったと思われる。

ところが、強く否定したことが逆に潜在する可能性を浮上させたかのように、ドンビー氏の心配は現実のものとなる。のちに、ポリーの長男ロブが、母親がかつて乳母をしていた縁をたよりにドンビー商会に仕事を求めて来るからである（第二二章三七七）。ドンビー氏自身が直接会うことはないが、支配人カーカーが対応し、自分のスパイとして雇うことになる。ドンビー氏が感じた不安、すなわち、乳母を雇うと家族の縁ができて一度限りの雇用関係に終わらせることはできないのではないか、という不安は根拠のないものではなかったのである。

取り替え子

ドンビー氏の乳母雇用への不安は、一見迷信的ともいえるような妄想まで生む。「乳母の赤ん坊も男の子だ。とすると、赤ん坊を取り替えることも可能、ということになるのか？」（第二章七二）。ヴィクトリア時代の人々は妖精の取り替え子の話になじんでいたという。[21] ドンビー氏の不安も、その根底に妖精物語の取り替え子の連想があるかもしれない。

しかし、乳母雇用による子どもの取り替えは、単に迷信的なものではなく、現実に起こりうることだった。一七世紀のフランスの産科医ジャック・ギウモ（一五五〇～一六一三）は乳母雇用に反対したが、その理由の一つが赤ん坊を取り替えられる恐れだった。[22] イギリスでも、赤ん坊が乳母の家に預けられていた時代には、子どもの取り替えの可能性はあり、このことは物語に恰好のプロットを提供した。マライア・エッジワース（一七六七〜一八四九）の『倦怠』（一八〇九）の乳母は、預かった貴族グレンソーン伯の子が虚弱で余命幾ばくもないと判断し、その子と自分の子を取り替える。グレンソーン伯は、息子を健康に育てるため、乳母および乳母の子とともに息子を海辺に送った。伯爵は時々子どもの様子を見に行ってはいたものの、赤ん坊は二人とも髪と目の色が同じだったので、取り替えには気づかなかった。

たしかに、雇用場所が雇用主の家でない場合、取り替えの可能性はあったが、一九世紀には、乳母は雇い主の家に住み込むのが通常の雇用形態になっており、ポリーもドンビーの家に住み込むという前提で交渉は進んでいる。したがって、ドンビー氏自身および姉のチック夫人などがつねに監督できる態勢にあり、取り替え子の不安はほとんど現実味のないことだった。[23] 実際、ドンビー氏は、自分で監視しようと固く決心してこの不安をおさめている（第二章七二）。理性的に考えれば現実味のないことははっきりしているが、ドンビー氏は下層階級を恐れるあまり、自分の子と乳母の子が取り替えられるかもしれないという妖精物語めいた想像までしてしまったのである。

三　乳母の商品化（コモディティ）

ドンビー氏は、乳母への恐れを感じつつも、跡継ぎ息子の生存のためには一刻の猶予もならなくなったことを悟り、また、ポリーの子どもたちが健康であることを見て、彼女に決めざるをえないと覚悟する。しかし、恐怖を感じさせる下層階級との結びつきを最小限に抑えようと、雇用にあたってポリーに三つの条件を出す。これらはポリーから社会的属性をはぎとり、乳母機能だけを取り出して利用しようとするものである。

名前変更

まず第一は、ポリーの呼び名を変えることである。

「見たところ、ふさわしい女のようだ。が、お前が乳母として我が家に入るにあたっては、一つ二つ、条件をつけねばならない。ここにいるあいだは、呼び名はつねに、ありふれた呼びやすい名——たとえば、リチャーズのような——にしてもらう。」(第二章六七)

「リチャーズ」は姓であることを考えると、ポリーの姓トゥードルの代わりに与えた姓ということになる。ドンビー氏は下層階級に属する乳母の一家とのつながりができることを恐れていた。そのため、ポリーに家族とは違う姓を与え、その名前で呼んでいるあいだはポリーを家族から引き離すことができると思い込もうとしたようだ。

しかし、リチャーズは単にトゥードルに代わる姓というだけではない。ドンビー家での乳母の記号であって、トゥードルのみならずポリーという名も消している。そして、リチャーズという名はリチャードという男の名を連想させずにはおかない。授乳という、女であることと切っても切れない行為をする存在を、男を連想させる名で呼ぶことの意味は何だろうか。授乳は本来ドンビー氏の妻が行うはずであった。ポリーが授乳するということは、彼女が、すなわち下層階級の女が、妻の位置に入ることになる。ドンビー氏にとっては堪え難い考えである。妻の代理になる乳母にとっさに男性を連想させる名をつけることによって女性性を取り去り、妻の位置には入りようがない存在にしたのかもしれない。

ドンビー氏にとっては不安を払拭する手段として有効だったとしても、名前とアイデンティティの結びつきを考えると、たとえ使用人とはいえ、主人が勝手に名前を変えることは横暴な行為のように思われる。しかし、ヴィクトリア時代の家事使用人についてのパメラ・ホーンの著作によれば、この時代に使用人の名前を変えることはそれほど珍しいことではなかったようだ。たとえば、同じ屋敷内にすでに同じ名前の使用人がいるときには、混乱を避けて別の名前をつけて呼んだとのことである。また、特定の職種についた人を継続的に同じ名前で呼ぶこともあったようだ。ある家では、メイドは常に「エマ」と呼ばれることになっていたという[24]。とはいえ、使用人が名前を変えさせられることについて抵抗を感じなかったわけではないだろう。この場面でも、ポリーは即座に、別の名前で呼ばれることについて、その条件を給料に反映させてもらいたいと要求する。このような要求は、別の名前で呼ばれることが、通常の雇用契約には含まれない特殊な条件であったからこそなされたことだろう。

家族との接触禁止

ポリーを雇用するにあたってドンビー氏が出した第二の条件は、あからさまに家族との接触を禁じるものである。

「では、リチャーズ、もしお前が、母を亡くした我が子の世話をするということならば、常にこれだけは覚えておいてもらいたい。お前は、務めを果たす見返りに、惜しみない報酬を受けるが、その間、極力家族とは会わぬようにしてもらいたい。」（第二章六八）

ポリーの名前を変えることは、名目上、彼女を彼女の属する下層階級の家族から切り離された存在にすることを意味する。そして次にはポリーに家族と会うことを禁止し、彼女を物理的に家族から引き離そうとする。このような二重の手続きによって、ドンビー氏は嫌悪する下層階級との接触を断ち切ろうとするのである。

ドンビー氏が乳母を家族に会わせないという条件を出したのは、ただもう下層階級との接触を避けるためだったと思われるが、実は授乳中の性交渉をタブー視する考え方にもかなうものであった。第一章第一節でみたように、このような考え方は一九世紀には廃れていたという見方もあるが、人々のあいだで長く言い伝えられてきたタブーは、現実には問題がないとわかっていたとしてもあとあとまで影響を与えていた可能性はある。ポリーはこの極力家族に会わないようにという条件に対して、他の二つの条件を出されたときのように何らかの反応を示すことはない。それはこの条件が当時の常識からみても妥当なものだったためと考えられる。

期限付きの関係

ドンビー氏は、雇用期間中はポリーが家族に会うことを禁じたものの、反対に、乳母をやめたあとは養い子のことを忘れるよう命じる。これが三番目の条件である。

「務めが必要なくなり、報酬が支給されなくなったら、我々の関係は一切終わりだ。よいな？［中略］今回の取り決めには、お前が我が子に愛情をもったり、逆に我が子がお前になついたりすることは含まれていない。そのようなことは一切期待しても望んでもいない。いや、むしろ逆だ。お前がここを出て行くとき、ただの売買契約および支払いの問題、貸借の問題には終止符が打たれたことになる。よって、以後は寄りつかぬこと。子どもはお前を忘れるだろうし、お前もできれば、子どものことは忘れるよう。」（第二章六八）

ポリーは子ども好きなので、この言葉に少し不快感を表す。また、現実には「授乳後もドライナースや子守女中としての職を与えられた乳母もいた」[25]。『嵐が丘』で、語り手の一人であるネリーの母親は、乳母としての役割が終わったあとも家事使用人として雇用され続けた。しかし、ドンビー氏にとって、乳母とは、卑しい階級の「雇われ女」でしかなく、必要最低限の関係以外もとうなどとは夢にも思わない。ポリーにごくありふれた名前を与えたのも、名前が特徴のないものであればあるほど、忘れるのも容易だと考えたからだろう。用がなくなったらすぐお払い箱にできる使い捨ての商品扱いである。ドンビー氏は乳母雇用を商取引とみなし、下層階級との関係が一度限りで終わるものと思い込もうとしたのである。

皮革(ハイド)と心(ハート)(26)

ドンビー氏は、乳母雇用を「ただの売買契約」として扱おうとした。たしかに乳は商取引の対象物品といえる。しかし乳を得るためには授乳というサーヴィスも受ける必要がある。そして授乳サーヴィスを行う人間にはドンビー商会が扱ったことがない心がある。乳母雇用は商品の売り買いをするだけではなく、サーヴィス提供者の心も含めての取引となる。下層階級との接触を最小限にとどめるためにドンビー氏が定めた三つの条件は、ポリーの属性をはぎとり、ただ乳を提供するだけの存在、いわば人乳の供給機として扱うための条件だった。しかし授乳サーヴィスの提供者ポリーは、商品としての乳を提供するだけですませることはできない。子ども好きのポリーはドンビー氏の娘フローレンスにも関心をもつ。父親に拒絶されているフローレンスを哀れに思ったポリーはドンビー氏に娘を受け入れさせようと心を砕く。赤ん坊のそばには子どもがいたほうがよいとして、ポールとフローレンスが一緒に遊ぶことの許しを求める。ドンビー氏も息子のためならと姉弟の交わりを許す。ポールの成長のため、という言い訳はあるが、ポリーの心を受け入れたことによる事態の変化といえる。

ドンビー氏がポリーと心のやりとりをしたことを象徴する出来事は、ドンビー氏がポリーに給与以外の褒美を与えたことである。ポールが六か月でやっと洗礼をすませたとき、ドンビー氏はポリーの働きに対する満足を表すため、自身が関係している学校の給費生枠にポリーの長男を推薦する。満足を表すために特別の計らいをするということ自体「ただの売買契約」から逸脱しているようにみえるが、あえていえば、それは余分に提供されたと思われたものに追加の対価を支払ったと解釈することはできる。しかし、その支払いを、ポリーではなくポリーの長男に行ったこと、これは明らかに取り引きの原則を逸脱している。ポリーの乳と授乳サーヴィスに対する褒美を、それらの商品およびサービスとは関係のないポリーの長男に与えたのである。ポリー雇用のさい、ドンビー氏はポリーに家族との関わりをもつことを禁じる条件をつけていた。それにもかかわらず、ドンビー氏自身がポリーと家族のつながりを認めるような取り計らいをしたのである。これはドンビー氏がポリーと心のやりとりをしたことを示すものといえる。

ドンビー氏が雇用条件を自ら反故にするような褒美を与えたことに呼応するように、ポリーも雇用条件から逸脱した行為をする。養い子ポールやフローレンスを連れて無断で自宅に戻ったことがそれである。ドンビー氏は即座にポリーを解雇するが、これはポリーを罰するというより、ドンビー氏自身が条件を破った自分を罰しているようである。経営する商会の取引物品のなかにはない心の取引をしてしまったことを悔いて、自らに厳しい罰を与えたようにみえる。その罰はドンビーと同じ名をもつ子のほうに、結局は生死にかかわる影響を与えることになる。かくして商取引の手法で乳母を制御しようとしたドンビー氏のもくろみは失敗する。

ドンビー氏が乳母に対して不安を抱いていたこと自体は特別なことではない。乳による道徳的資質の伝染への不安は、当時、医師を含めて広く人々に共有されていた。しかし、ドンビー氏がもっていた乳母の属する下層階級への恐怖と嫌悪は、乳母をその出自から徹底的に切り離し、商品として扱うことによってやっとどうにか抑えられるものだった。とはいえ乳母雇用とは乳と授乳サービスを同時に受け入れる必要がある取引で、完全な商品化は不可能なものだった。授乳サービスが必然的に伴う心を扱いそこねたドンビー氏の乳母雇用は失敗に終わる。

『ドンビー父子』の乳母雇用に関する記述は、育児書の記述そのものとみまごう箇所もあるが、医師が否定した俗信や迷信が信じられていることを示す場合もある。他方、育児書ではふれられていない、乳母の子の運命についての認識も示されている。ドンビー氏の乳母恐怖は、乳母を雇用する際にミドルクラスの人々がひそかに感じつつ必要を優先させるために打ち消していた不安を、極端な形ではあるが明確に表したものといえる。『ドンビー父子』の乳母描写からは、一九世紀半ばの乳母を雇用する立場にあった人々のさまざまな考えや態度、感情までもみてとることができる。

注

（1） *Dombey and Son* からの引用頁は Penguin Classics 版による。引用・参照箇所末尾の括弧内に章数と頁数を記載する。

（2） ディケンズは第五子の誕生の二日後の一八四四年一月一七日、友人からの食事の誘いへの返事に「乳母たち、ウェットもドライも。薬屋たち。義理の母たち。赤ん坊たち。私生活の甘美な（そして汚れなき）喜び」(Dickens, *Letters* 4: 21) と書いている。ここで複数形で表されている赤ん坊は、乳母の面接のために乳母候補者によって連れてこられた赤ん坊のことを指していると考えられる。ドンビー家の食堂が赤ん坊であふれかえったという描写は、ディケンズの家で実際に展開された光景だったのかもしれない。

（3）*Lancet* Sept. 20, 1856: 343.

（4）*Times* 22 May 1886: 3.

（5）たとえば、総合産院 General Lying-In Hospital が乳母の斡旋をする旨の広告を出している（*Times* 28 July 1884: 1）。他にはシティ産院 City of London Lying-In Hospital for Married Women、英国産院 British Lying-In Hospital for Married Women があった。

（6）Combe 115.

（7）第二章第二節参照。

（8）*Times* 3 Dec. 1881: 3.

（9）乳母と梅毒をめぐる議論については第二章第二節参照。『ドンビー父子』が月間分冊で刊行されていた一八四六年から四八年にかけて、『ランセット』では、表面上の兆候が消えた第二期梅毒に感染性があるかどうかについてとくに議論されていた。

（10）Fildes, *Wet Nursing* 222.

（11）第四章第一節参照。

（12）ウェットナースとドライナースの給料の比較については第二章注23を参照のこと。

（13）Bull, *Hints to Mothers* 288.

（14）Young 150.「チェーン・ステッチ・ミシンは一八五〇年代の初期に使われ始め、ロック・ステッチは一八五〇年代後半に使われ始めた」（Cunnington 170）。

（15）喪服の生地と型についてはCunnington 149 を参照。

（16）Hill 9.

（17）フランスでは、前開きボタンのドレス、ゆったりしたマント、長い二本のリボンのついた白っぽい帽子、およびエプロンが一九世紀の乳母のいわば制服となっていた。リボン付きの帽子は授乳には何の関係もないものだが、非常に目立ち、雇い主が乳母を雇ってきちんとした服を着せておけるほど裕福であることを示した。このような服を着た乳母はスーラの《乳母車を押す乳母》（一八八二〜八四）や《グランド・ジャット島の日曜日の午後》（一八八四〜八六）に描かれている。Faÿ-Sallois 213-14, 242 の写真も参照。

(18) 第二章第二節参照。
(19) 序章注2参照。
(20) Altorki 234.
(21) Joseph 187.
(22) Wickes 232. ギウモの著作は一六一二年に英訳が出版された。
(23) 実は物語内で短時間だけだがポリーの抱く子が取り替わったことがある。長男ロブの制服姿を確認するために自宅に帰ったとき、妹ジェマイマが抱いていた我が子とポールをとりかえる場面である（第六章一一二）。
(24) Horn 124.
(25) Fildes, *Wet Nursing* 196.
(26) 「ドンビー商会はしばしば皮革は扱ったが心は扱ったことがなかった」（第一章五〇）。

第四章　乳母の声

ここまではもっぱら乳母を雇用する階級側から乳母をみてきた。当の乳母自身は自分の立場についてどのように考えていたのだろうか。とはいえ、それを知るための手がかりになるもの、たとえば乳母自身の日記や手紙などは残っていない。乳母の出身階級の読み書き能力を考えれば無理もないことである。そこで本章ではまず、新聞の求職広告を乳母の表現手段のひとつとみて、そこに乳母自身の主張が読み取れないかをさぐることにする。ついで、一九世紀末に出版された、イギリス文学史上初めて乳母を主人公にした小説を取り上げ、乳母自身の経験に接近することを試みる。

一　求職広告文

新聞の求職広告は、乳母たちが記録に残した唯一の言葉ともいえる。とはいえそれは史料としては制限が多い。まず、たいてい二、三行ときわめて短く、最低限の情報しか含んでいない。仕事が必要な境遇にある人物が支払うことのできる金額は限られていたから、行数によって課金される広告掲載料を抑えるために、必要最低限の語数しか使われていない[1]。その少ない言葉は言うまでもなく広告主にとって有利な情報を伝えるために選ばれている。したがって、はたして書かれていることが事実かどうかはわからない。そもそも、乳母に読み書き能力がないのであれば、乳母の言葉ともいえないのかもしれない。

しかし、短ければこそ、そこには要点が簡潔に記されている。たとえ広告文句が事実とは違うとしても、また代理に書いてもらったものだとしても、そこに選ばれた言葉は、乳母候補者が自分に求められていたものについてどのように認識していたかを示すものである。首尾よく仕事にありつくためには社会の価値観に従う振る舞いをみせなければならない。乳母広告には、規範的育児書における乳母についての記述と呼応するような文句が使われていることが予想される。しかし一方で、乳母候補者たちは、何よりも雇用者の希望を汲み取ろうとしたことだろう。その結果、育児書ではふれられていない情報が含まれる可能性もある。以下では、『タイムズ』に出された乳母の求職広告の文句を、育児書など他の乳母についての言説と比較しながら、乳母になろうとした者たちの知恵と戦略をさぐる。

健康状態

求職者の広告文句は「健康な若い女性、乳の出良好」などという文句で始まることが多い。乳母が健康であるか、乳量が豊富であるか、乳質がよいかは、雇用主にとって一番の関心事であったことを反映しているだろう。しかし、身体の状態を広告文句だけで判断することなどとうていできるものではない。しかも大事な我が子の健康を左右することになる乳母を選ぶのである。育児書では、乳母を選ぶときには必ず医師の判断を仰ぐように、と指示している。これに応えるかのように、求職広告でも「医師の推薦あり」、「医師の証明書あり」のように医師によって認められていることに言及する広告文句がしばしばみられる。しかし、たとえ医師の証明書があると書いてあっても、それが信用できるものかどうかはわからない。乳母候補者の健康と乳の状態を確認するためには、やはり雇用者が自分で信頼できる医師に検査を依頼するしかなかっただろう。したがって、「きわめて健康。乳汁分泌良好」等の文句は、乳母広告においては決まり文句以上の意味はなかったと考えられる。しかし、実体のない決まり文句で、それが必ずしも信用できるわけではなくても、もし当然書かれているべきその言葉が書かれていなければ、それはそのことだけで当の乳母候補者に対して不利に働いたかもしれない。健康で乳の出もよいというような文句は、実質的には何ら差別化の機能を果たさなかったと考えられるが、それはただ記載されていることに意味があったのである。

乳母の全体的健康状態に肯定的評価を与える文句として「田舎出身」という言葉がある。都会出身の乳母より田舎出身の乳母のほうが健康でよい乳を分泌すると考えられていたのである。シャヴァスはできれば田舎出身の乳母がよいと書いている（『母への助言』三六）。田舎に関連していうなら、赤ん坊は田舎で育てるほうが健康によいというアドバイスや（クーム 一三〇）、信頼できる乳母なら赤ん坊を田舎に送ってもよい、という文言もある（コートリー 二九六）。「田舎」は健康と結びついて、雇用者にとって魅力的な響きをもっていたようだ。

年齢

広告文句中に年齢を記載している者がかなりいる。今回調査した範囲では、延べ八九五人の乳母求職者のうち三六八人が年齢を記載している。[2] 雇用主が判断材料にすることをわきまえてのことだろう。雇用主が参考にしたであろう育児書では、著者によって望ましい乳母の年齢についての記述が少しずつ違う。生みの母と年齢の近い乳母を雇うよう勧めているものがある（クーム 一一一）一方、母親の年齢とは関係なく、乳母として望ましい年齢――二〇歳から二五歳（シャヴァス『母の手引き』三三）や二一歳から三〇歳（ブル『母親のための小児養育法』五六）――を記載したものもある。

乳母が出している広告に記載されている年齢は一八歳から三三歳にまでわたっているが、大半はおおむね医師が勧める範囲内に収まっている。そして医師の推薦年齢の上限を過ぎる三〇歳以上になると、求職者側にも遠慮がみられる。一八四一年一一月六日付の広告には「乳母（アッパー・ナース）の職求む。品行方正（リスペクタブル）な女性。三三歳。育児室管理に精通。乳母（ウエットナース）も可。子は生後九週。証明書申し分なし」（八）とある。この求職者は、まず授乳しない乳母としての求職広告文を書き、あとからウェットナースもできることを子の月例とともに書き添えている。ウェットナースと授乳しない育児係のナースとでは給料に大きな差があったので、[3] この求職者も、できればウェットナースの職を得たいとは思ったのだろう。しかし、年齢の点から敬遠される場合も考えられることを予想して、とにかく職を得るための安全策を考えた広告文句となったようだ。

子の月齢

広告文の多くには「子ども生後六週」、「赤ん坊生後三週」などと乳母の子どもの月齢の記載がある。しかしこれは雇用者が乳母の子どもに関心を抱いていたことを反映しているわけではない。雇用者にとって問題なのは、実質的には同じこととはいえ、子どもの月齢に応じて変化する乳の月齢なのである。雇用主側から、「産後二か月から六か月の乳を分泌する者」（一八六一年二月七日付、二）と、あからさまに、問題なのは乳の月齢であることを示す求人広告が出されたこともある。同様に、求職者のなかにも、端的に「産後一か月の乳」（一八六一年二月二日付、一一）のように書いている者がいる。乳母市場において、乳母の子はほとんど乳の月齢を示す指標としてしか認識されていないのである。

乳の月齢は、「五週間前に第一子出産」（一八三一年一一月一八日付、二）のように出産時期を書くことによって示すこともできるが、子どもの月齢を書く形で示す者が圧倒的に多い。子どもがきちんと成長するような乳の持ち主であることを主張しようとする意識が働いたのかもしれない。

広告に月齢が記載されている場合、それらはほとんどが二週間から三か月までである。これは乳母を雇おうとするのは産後間もない母親が多かったことを示している。「子どもは五か月」と書いている求職者は、「ウェットナースかドライナースとして」と書いて、職を得る機会を広げようとしている（一八五一年二月七日付、一二）。五か月では月齢がゆきすぎていてウェットナースにこだわると職を得られないかもしれないと考えていたのである。赤ん坊の月齢は、一九世紀半ばまでは書かれないことも多かったが、一八五〇年代には乳母求職広告の約三〇パーセント、一八六〇年代以降は半分以上に記載されるようになった[4]。

赤ん坊の月齢とともに、何番目の子であるかが書かれることがある。そうしたとき圧倒的に多いのは第一子である。調査した八九五件のなかで、何番目の子であるかを明記している広告は一〇九件あり、そのうちの九〇パーセント、九八件が第一子である。育児書のなかには、すでに子どもがいる乳母のほうが乳量が多いうえ、赤ん坊の扱いにも慣れているので好ましいと書いているものもあるので[5]、求職広告における第一子への偏りは目をひく。なぜ第一子であることが宣伝文句として有効だったのだろうか。

一つには、あらゆる点で母親と似ている乳母を雇うように、という育児書のアドバイスにヒントがあるかもしれない。初産の場合、乳汁の分泌が悪いことが多いため、乳母を雇おうとした母親は初産の場合が多かったと推測される。そのため、自分の子どもと同じ第一子をもつ乳母を雇おうとする母親が、第二子以降の子どもに乳母を雇おうとする母親より多かったのではないかと考えられる。乳母にとっても第一子であることは同じだが、下層階級の母親のほうが富裕階級の母親より授乳時に困難を経験しないことは、育児書でも指摘されている[6]。

第一子であることが広告文句として有効に働くもう一つの理由としては、乳母候補者が未婚の場合、赤ん坊が第一子であれば、不道徳な行為の「初犯」ということになり、許容の範囲内であると考えられたこともあっただろう。未婚の乳母雇用を推進していた人々も、一度だけ過ちを犯した女性のみを乳母雇用による救済の対象としていた[7]。未婚の母を受け入れていた慈善産院のシャーロット妃産院も、「初産の未婚女性」のみが対象だった[8]。

きわめてまれな例だが「子どもの月齢と性別を記して応募されたし」(一八七二年八月一五日付、一一)という求人広告がある。この性別情報を求めた雇用者は何のために子どもの性別を知りたいと思ったのだろうか。常識的に考えると、身体的特徴が似ているほうがよいと考えて同性をよしとしたのではないかと思われるが、第三章でみた『ドンビー父子』のドンビーのように、我が子と乳母の子が取り替えられるのではないかという恐れを抱くのであれば別の性のほうがよいと考えただろう。しかし、育児書の乳母選択時の注意には子どもの性別に関する記述はない。実際の乳母選択においても、性別の異同を気にかける雇用者はあまりいなかったと思われる。

育児書によれば、乳母の乳の善し悪しを知るためには乳母の子を見るのが一番であるとされる[9]。丸々と太った健康そうな赤ん坊を連れていれば、その乳母は当然乳量も豊富であろうと推測される。このため求人広告に「赤ん坊同伴で面接に来られたし」(一八八一年一二月三日付、三)と指示を出している雇用主もいる。赤ん坊が採否を決定する重要な条件になるとあって、他人の健康な赤ん坊を借りて面接に行った例もあるようだ。また、赤ん坊を連れて面接に行こうとしている乳母求職者に、医師を名乗る男が、小さい赤ん坊だから連れて行かないほうがいいとアドバイスした、という記述もある(『タイムズ』一八六二年一二月一八日付、九)。

このように、乳母選考にあたって赤ん坊が有力な判断基準になるのであれば、子どもを亡くしている候補者は、重要な判断材料を欠くという意味で不利なはずである。しかし求職広告のなかには、わざわざ子どもは亡くなったと書いてあるものが少なからずみられる。また、「係累なし」という表現によって、子どもがいないことを宣伝文句としているものもある。一方、求人側にも「赤ん坊を亡くした者優先」（『タイムズ』一八四一年一一月二日付、一）のように、子どもを亡くした乳母を求める広告を出している者がいる。これは、雇用者側が、乳母としての適切さを判断する材料になる乳母の子どもを検査できないことの不都合さより、乳母自身の子がいないために乳母が雇用者の子の授乳に専念してくれることを重要とみなしたことを示している。また、はじめから乳母の子がいなければ、自分の子のために乳母の子が犠牲になるかもしれない、という心配をせずにすむということもあっただろう。

乳母の子を犠牲にするという罪悪感を逃れたいという思いは、子どもを亡くした乳母を雇おうとする傾向を導くとともに、未婚の乳母を選択させることにつながった可能性もある。すなわち、雇用主が、未婚の乳母は自分の子の生存を強いて望まないに違いないという先入観をもっていたとすれば、未婚の乳母を雇ったほうが、万一自分の子の授乳期間中に乳母の子が亡くなったと聞いても、罪の意識を感じることが少なくてすむと考えたことがありうるからである。このような未婚の乳母の子の軽視は、本章第二節でみるように、ジョージ・ムア『エスター・ウォーターズ』でエスターの雇用主が自制心を失ったときにあからさまに示すことになる。

品行方正（リスペクタブル）であること

広告文中に頻出する文句に「品行方正（リスペクタブル）」がある。乳の質を証明することとは直接関係がないにもかかわらず、広告文の冒頭の文句として使われている場合もある。この言葉は、この時代の乳母以外の家事使用人の広告文にもしばしば使われた。

『オックスフォード英語辞典』第二版によれば、"respectable" という言葉は、人に使われた場合、もともとは「社会的な地位が高く、当然その地位の人が備えているべき道徳的資質をもっている人」を指したが、のちには、社会的地位にはかかわりなく、すなわち貧しい境遇であっても、品性や振る舞いがまっとうで道徳にかなった人」("Respectable," def. 4a) もさすようになった。

この言葉の意味の拡大は、家事使用人の広告文句でのこの語の使用の変化と増加にも表れている。『タイムズ』の一九世紀初めまでの使用人広告で、自分のことを "respectable" であるとしているものはほとんどない。使用人として働きたい人物が自分の宣伝文句として使う決まり文句は "sober(飲酒せず)" と "steady(真面目)" である。求職広告で "respectable" が使われているのは、"respectable family" で働きたいというような希望を出す場合である。それが一九世紀半ばには、非常に多くの人が "a respectable young Woman" などと自分の宣伝文句として "respectable" を使うようになる。[10]

家事使用人になろうとしている人が広告文に「品行方正(リスペクタブル)」という文句を入れているのは、自分が社会的規範を尊重し、きちんと働く人物であるということを主張するためと考えられる。とはいえ、個々の広告主が具体的に何を根拠に「品行方正(リスペクタブル)」であると主張しているのかは不明である。それでもこの文句が広告に頻繁に使われていることが示すのは、雇用者が品行方正さ(リスペクタビリティ)を重視していて、広告主はそれを認識していることを示す必要を感じていた、ということである。「健康で乳の出もよい」という文句と同じく、実態を示したり確認したりできなくても、とにかく書くこと、書かれていることに意味がある言葉だったと考えられる。

「品行方正」はたしかに実態の曖昧な広告の決まり文句ではあったが、こと乳母に限っていえば、

「品行方正」であると主張するためには、少なくとも既婚であることが大前提ではなかったのだろうか。乳汁を分泌するためには出産しなければならないが、妊娠・出産が未婚者によってなされた場合、それはとりわけヴィクトリア時代にあっては「品行方正」とは正反対の行為と考えられただろうからである。事実、多くの求職広告に「品行方正な既婚女性」という文句が使われており、この場合、その広告主が「品行方正」であることは既婚であることが裏付けていることになる。ところが、そのような暗黙の了解を覆すかのような広告がある。

乳母の職求む。品行方正(リスペクタブル)な若い未婚女性。二四歳。乳の出良好。(『タイムズ』一八五二年一二月三〇日付、八)

未婚で出産しても「品行方正」であると主張できるなら、既婚であることを根拠とした「品行方正」[11]さは宙に浮いてしまい、この語が乳母に限ってはもっと期待しえた差別化の機能も果たさなくなる。

たしかに、未婚であることを明らかにしての乳母求職広告は、全体からみれば圧倒的に少数であり、既婚であることを宣伝文句にしている求職者のほうがはるかに多い。しかし、既婚であると記している求職者よりさらに多いのは「品行方正な若い女性」というように、未既婚の別を記さない者である。[12] これらの求職者たちが、未婚で出産したことを不道徳とみなす社会通念をふまえて未既婚の別を伏せているとすれば、実際には未婚の母の乳母求職者が非常に多かったということになる。

未既婚の別が乳母の採用に際してほとんど意味をもたなかったことを裏付けるかのように、乳母を求める側の求人広告において、既婚者を指定しての求人はほとんどない。求職広告に比べて求人広告の数は少ないが、全四七件のうち、既婚者を指定しているものは六件しかない（第二章表1参照）。第二章第二節でみたように、授乳により気質が伝染すると考えられていたのならば、未婚の乳母を避け、既婚の乳母を指定して求人するのが自然である。未婚で出産という不道徳な行いをした乳母を雇うことに強く反対する医師も多かった。しかし、できるだけ早く目の前の赤ん坊の飢えを満たそうとすれば、乳母候補者の未既婚の別にこだわってはいられない、という現実があったことも推測できる。時代の風潮からして、だれもが「品行方正（リスペクタブル）」と認める既婚の乳母を求める雇用者が多かったであろうという推測に反し、現実には未婚の乳母の需要が少なからずあったことがわかる。

夫の不在

乳母求職者のなかに、既婚ではあっても「夫は不在」、「夫は海外」などと、わざわざ夫と一緒に住んでいないことを書いている者がいる。なぜ夫がいないことが広告文句として有効だったのだろうか。

第一章第一節でみたように、古くから性交渉は乳を汚すという言い伝えがあった。また、もし授乳中に妊娠した場合、その乳は養い子にとって危険とみなされることもあった。一九世紀の育児書には、性交渉による乳の劣化や授乳中の禁欲を求める記述はないので、性交渉が乳を汚すという言い習わしはすでに迷信的なものとされていたかもしれない。しかし長年にわたって言い伝えられてきた禁忌が人々の意識に残っていたということは十分に考えられる。一方、妊娠中の授乳については、一九世紀になっても赤ん坊への悪影響を指摘している育児書がある(ブル『母の心得』二七四－七五)。雇用主にとって、乳母の妊娠はできれば避けたい事態だった。また、第二章第二節でみたように、乳母が雇用主の家に住み込んだあと、乳母の夫が妻の雇用先に押しかけてトラブルを起こすこともあった。乳母の夫はいくつかの意味で雇用主にとっては不安材料となりえたのである。「夫は不在」はそのような不安を取り除く広告文句となった。

「夫不在」という広告の文句は、未婚で出産という不道徳な行いはしていないと主張しつつ、夫という雇用主の心配の種になる存在は近くにはいないということをほのめかして、既婚の乳母、すなわち常識的な意味で「品行方正(リスペクタブル)」な乳母を雇いたいが、かといって夫がいるのは厄介だという、雇用主のジレンマをくみとった広告文句であるといえる(13)。

雇用場所

乳母の求職広告を年代順にみると、その雇用場所に変化があったことがわかる。すなわち、乳母が自分の家に引き取って育てる例が減って、雇用者の家に住み込んで授乳にあたるのが標準的な雇用形態になっていったということである。たとえば、一九世紀前半には、「品行方正(リスペクタブル)な既婚女性、哺育(ウェット/ドライナース)する子求む。風通しよき場所」(一八三一年一〇月六日付、一)という広告にみられるように、自分の家に引き取って育てるため、自宅の環境のよさを書くことがしばしばあった。しかしこのような広告文句は年を経るにつれて少なくなり、一八七一年以降はまったく姿を消す[14]。逆に、雇用場所がどこでも行く、田舎でも都市でも外国でもよい、という広告文句が出てくる。このような広告を出した乳母は、雇用された場合、自分の子どもは連れて行かないだろう。第二章第三節でみたように、置き去りにされる乳母の子の問題が世間の関心を集めることになる背景には、乳母が住み込みの雇用形態を受け入れるようになったことがある。

雇用場所に関する広告文句から読み取れるのは、雇用主が乳母の家に赤ん坊を送り出すことをやめて、自宅に乳母を雇い入れるようになったという変化である。都市内は環境は悪いかもしれないが、乳母を自宅に住み込ませれば、雇用主が乳母を監督でき、頻繁に子どもの様子を見ることができる。ミドルクラスにおける乳母雇用について考える場合、とくに彼らにとっての家庭の重要性に注意すべきだろう。妻・母は〈家庭の天使〉として夫の疲れを癒し、子どもを慈しみ育てる存在であることが求められた。子どもが乳児の段階においては、当然自分で授乳することが求められた。しかし、たとえ自分で授乳しなくても、雇い入れた乳母をきちんと監督すれば母親としての務めを果たすことになると書いた育児書もあった[15]。つねに子どもの状態に関心をもち、よりよい世話がなされるように取り計らうこと、これが母親のなすべき務めであれば、子どもを外に出すことは避けなければならない。このため乳母は雇用主の家に住み込むことが求められるようになった。住み込み働きは、自分の家族をもつ既婚乳母にとっては酷な条件となるので、未婚の乳母の増加の原因にもなったと考えられる。

INFANTS' NEW FEEDING BOTTLES.—From the Lancet, February 15, 1851:—"We have seldom seen anything so beautiful or better adapted for its use than the 'Biberons,' or Feeding Bottles for Infants, introduced into this country by Mr. Elam, of Oxford-street." They are adapted to milk, gruel, biscuits, and all kinds of food, the flow of which is always uniform, and can be regulated according to the infant's age. The nipple is elastic, soft, and most cleanly in use, never out of order, has no taste or smell, and is never refused by any infant. Sole agent, BENJAMIN ELAM, 196, Oxford-street, whose name and address are stamped on every one, or they are not genuine. 7s. 6d. each, or carriage free, 1s. 6d. extra.

WANT PLACES.—All letters to be post paid.

AS WET NURSE, a respectable young woman, with a good breast of milk. No objection to travel. Direct to A. B., post-office, Old-street-road, St. Luke's.

AS WET NURSE, a young married woman, lately confined with her second child. Age 24. Well recommended. Direct to A. Y., 17, Down-terrace, Hackney.

AS WET NURSE, a respectable married woman, age 26. Child very healthy, with abundance of milk. No objection to the country. Direct to V. S., 12, North-street, Knightsbridge.

図15 『タイムズ』1851年3月4日付、11頁

乳母以外の仕事の許容

乳母として雇用されることを望む広告にもかかわらず「針仕事に熟達」と、授乳以外の仕事ができることを書き添えているものがある。もともと、授乳しない乳母には子ども服の仕立てができることが求められることが多く、それらの広告にはこの文句が使われていた。それが一九世紀半ば以降乳母（ウエットナース）の求職広告にも現れるようになる（調査範囲での初出は一八五六年一〇月七日付）。また、同じころから「家事に熟達」という文句もみられるようになる。授乳以外にも家事全般に通じていると主張して、自分に付加価値をつけ、他の乳母候補者との差別化をはかったものと考えられる。このような広告文句が出てきた背景には、人工哺育の安全性が徐々に高まり、必ずしも乳母（ウエットナース）が必要ではなくなったこともあっただろう。一九世紀半ばからは哺乳瓶の宣伝も盛んに出されるようになった。『タイムズ』では一八五〇年一一月から、求職広告のすぐ上の欄に、フランスから輸入された哺乳瓶の広告が出ている。この哺乳瓶の販売代理店は、翌年二月一八日からしばらくのあいだ、

医学雑誌『ランセット』の推薦文（一八五一年二月一五日号）を引用して『タイムズ』に広告を出す。このころの『タイムズ』の乳母の求職広告は、その緊急性の高さを意識してか、つねに求職広告欄の一番はじめに掲載されていたから、そのすぐ上に置かれた哺乳瓶の宣伝と一騎打ちの様相を呈することになった。（図15）。もはや乳母どうしの争いではなく、乳母と人工哺育との争いになっていったのである。[16]

乳母の求職広告の文句は、歴史上に残したというにはあまりにもささやかな記録であって、そこから乳母たちの生活ぶりや思いを想像するのは難しい。読み書きのできない乳母候補者が他人に頼んで広告文句を作ってもらったとすれば、それは乳母の言葉とすらいえないかもしれない。そもそも、雇用されることを目的にした文言は、乳母自身を表現するというより、雇用者の希望を汲んで代弁したものとも考えられる。しかしそのごく簡潔な文句は、ときに、規範的言説が決してふれることのない、乳母雇用をめぐる生々しい現実をかいまみせる。乳母広告には、乳母候補者たちが乳母雇用の現実に即して生き抜くために選択した振る舞いと知恵が示されている。

二　乳母の叫び――ジョージ・ムア『エスター・ウォーターズ』

一八九四年三月、イギリス文学史上初めて乳母を主人公にした小説、ジョージ・ムア（一八五二～一九三三）の『エスター・ウォーターズ』が出版された。この作品はたちまち大評判となり、ロンドンの代表的な批評家アーサー・クイラー＝クーチ（一八六三～一九四四）は雑誌『スペクテイター』で「この種のものとしては英語で書かれた作品のうちで最高傑作である」と評した[17]。主人公の未婚の母エスターの苦境に心を動かされた病院看護婦が、何かしたいと、身寄りのない子のための施設を作った、などという話も伝えられた。

しかし、貸本屋のW・H・スミスは、『エスター・ウォーターズ』出版の一か月後、この作品のもつ「率直さ」を理由に貸本リストに入れないと発表した。スミス社の社長が『デイリー・クロニクル』に語ったところによると、エスターの誘惑場面がトマス・ハーディ（一八四〇〜一九二八）の『ダーバヴィル家のテス』（一八九一）よりも露骨だと考えられたようだ。一方、ムア自身は同じ社長から、読者は産院場面の生々しい描写に慣れていない、と拒絶の理由を説明された。それまでムアの作品はことごとく貸本屋から拒絶されていたので、この作品も同じ道を辿るかと思われた[18]。ところが、自由党系の新聞『ウェストミンスター・ガゼット』で、時の宰相グラッドストンが、この作品には高潔な道徳的気風があると高い評価を与えていることが報じられると、スミス社は態度を一転させ、貸本リストに含めた[19]。グラッドストンが認めた作品を貸本リストから外すことの商業的不利益を悟ったのである。こうしてムアと貸本業界とのあいだの長年の確執にも終止符が打たれた。

ムアと貸本業界のあいだに和解がもたらされた本作は、何といっても乳母自身が声をあげているという点で注目すべき作品である。それまで、短い求職広告以外では自分の声を世間に聞かせることができなかった乳母の声が表出されているのである。たしかに、半世紀近く前に、ディケンズ『ドンビー父子』の乳母ポリーも発言の機会を与えられてはいた。しかしポリーの場合は、既婚の乳母というミドルクラスの規範に合致した社会的に正しい乳母として、ミドルクラスの制度内で発言していた。その発言は、ミドルクラスの支配する流通システムにおいて自らの経済価値を正当に評価させるためのものであったり、ミドルクラスの理想の母親の代理としての養い子への愛情に満ちた言葉であった。つまり、ポリーの立場も発言もミドルクラスの価値観に沿うものであった。一方『エスター・ウォーターズ』の乳母は、ウィリアム・アクトンの論理では母親の範疇から外れている未婚の母である。ミドルクラスの規範からいって、品行方正(リスペクタブル)な母親とは認められないような乳母が、この作品では、母親であるからこそ乳母という仕事がジレンマと苦しみをもたらすものであることを明言する。その発言は、結果的に乳母雇用システムの、それまで見て見ぬふりをされてきた核心を突き、乳母雇用階級の母親を正面から批判するものとなる。[20]『エスター・ウォーターズ』からは、『ドンビー父子』と同じように、乳母雇用についての「常識」をうかがい知ることができるが、本作では、それがもっぱらミドルクラスにとっての常識であり、その常識を共有しない乳母にとっては欺瞞以外の何ものでもないことが明らかにされる。

慈善産院と乳母斡旋

主人公エスターは、信心深いものの、母親の手助けをしたり女中奉公に出たりしたため学校に行けず、読み書きができない。イングランド南部の屋敷に台所女中として奉公に出たとき、同じ屋敷の使用人に結婚するからと言われ関係をもつ。妊娠したエスターは暇を出され、実家のあるロンドンに戻る。わずかばかりの蓄えを携えて入院し出産したのは、『ドンビー父子』のトックス嬢が乳母探しに走ったシャーロット妃産院である。トックス嬢がそこで紹介されたポリーは既婚者だったが、この産院は、前節でみたように、未婚の母も第一子である場合に限って受け入れるという、当時としては例外的な配慮をする慈善産院だった。騙されて妊娠させられたのだから、一度は更正の機会を与えよう、という考えである。

ただ、入院させてもらうためには産院の資金援助者の紹介状が必要で、しかも援助者の名前を教えてもらうためには、まず一シリング払って援助者の名簿をみせてもらわなければならない。援助者を訪ねてすぐに紹介状をもらえればよいが、そのような幸運に恵まれなければ、身重の身体で援助者の家を順番に訪ね歩かなければならない。エスターが訪ねた人のなかには、未婚の母には紹介状は書かないという、産院の方針を理解しない者もいたが、どうにか三軒目で紹介状をもらえる見通しがつく(一一七－一一九)[21]。

ぎりぎりまで陣痛に耐えて入院したところ、部屋には看護婦や助産婦に加え、若い男性が何人もいる。この産院は医学生の実習機関としての機能も合わせもっていたのである[22]。エスターは若い男が近づいて来て診察しようとするのを拒むが「ここでは人を選ぶことはできない」と言い渡される。一方、室内には、菓子を食べたり、窓から外を眺めて街頭音楽隊をひやかしたり、手術がうまくいかなかった話をする看護婦や医学生もいる。すぐそばに苦しんでいる産婦がいることなどおかまいなしである。助産婦の安産予想に反し、エスターの出産は困難なものとなり、最終的にクロロフォルムが使われる(一二二－一二五)。下層階級の女にとっての産院は、医療的援助が得られる出産場所である代わりに、見ず知らずの男女に身体をさらさなければならない屈辱に満ちた場所でもあった[23]。

二週間の入院中に、異父妹がある魂胆をもってやってくる。オーストラリアへ移住するために必要な二ポンドの渡航費を姉から貰おうというのだ。未婚の母になったばかりの姉から金をせびり取ろうとは思いやりのない話だが、世間知のある妹には妹なりの考えがあった。妹は同じ産院で出産して乳母になった友人を知っており、乳母になれば、六か月間、賄い付きで週一ポンド稼げるとエスターに教える。[24] 世間に疎いエスターは、産院が医学生の実習場所であることを知らなかったように、乳母紹介所の機能をもっていることも知らなかった。婦長に尋ねて、妹の話が本当であることを確認すると、妹に手持ちの金の約半分にあたる二ポンドを渡す。それは妹の話の通りなら二週間で稼げるはずの金額だった。しかし現実には思ったほど簡単には乳母の口はみつからない。結局入院中には働き先をみつけることができず、下宿に戻って、産後の回復も十分ではない身体で、また、授乳で疲れきった身で、毎日産院に出かけて婦長に斡旋を頼まなければならない。[25] もちろん新聞に広告を出すという求職手段もあったが、それには掲載料金がかかるうえ、エスターは文字の読み書きができなかったので選択肢とはならなかったかもしれない。

未婚の母とベビー・ファーム

エスターは、退院して二週間後にようやく、産院から紹介を受けてやって来たリヴァーズ夫人という人から乳母の仕事を貰うことができる。リヴァーズ夫人は最初の簡単な面接の際、まず結婚しているかどうかを尋ねる。ドンビー氏のために乳母を探したトックス嬢なら、この質問には当然肯定の答えを期待しただろう。しかしリヴァーズ夫人は否定の答えを予想していたようだ。エスターの否の答えに対して、聞くまでもないというように何の反応も示さないからだ。リヴァーズ夫人の反応からみると、この作品の舞台になっている一八七〇年頃には乳母が未婚であるのは当然のことだったようだ。乳母が未婚であること、すなわち夫がいないことには、前節でふれたように、乳が汚れる心配をせずにすみ、夫の権威に配慮する必要がないという、雇用主にとっての利点があった。また、未婚の乳母を一層望ましいものとする、未婚の母についての暗黙の了解もあった。それは、未婚の母は自分の子どもを厄介者としてしか考えておらず、死なれてもあまり悔やんだり悲しんだりしない、という了解である。リヴァーズ夫人が「結婚していますか」と尋ねたとき確認したかったのは、この了解が有効であることだったと考えられる。未婚の乳母なら自分の子のことは忘れて、夫人の子どもの授乳に専念してくれるだろうと期待したのである。

このような未婚の母についての常識を前提として、その子どもを預かる施設が、ある時期からベビー・ファームと呼ばれるようになった個人経営の託児所である。[26] ベビー・ファームの実態調査と現状告発、改善要求に取り組んだハーヴィー医学協会の名誉書記局長ジョン・ブレンダン・カーゲンヴェンは一八六九年三月の講演で、「ベビー・ファーミングという言葉は、（週払い、月払いのように）定期的に、または一括して支払いを受け、乳児を預かって育てる仕事を表すために造語された」と説明している。[27]

この言葉がある時期急速に広まったことは、同じような事件の報道を比べることによってわかる。一八六五年二月、デヴォン州トーキーでウィンザー夫人という人が、週三シリングで預かっていた四か月の乳児を新聞紙に包んで道端に遺棄し死なせるという事件が起きた。このときにはどの新聞もまだ「ベビー・ファーム」という言葉は使っていない。[28] 一方、その二年余りあとの一八六七年九月、ロンドン、トテナムのジャガー夫人（新聞によってはジャガーズ夫人と表記しているものもある）のもとに預けられていた子どもが死亡した事件の報道では、「ベビー・ファーム」、「ベビー・ファーマー」という言葉が、まだ引用符付きの場合もあるが、使われている[29]。

これらの報道で明らかにされるベビー・ファームの様子は、たとえば右のジャガー夫人のベビー・ファームに関していえば次のようなものである。死んだ子は非常に栄養状態が悪く、ほとんど脂肪がついていなかった。死因は夫人が不適切な食物を与えたことである。この事件が起きたとき、家には死んだ子の他に八人の子どもがいた。審問の過程で、常態的に幼児に乳児の監督をさせていたこと、以前にもジャガー夫人のもとで死んだ二人の子について死因審問が開かれたことがあったがいずれも責任を免れていたこと、過去三年間に四〇人から六〇人の子を預かっていたことなども明るみに出た[30]。『エスター・ウォーターズ』でエスターの子を預かるスパイヤズ夫人も、一度に一〇人以上もの赤ん坊をかかえることもあるといい、エスターの目の前で、水で薄めた牛乳を冷たいまま赤ん坊に与えようとしたりする。夫人はまた、このような子どもは面倒をみないで死ぬに任せるほうが幸せだとまで言う（一五四－五五）[31]。とても面倒をみきれない人数の乳幼児を預かり、まともな世話をせず、子どもが衰弱死したり事故死したりするに任せるのがベビー・ファームだった。（図16）カーゲンヴェンによれば、ベビー・ファーマーに預けられた子の死亡率は七五〜九〇パーセントにものぼった[32]。

ベビー・ファーマーによる子どもの命の軽視は非難されてしかるべきであり、このような施設に対しては何らかの対策をとる必要があることは確かだろう。しかし一方で、そのような施設が成り

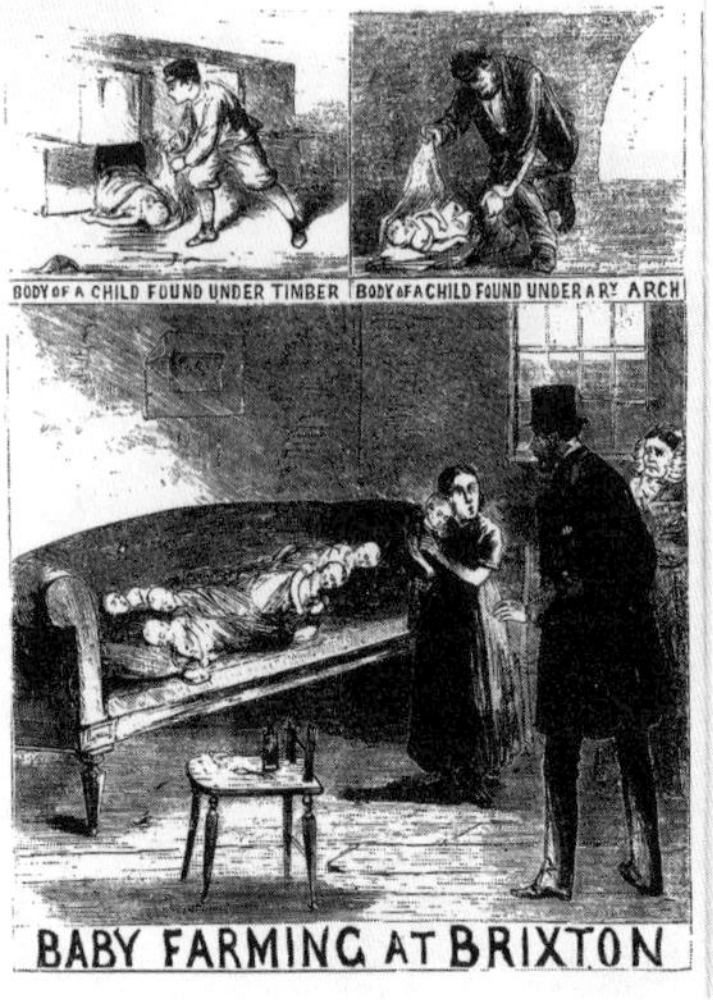

図16　マーガレット・ウォーターズのベビー・ファーム事件を伝える『絵入り警察ニュース』1870年６月25日号

立っていたのは利用者がいたからであるという点も忘れるわけにはいかない。新聞・雑誌などでベビー・ファームでの死亡事件が報道されても、それによって預ける人がいなくなったわけではなかった。ベビー・ファーム批判キャンペーンを推進した『英国医学雑誌』は、あるベビー・ファームで死んだ赤ん坊の死因審問についての記事で、その子の母親は、それまでにもその同じ施設に三人の子を預け、全員そこで死なせたと書いている[33]。子どもに死なれても繰り返し同じ施設に預けるのは、それこそが母親がひそかに望んだ事態だったのではないかと推測させる。未婚の母にはベビー・ファームのような場所以外に子どもの預け先がなかったという事情はあったかもしれないが、なかにはベビー・ファームこそ求める場所だった場合もあったのではないか、ということである。ベビー・ファーマーとそこに子どもを預ける母親の少なくとも一部とのあいだには暗黙の了解が成立しており、彼女たちにとってそこでの死亡率の高さは問題にならなかったのである[34]。

ベビー・ファーマーはまた、まとまった金額を払うと「養子斡旋」もした。これによって未婚の母は子どもを完全に手放すことができた。ベビー・ファーマーは、養子に出す先のあてもないのに金と子どもを受け取り、引き取った子どもの世話はせず、死ぬに任せた。スパイヤズ夫人もエスターに「養子斡旋」をもちかける。五ポンド出せば足手まといを始末してあげると言うのである（一五七）。スパイヤズ夫人が悪びれもせずこのような提案をするのは、子どもが生まれるたびにスパイヤズ夫人に依頼して子どもを亡きものにし、自分は乳母として高給を稼ぐ女を知っているからである。

さらに、「レディのための家具付き貸部屋」などという見出しで新聞に広告を出し、出産場所の提供、生まれた子の預かり、養子斡旋の請け負いをする者がいた。これは実は未婚女性がひそかに出産するのに使われる場所で、ミドルクラス女性が別の土地に行って婚外子を出産する場合にも使われた。このような、一見何の問題もないような広告文句のもと、非嫡出子が闇に葬られている可能性ついても、新聞・雑誌で問題にされていた[35]。

いずれにしても、未婚の母は子どもを邪魔者と考えるのが当たり前、その始末を引き受けるのがベビー・ファーム、という一般的了解があった。

陰謀告発

未婚の母は子どもを気にかけないという先入観に反して、エスターは我が子を厄介者などとはみじんも思っていない。そもそも妊娠がわかった時点においても、未婚で出産することに対して迷いを表明することはなかった。妊娠したら出産するのが当然と考え、自分とお腹の子を守るためには、なるべく長く働き続けて賃金を得る必要があると考える。そのときの主人はよい雇い主だったので騙すのはうしろめたかったが、できるだけ長く妊娠が発覚しないよう注意した。エスターにとって赤ん坊は、自分の身体に宿ったときから、何をおいても守ってやらなければならない存在だったのである。

我が子を愛しく思うエスターは、素朴にも、その気持ちを自分を乳母として雇っている女主人とさえ共有できるはずだと考える。リヴァーズ夫人が赤ん坊をあやしているときに、自分の子どものことを話して、夫人が不快そうにしているのにも気づかない。また、乳母を雇うからには健康に問題があるに違いないのに、リヴァーズ夫人が授乳できないほど体が弱そうにはみえない、と率直に感想を述べる。富裕階級のなかには、社交に出かけるために、あるいは胸の形が崩れるのを嫌うために乳母を雇う母親がいること、つまり我が子より自分の都合を優先させて乳母を雇う母親がいることなど、エスターには想像もつかないのである。

このように素朴で世間に疎いエスターでも、他家に預けられた子が死んだという話はよく聞いていた。そのため我が子を他人に預けることには不安を感じていた。しかし、大事な子ども共々生き延びるためにこそ、その子を預けて働くことを決意したのである。

子どもをできるだけよく面倒をみてくれるところに預けるべく、最初はきちんとした婦人として紹介された家を訪ねていったのだが、すでに双子を受け入れているのでこれ以上預かるのは無理だと断られる。責任をもって世話ができる数の子どもしか預からないこの家は信頼できる預け先だったといえるだろう。

このあと、預け先を探して歩き回り、何件も断られたあげく、ようやく預かってくれそうなところがスパイヤズ夫人の家だった。その家はまず土地柄からして不安を抱かせるような荒れた一角にあり、夫人の顔つきもエスターに嫌な印象を与えた。今はたまたま乳児は預かっておらず、幼児を三人だけ引き受けているという。エスターは大切な子を預けるのによい場所とは思えず即決はせずに帰るが、やっと手に入れた仕事を失わないためにはそこを頼るしかないと自分に言い聞かせ、翌日赤ん坊を連れて行く。

勤め始めて二週間ほどたち、我が子に会いたいという気持ちを抑えられなくなったエスターは、雇用主のリヴァーズ夫人に、二、三時間子どもの様子を見に行かせてほしいと許可を求める。リヴァーズ夫人が我が子の心配をするように、自分も残してきた子どものことが心配なのだと、同じ母親としての立場をよりどころにして訴える。しかしリヴァーズ夫人は、乳母を子どもの所に会いに行かせるなど、「母親だったらだれもそんなことはできない」(一四六)と言い放つ。リヴァーズ夫人にとっては、自分と同じミドルクラスの母親だけが母親なのだ。

リヴァーズ夫人の自己中心的な拒絶に直面したエスターは、自分が雇われる前に勤めていた二人の乳母の子がどちらも死んだと聞いたことを思い出す。

一つの命が一つの命と引き換えにされているのだ。いや、それ以上だ。なぜならこの裕福な女の子どもが生きるために、二人の貧しい女の子どもたちが犠牲にされたのだから。それでさえもまだ不足で、彼女の可愛い男の子の命が求められているのだ。(一四六)

このような認識をすると同時にエスターは、子どもの預け先のスパイヤズ夫人の「もちろん結婚していないんだろ」（一四二）とか「子どもに手近な哺乳瓶の残り物を飲まされたくはないだろう」（一四二）といった意味ありげな言葉を思い出し、ぼんやりと自分が大がかりな陰謀にとらわれているのではないかと感じる。

まさにそのとき、スパイヤズ夫人が一人で現れ、子どもの具合が悪いと知らせる。スパイヤズ夫人はエスターの弱みにつけ込んで、治療費名目で金をせびりとろうとやって来たのである。リヴァーズ夫人は、病気を持ち帰られることを恐れてあくまでもエスターが子どもの様子を見に行くことを許さない。病気の子どもにすら会いに行くのを止められたエスターは、先ほど気づいたばかりのことを直接リヴァーズ夫人にぶつける。

「命と命が引き換え、いいえ、それ以上です、奥様。二つの命が一つの命と引き換えられたのです。それで今度はあたしの子の命が求められているのです。」（一五〇）

夫人の子どもが生き延びるために、すでに乳母の子二人が犠牲になり、さらにもう一人の命も奪われるかもしれないという指摘。しかも、それはもっぱら夫人がただ正当な理由もなく授乳を忌避しているためであるという言外の非難を含む指摘。この、犯罪の糾弾にも等しいような言葉を聞くと、夫人は動転し、我を忘れて口走る。「お前の子は足手まといになるだけです。父親のいない子どもを育てあげることなどできるはずがありません」（一五〇）と。これは非嫡出子に対する、通常は公言することを躊躇するものの、乳母雇用慣習とベビー・ファームを存続させる人々に共有されていた見方である。これに対してエスターは、父親がいなくてもそれは子どもの責任ではない、リヴァーズ夫人も自分で授乳すれば子どもを軽視するようなことは言わなかったはずだと、乳母雇用階級の母親の考え違いと身勝手さ、授乳を厭う態度を批判する。

「たとえ父親がいなくても、それは子どもが悪いのではないですし、それを理由に見捨てられてよいわけもありません。奥様が私にそんなことをせよと言う権利もありません。もし奥様がそもその最初に我が身を捨てて自分でお乳をあげていたら、そんなことは考えなかったでしょう。でも、私のような貧しい女を雇って、本当は別の子のものである乳を自分の子に与えさせると、かわいそうな見捨てられた子のことは何も考えないのです。そんな子は父無し子なんだから、死んで始末が付いたほうがいい、と言うのです。」(一五二)

続いて、乳母雇用が未婚の乳母の子を葬り去る仕組みを指摘して、次のように述べる。

「奥様のような裕福な人たちがお金を払って、スパイヤズさんのような人たちがかわいそうな子どもたちの始末をする。二、三回哺乳瓶のミルクを替えて少しほったらかしておけば、貧しい奉公娘は自分の赤ん坊を育てる面倒がなくなって、金持ち女の飢えた赤ん坊を立派な子どもに仕立ててあげることができるんです。」(一五二)

エスターの言葉は、乳母雇用慣習を批判する医師や社会改良家の言葉と驚くほどよく似ている。たとえば医師チャールズ・ウェストは、乳母雇用によって「貧しい女の赤ん坊が犠牲になり、金持ちの子どもの命が救われる」（五三八）と指摘していた。第二章でみた未婚の乳母雇用論争で、乳母の子どもが生得の乳を失うことを強調して乳母雇用を非難していた「おふくろ」の理屈も、エスターの主張とよく似ている。しかし、エスターの批判は自分と同じ境遇の娘に対しても向けられている。ミドルクラスの乳母雇用者とベビー・ファーマーのみならず、「貧しい奉公娘」も赤ん坊を葬り去る仕組みに加担していると指摘しているのである。ベビー・ファームで起きた事件で注目を集め批判されたのはベビー・ファーマーだった。たしかに子どもを直接的に死なせるのはベビー・ファーマーであり、そこに赤ん坊を預けた貧しい未婚の母を批判することは大衆の共感を得にくかっただろう。しかし、預ける者がいるからこそベビー・ファームが成り立っていることを考えれば、未婚の母は一方的な犠牲者ではない。エスターの言葉はそのことの指摘までも含んでいる。

「品行方正(リスペクタブル)な未婚の母」――撞着語法の真実

富裕階級の遊惰ばかりか、それに便乗して楽をしようとする自分と同じ階級の娘も、そして結局は乳母雇用のシステム全体を批判したエスターだが、その批判は即座に自分の生活の基盤を失わせることにもつながった。雇い先を飛び出し、ベビー・ファームから子どもを取り戻したものの、行く当ても金もない。テムズ河畔をさまようあいだには子どももろとも身を投げることも頭をかすめる。しかしぎりぎりで思いとどまり、いったん救貧院に入ってから、その後、自分と子どもの命をつなぐため、身を粉にして働く。年一八ポンド以下の給料では親子二人の生活を支えられないため、仕事を選ぶときにもこの点では決して妥協しない。せっかく取り戻した子どもだが、働くためには再び他人に預けざるをえない。今度は何とか親身になって世話をしてくれる人をみつけ、自分は住み込み女中となって働く。一日一七時間働いてもまだ働き足りないとばかり叱責されるのに我慢ならず自分から辞めたり、未婚で子どもをもっていることが知れてクビになったり、勤め先の家の若者に言い寄られたりと様々な困難を経て、境遇に同情してくれる雇い主に出会う。この雇い主の仕事の関係で知り合った同じ宗派の男性に求婚され、ほとんど結婚を決めそうになるが、そのとき偶然子どもの父親と再会し、今度は結婚する。そして、夫とともにパブを切り盛りし、女中まで使うような身分になる。しかし、このパブは違法な競馬賭博をしていた科で警察の取り締まりの対象になり、夫も病気で死んでしまう。再び無一文のシングル・マザーになったエスターは、また雑働き女中として働きに働くが、ついに身体の限界というところで、以前勤めていた屋敷の主人にもう一度雇ってもらうことができ、今は一人残った女主人とともに静かな生活を送っている。

物語の最後は、成長して兵士になった息子が入隊前の挨拶に来る場面である。その姿は、主人の屋敷の息子たちが、競馬の騎手であったり、病気がちであったりと、女主人に満足を与える存在ではないこととは対照的である。物語の終わりは一八九〇年ぐらいと推測されるが、ちょうどこのころ、帝国維持のために健康な白人人口の増加が急務とされていた。ところが、出生率が低下する一方で、乳児死亡率は思うように低くならず、人口増加が停滞していた。乳児死亡率が下がらないことの原因は、下層階級の母親が子育てについて無知であること、仕事をしていること、早婚であることなどとされた[36]。エスターは教育を受ける機会もなく、常に働き続けなければならなかった。ミドルクラスの理想の母親のように、家庭内で子どもに道徳的影響力を及ぼすことなど到底できなかった。子どもをベビー・ファームから取り戻したあとも、子どもの父親に再会してパブの女将になるまで、子どもと一緒に暮らすことはほとんどできなかった。それにもかかわらず、息子は母親思いで、お国の役に立つたくましい青年に成長する。あたかも、母親の道徳的影響力が物理的な距離を越えて及んだというかのごとくである。

「結婚するから」という恋人の言葉を信じて身を任せたために妊娠し、未婚の母となったエスターは、未婚の乳母雇用を奨励していたアクトンが描いた「堕ちつつある女」、娼婦予備軍そのものであった。アクトンは、エスターを雇ったリヴァーズ夫人と同じように、乳母が自分の子を育てる存在であるとは考えてもいなかったが、本作品でエスターはまぎれもなくまっとうな(リスペクタブル)母親として現れる。かくして、前節でみた「品行方正な(リスペクタブル)若い未婚女性」という乳母の求職広告の表現は、矛盾した広告文句ではなく、まさに真実を述べたものとなるのである。

乳母に関する言説のほとんどは乳母雇用階級によって生み出されていた。乳母雇用の賛否いずれを主張するにしても、そこには雇用者階級の事情と価値観が色濃く投影されていた。下層階級にドメスティック・イデオロギーを適用して、母親が家にとどまることを推奨すると既婚の乳母が雇えなくなり、結果的に未婚の乳母を雇用せざるをえなくなる。同じ子どもをもつ身ではあっても、未婚の乳母は妻ではないので家庭的存在ではなく、したがって母でもないとみなされる。しかし、エスターは家父長制の支配下にない未婚の母が、家父長制の支配下にしかないと考えられていた慈しみ育てる「理想の母」になりうることを示している。未婚の乳母が、ミドルクラスが理想とする自己犠牲をいとわない母親であることが明らかになるに及び、〈家庭の天使〉を理想とするイデオロギーの土台は崩れることになる。

本節のはじめで確認したように、『ドンビー父子』でも乳母ポリーは無言だったわけではない。乳母雇用に伴って家族と別れるときには愁嘆場を演じる。しかしそこにはディケンズ特有のコミカルな色付けがなされており、我が子から引き裂かれる乳母の苦しみは表現されていない[37]。それに対して『エスター・ウォーターズ』では、乳母がいかなる犠牲を払ってその仕事をしているのか、せざるをえない状況にあるのかが、乳母自身の飾らぬ言葉で吐き出されている。『エスター・ウォーターズ』の出版によって、乳母はやっと声を得たようにみえる。しかし、痛烈な乳母雇用批判を含むその声は、乳母そのものの存在に終りを告げる声でもあった。

注

（1）広告掲載料については第二章注4参照。
（2）調査対象の乳母求職者は第二章第一節の調査対象と同一である。
（3）ウェットナースとドライナースの給料の違いについては第二章注23参照。
（4）この割合は第二章第一節で分析対象とした広告をもとにしたものである。
（5）Bull, *Hints to Mothers* 286; Cautley 296. ブルは第二子以降を出産した乳母を勧める一方で、育児経験のある乳母は偏見に基づいて行動することがあるので注意が必要になるとも言っている（*Hints to Mothers* 290）。次節で扱う『エスター・ウォーターズ』でエスターを雇うリヴァーズ夫人は、エスターが結婚していないことを確認した直後に、第一子であることを「残念」と言っている。未婚の乳母の場合、第一子であることがミドルクラスの道徳がゆるすぎりぎりのところであったはずだが、現実には、未婚の乳母でも、一般に乳の出がよいと考えられた第二子以降を求めた雇用者がいたことを示唆している。

（6）Combe 82; Chavasse, *Advice to a Mother* 28.

（7）Acton, "Unmarried Wet-Nurses" 176.

（8）Ryan 42. 本章第二節で取り上げる『エスター・ウォーターズ』で、主人公エスターが未婚で出産し、乳母の口を紹介される産院も、シャーロット妃産院がモデルになっている。ロンドンにあった他の慈善産院のうち、総合産院も未婚女性を受け入れていたが、英国産院やシティ産院は既婚女性しか受け入れていなかった。

（9）Combe 115-16; Chavasse, *Advice to a Mother* 33; Bull, *The Maternal Management of Children* 56.

（10）試みに、一八二一年、一八三一年、一八四一年、一八五一年の一月最初の月曜日の求職広告欄の記載で比較すると、"respectable" を広告文句として使っているものは、一八二一年には六パーセントだが、三一年には四三パーセントに増え、四一年には四四パーセント、五一年には五三パーセントになる。ついでながら、その後、一八六一年は一一パーセント、七一年は四パーセントと激減する。このことは、一八五一年と一八六一年のあいだに家事使用人の広告件数が急増する（第二章表2参照）こととも関係していると考えられるが、これについては別に検討が必要である。

（11）一八七一年の英国議会乳幼児生命保護委員会報告に添付されているハーヴィー協会の文書には、未婚の母と既婚の母を同列に扱う表現がある。救貧院内で、「リスペクタブルな既婚及び未婚婦人」と「不道徳で堕落した類い」とを区別するよう促しているのである（Great Britain, *Report from the Select Committee on Protection of Infant Life* 235）。この文書内では、どのような場合に、未婚でも「リスペクタブル」と呼べるのかについては説明されていないが、未婚で出産した場合にも、「リスペクタブル」と認められる場合とそうではない場合があったことがわかる。

(12) 乳母の未婚、既婚の別については、第二章表1参照。なお、未婚であることを明らかにしての乳母の求職広告の早い時期の例としては、一八二二年の掲載が確認できた（*Times* 4 Apr. 1822: 4)。

(13) 前項でみたように、求職広告のなかには未婚であることを売り文句にしているもの、また求人広告のなかにさえ未婚の乳母を指定しているものがある。雇用中に妊娠や夫の介入の可能性はないと前提できることは雇用主にとって未婚の乳母がもつ利点となっただろう。また、求人側が出した広告に、「品行方正な既婚女性求む（未亡人優先）」（*Times* 21 Mar. 1856: 2）というものがあるが、ここにも同じ希望を汲み取ることができる。

(14) 赤ん坊を乳母の自宅に引き取って授乳するという趣旨の広告は、のちにベビー・ファームと呼ばれるようになる施設が出している可能性もあった。この種の施設のなかには、下層階級のみならずミドルクラスの非嫡出子を闇に葬り去る仕事を引き受けるものもあった。ただし、母乳による授乳の可能性を考えると、ベビー・ファームの広告は、職種としては乳母（ウエットナース）ではなく乳母（ナース）として出されていた場合がほとんどであると考えられる。ベビー・ファームについては本章第二節参照。

(15) Buchan 4.

(16) ときには、哺乳瓶の広告と乳母の求職広告のあいだに、授乳する母親のための乳頭保護材の広告が置かれることもあった（cf. *Times* 29 Nov. 1850: 8）。授乳方法をめぐる二つどもえの戦いということになる。

(17) Gray 2. 以下、『エスター・ウォーターズ』の評判、貸本屋に受け入れられるまでの経緯についてはGray 3, 174, 186, 187 を参照。

(18) 当時、大手の貸本屋は作品を大量に買い上げるので作品の売り上げを左右したが、その選択基準は、リスペクタブルなミドルクラスの家庭に持ち込まれるにふさわしい「道徳的」なものであるかどうか、だった。文学作品の評価が、貸本屋の恣意的な「道徳」によって行われることに対する抗議として、ムアは『乳母の文学、または貸本屋のモラル』（一八八五）というパンフレットを書いた。なお、パンフレットのタイトルの「乳母」は、怪我をしないようにと先回りする過保護な子育て係の乳母の意味で使われている。

(19) Regan xxxv-xxxvi.『ウェストミンスター・ガゼット』は一八九二年創刊の自由党系の新聞。一九二八年には『デイリー・ニューズ』に統合された。グラッドストンは『ニューヨーク・タイムズ』のインタビューでも、一八九四年の小説のうちで記憶に残っているものは『エスター・ウォーターズ』とジョージ・ギッシングの『女王即位五〇年祭の年に』であるとしている。両作品とも、力強く、才能の豊かさをにじませる作品で、多くの同時代の作品が忘れ去られたあとも生き残るだろうと評価している(Livingston 29)。

(20) アクトン等による未婚の乳母を巡る議論については第二章第四節参照。『エスター・ウォーターズ』の背景となっているのは一八七〇年ごろだが(Moore, *Esther Waters* 397)、発表されたのは一八九四年で、人工哺育の安全性がかなり高まり、母乳が与えられない場合でも必ずしも乳母を雇う必要はなくなっていた時期である。『タイムズ』にも乳母の求職・求人広告はほとんど掲載されなくなっている(第二章表1参照)。したがって、乳母雇用を遠慮なく批判できる時代状況になっていたとはいえるだろう。

(21) *Esther Waters* からの引用頁は Oxford World's Classics (1995) 版による。引用・参照箇所末尾の括弧内に頁数を記載する。

(22) シャーロット妃産院は一八七四年から医学生(当時は全員男性)の産科研修を受け入れるようになった。それまで産院では、看護婦、助産婦の研修は行っていても、医学生の研修は受け入れておらず、アイルランドのロウタンダ病院まで行かなければならなかった。一八八五年になっても、ロンドンで医学生の研修を受け入れているのはシャーロット妃産院だけだった(Ryan xiv)。

(23) 医療的援助が得られるといっても、医学生の実習の一環であれば全面的に信頼できるものともいえない。一八三一年の『ランセット』に掲載された次のような投書のやり取りはそのことを暗示している。「医学生」を名乗る投書者が、シティ産院に産科研修の男子学生を受け入れてほしいと訴えた(A Junior Student 800)のに対して、「既婚者」と署名する投書者は、貧しいために家で出産できないからといって、そのかわいそうな女性を経験不足の学生の分娩練習台にさせるのは正しいことだろうか、あるいは産科医が七〇人にもおよぶ学生を前に手技を披露するために見世物にされる苦痛はいかばかりか、と反論した(A Married Man 443)。

(24) ここで乳母の雇用期間が六か月とされていることから、人工哺育が発達して、長期間人乳に頼らなくてもよくなったことがわかる。乳母の求職広告のなかにも、乳母として働いて八か月になる者が次の仕事先を探して広告を出している例がある(*Times* 2 May 1871: 15)。なおエスターは、妹や産院の婦長から聞いていた週給一ポンドは得られず、週一五シリングで働くことになった。雇用主のリヴァーズ夫人は、エスターが初産であることをその理由としている。

(25) エスターは乳母の雇用先を紹介してもらうために手数料を支払う必要はないようだが、乳母にも手数料を要求した産院もあった。産院が乳母候補者から紹介手数料をとっていることについて『タイムズ』に批判の投書が掲載されたことがある。この投稿者は乳母を雇うために一〇シリング払ってシティ産院の乳母リストを買い、そのなかから乳母を雇ったのだが、その乳母は働き始めてすぐ一〇シリング前借りしたいと申し出た。乳母のリストに載せてもらったので産院の婦長に一〇シリング支払わなければならないのだという。出産直後の身体的にも金銭的にも苦しい状況にあるときに、しかもそのような人を救うために設立されたはずの施設が、逆に金を搾り取るとはとんでもない話だと投書者は批判している(*Times* 8 Jan. 1853: 5)。

(26) ベビー・ファームが預かる子として想定されていたのが一貫して非嫡出子であったことについては、Curgenven, "On Baby-Farming and the Registration of Nurses" 1.

(27) 「ベビー・ファーム」という語は、否応なく、一八四九年一月にコレラで一五〇人以上の子どもが命を落としたトゥーティングの「チャイルド・ファーム」のことを思い出させる。「チャイルド・ファーム」は教区の救貧委員会が、三歳までの貧民の乳幼児を送っていた施設である。救貧院で生まれたオリヴァー・トゥイストが送られた施設でもある。トゥーティングの施設では、施設の管理者が定員の倍の一四〇〇人近くの子どもを受け入れ、子どもの健康を犠牲にして私腹を肥やしていた。この事件のあとはこのような施設へ子どもを送り込む(ファーム・アウト)ことが控えられるようになった。

(28) たとえば以下の記事を参照。*Times* 20 Mar. 1865: 11; *Morning Post* 20 Mar. 1865: 7; *Standard* 21 Mar. 1865: 5.

(29) *Standard* 25 Sept. 1867: 4; *Lancet* 28 Sept. 1867: 405; *British Medical Journal* 21 Dec. 1867: 570. なお、『オッ

クスフォード英語辞典』第三版は、"baby-farm"の初出を、一八六七年九月二八日号の『ランセット』掲載の同事件を扱った記事としている。

(30) *Standard* 25 Sept. 1867: 4; *Lancet* 28 Sept. 1867: 405.

(31) スパイヤズ夫人は、一八七〇年一〇月にベビー・ファーマーとして初めて処刑されたマーガレット・ウォーターズをモデルにしていると思われる。ウォーターズは、一八人以上の赤ん坊を死亡させ遺棄したとされ、その裁判と処刑の記事が新聞・雑誌をにぎわせた。『エスター・ウォーターズ』のベビー・ファームの場面の設定も一八七〇年頃であり、スパイヤズ夫人の住居が置かれているウォンズワスと、ウォーターズがベビー・ファームを営んでいたブリクストンはともにテムズ南岸にあって近い。

(32) Curgenven, "On Baby-Farming and the Registration of Nurses" 1. 英国議会乳幼児生命保護委員会報告では、一才未満の乳児死亡率は、人乳で育てられている場合一五~一六パーセント、人工哺育だとよく注意を払っても四〇パーセント、下層階級の乳児が預けられる施設の場合、田舎で四〇~六〇パーセント、都市の場合だと七〇~八〇パーセント、ときには九〇パーセントとなっている(Great Britain, *Report from the Select Committee on Protection of Infant Life* iv)。

(33) *British Medical Journal* 19 Oct. 1867: 343.

(34) このような見方について、政府の委員会では、正反対の二つの証言がなされている。カーゲンヴェンは次のような事例を挙げている。料理人をしていた娘が未婚で出産したあと、乳母として働きに出た。それがとても楽な仕事だったので、その務めを終えて料理人に戻ったあとまたすぐ妊娠した。明らかに、もう一度乳母として働きたいと思ったからである。しかし今度は三か月探したものの乳母の口がみつからず、かといって、元の仕事にも戻れず、結局娼婦になった。産んだ子どもは二人とも死んだ、というものである(Great Britain, *Report from the Select Committee on Protection of Infant Life* 50)。一方、クーパーという、女性と子どもの救済協会で一八年間事務局長を務める証言者は、乳母雇用が非嫡出子を生み出す直接の原因であるという意見について、そのような例はみたことがない、こじつけだと述べている(Great Britain, *Report from the Select Committee on Protection*

of Infant Life 126)。

(35) *Lancet* 28 Sept. 1867: 405; *Era* 29 Sept. 1867; *Times* 17 Dec. 1867: 5.

(36) Davin 13-15, 24.

(37) ディケンズの表現との違いについてはムア自身が次のように書いている。「ディケンズならおまえ〔エスターのモデルになった、ムアの下宿で働いていたエマという名の女中〕を感傷的に、あるいは戯画化して描いただろう。私はそのどちらもしない。私はおまえを文明の事実の一つの表れとみるだけだ」(Moore, *Confessions of a Young Man* 176)。

第五章　母親たちの試練

一九世紀半ば、医師たちはミドルクラスの母親たちが乳母を雇用することを批判し、自分で授乳するよう、脅し文句も交えて説いていた。現実の女性たちは医師たちの授乳命令をどのように受け止め、子育てをしていたのだろうか。また困難に直面したときどのような対処をしたのだろうか。本章では、五人の乳母雇用階級の女性たち――キャサリン・グラッドストン（一八一二～一九〇〇）、キャサリン・ディケンズ（一八一五～七九）、イザベラ・ビートン（一八三六～六五）、アンバリー子爵夫人キャサリン・ラッセル（一八四二～七四）、フローラ・アニー・スティール（一八四七～一九二九）――の妊娠・出産・子育てに関する状況を、本人および周辺の人物の日記、手紙、また伝記などによって検討する。あわせて、時代に代名詞を提供したヴィクトリア女王（一八一九～一九〇一）の妊娠・出産・育児についての発言もみてみたい。さらに、労働者階級の母親たちがどのような母親観、授乳観をもって子育てにあたっていたのか、ミドルクラスの母親観がどの程度影響を与えていたのかについても検討する。

一　キャサリン・グラッドストン――人工哺育の決断

まず、四度英国首相を務めたウィリアム・ユーアート・グラッドストン（一八〇九〜九八）の妻キャサリン・グラッドストンの場合をみることにする（図17）。キャサリンは一八三九年に結婚後、一八四〇年から一八五四年のあいだに九回妊娠し、一度流産、八回出産している[1]。

夫グラッドストンが残した日記には、妻の出産、授乳の状況についても詳細に書き留められている。たとえば、第一子ウィリアム・ヘンリー出産の際には、朝六時に妻に起こされて医師を呼びに行ったことに始まり、時間の経過とともにお産が進行する様子を記している。また、妻の激しい陣痛に直面して、女が苦しまなければならない宗教的意味などにも思いをいたしている[2]。出産後も、日々の妻の回復ぶりと生まれた子どもの様子を書き留めているが、この第一子出産のときには授乳の様子についての具体的記述はない。妻の授乳が順調だったため、記す必要がなかったのではないかと推測される。出産直後に産後乳母が新生児の世話をしていることが記されているが（三三）、乳母（ウェットナース）への言及はまったくない。このときは、授乳のための乳母は雇われなかったと考えてよいだろう。

しかし、第二子出産時にはキャサリンは授乳困難に陥る。一八四二年一〇月一八日、アグネスを出産したキャサリンは、一〇日後、片方の胸に痛みを感じて授乳できなくなる。授乳の努力を続けるが、赤ん坊は弱っていき、一一月四日、グラッドストンは医者の指示にしたがって乳母を雇い入れる。

不安な午後を過ごした。〔中略〕私は乳母を探しに出かけて（ケイプ〔医師〕の指示に従って）見たところ上品できちんとした、きわめて元気な子どもをもった乳母を連れ帰った。数日雇えば十分だろうと言われている。たしかに、ほんの二、三時間のあいだにもたらされた効果たるや驚くべきものがあった。（一二三六）

図17　キャサリン・グラッドストン　1839年頃

このときには、グラッドストン夫妻も医師も、乳母を数日雇えば、そのあいだにキャサリンもまた授乳できるようになるだろうと考えていた。しかしキャサリンが「果敢にも自然の掟に従おうと闘った」（一二三八）にもかかわらず、胸の痛みと授乳困難はその後も断続的に続く。

この間に、グラッドストンは医師から乳母雇用の弊害について聞く機会をもつ（一一月一六日）。「ロコック[3]は、乳母の子どもたちの恐ろしい死亡率のことを話した。働くに際して乳母自身の子どもを子守りに預けなければならないからだという」（一二三九、強調原文）。しかし、この時点ではキャサリンの状態はどちらかというと好転しつつあったので、夫妻は、自分たちの行為が乳母の子に影響を及ぼすとは考えることなく話を聞いていたかもしれない。一一月二八日には、「キャサリンについてはすべて順調だ。一日四回授乳している」(二四一―四二)と授乳が軌道に乗っている様子が記されている。しかし一二月に入ると、キャサリンは再び授乳困難に陥り、ある晩などは痛みのために眠れず、午前三時にグラッドストン自らが妻のために薬屋に行ったことが記されている(二四三)。そして結局、赤ん坊がまだ二か月のとき、授乳を完全にあきらめなければならなくなる。このときバーミンガム近郊のハグリーに滞在していた夫妻は、出産時に立ち会ってくれた著名な外科医ジョウゼフ・ホジスン(一七八八～一八六九)(4)に診察してもらう。

キャサリンと赤ん坊と一緒にバーミンガムへ行きホジスンに会う。彼は十分に状況を検討し、最終的に断乳と判断した。この診断にはもはや逆らうことはしない。今や人工哺育で大丈夫か、乳母を雇うべきか、慎重に考えなければならない。医師は非常に親切だったが、そのことについては私たちを非常に驚かせた。(二四七、強調原文)

こうして、母乳に代えて人工哺育か乳母かを選ばなければならなくなった夫妻だが、ここで二人が非常に驚いたというのは何についてだったのだろうか。医師は何を提案したのだろうか。おそらくホジスンは人工哺育を勧めたと推測されるが、この示唆自体が二人を驚かせたとは考えられない。というのも、すでにロコックから、乳母雇用が引き起こす道徳的に容認できない事態について聞かされていたからである。高潔なグラッドストンとすれば、妻が授乳できないとしたら、乳母ではなく人工哺育を選ぶのが正しい選択だと考えていたはずである。また、キャサリンのほうも、のちに婦人衛生協会(一八五七年設立)の乳母雇用反対運動に参加していることからみて、乳母に頼ることをよしとはしなかっただろうと考えられる。(5)

ホジスンに助言を求めた翌日の一二月二〇日、グラッドストンはロコックにもアドバイスを求める手紙を出す。グラッドストンは日記に「ロコックに助言を求めたが、多分すぐ乳母を雇うよう言われるだろう」(二四七)と書き、乳母が当然の選択肢として示されるであろうと予想している。乳母の子どもの陥る窮境に注意を喚起した医師でさえ、今のこの状況で人工哺育を勧めはしないだろうと推測しているのである。ロコックがどのような返事をしたかは日記からはわからないが、グラッドストンは結局乳母は雇わない。というのも、一二月二二日の日記には次のように書かれているからである。「赤ん坊はロバの乳を飲むことになった」(二四七)。三日前のホジスンとの面談時にグラッドストン夫妻が驚いた理由は、人工哺育の提案そのものではなく、ロバの乳が勧められたからではないかと推測される。ロバの乳が組成として人乳に一番近いとされていたことを考えれば、牛ではなくロバの乳が勧められたことは、人工哺育をするうえで最良のものが選ばれたということになるのだが、素人には牛乳ほど知られていないロバの乳が勧められたことがグラッドストン夫妻を驚かせたということはありうる。もっとも、育児書にもすでに「いくつかの点で、女性の乳とロバの乳はよく似ている。したがって、誕生後の早い時期には最も適した人工栄養と考えられる」(ブル『母の心得』二九四)と書かれていたことをみると、グラッドストン夫妻がロバの乳のほうが牛乳より評価が高いことを知っていたという可能性もある。その場合、驚いた理由は、ロバの乳が勧められたからではなく、ロバからの直接授乳が勧められたからではないかと推測される(6)。いずれにせよ、ロバの乳で育てることになったため、一二月二三日、一家は妻の実家の所領で結婚後はグラッドストン夫妻の住居にもなっていたハーデンへ移動する(図18)。広大な敷地をもつハーデンなら、ロバを飼って、毎日新鮮な乳を搾ることができるからである。そして一二月二四日、「アグネスのためにロバが来た」(二四七)。

これ以降、グラッドストンはアグネスへの授乳について書いていない。これは授乳に関して心配がなくなったことを意味すると考えてよいだろう。アグネスはロバの乳で順調に成長したと思われる。赤ん坊が新生児ではなく二か月まで成長していたことは、人工哺育を考慮の対象とする余裕を与えたかもしれない。また、

図18　フリントシャー、ハーデン

ロバを買い入れてゆったりした環境で飼い、毎日新鮮な質のよい乳を得ることができる見通しがあったことも、人工哺育を選ぶ決意をするにあたって心強いことだっただろう。しかしそれでもなお、人乳以外のもので育てるのが難しいと考えられていた時代に、また、乳母雇用の弊害を口にする医師でさえ乳母を雇うよう勧めることが予想されるような状況にありながら、あえて人工哺育を選んだのは勇敢なことだったといえる。キャサリンがこの選択にあたってどのような意見をもっていた

かはグラッドストンの日記からは明らかではないが、医師ホジスンのところへ夫婦二人で相談に行っていること、またその翌日、ロコックにアドバイスを求める手紙を出すことにしたことを記すグラッドストンの日記では、主語は「私たち」になっており夫婦が一体であることが示されているので、グラッドストンの記述がそのままキャサリンの考えでもあったとみなしてよいだろう。

第二子で妻が授乳困難に陥りその対応に頭を悩ませた経験は、このあとに続く妻の出産についてグラッドストンが記述するなかで、授乳がつねに中心的関心事になるきっかけとなった。日記には、授乳の具合、妻の胸の痛みなどについて、また授乳がうまくいったかどうかで一喜一憂する様子が細かく記録されている。[7]また、日記には、グラッドストン自身が妻の乳房をさすってやったり、ときには乳の出をよくするために乳首を吸うこともしていたことが記録されている。このような行為を記録していること、それもヴィクトリア時代の人が記録していることは驚くべきことのように思われるかもしれない。しかし、同様の記録は、本章第四節で取り上げるキャサリン・ラッセルの夫アンバリー子爵ジョン・ラッセルの手記にもみられる。一九世紀の育児書のなかには、老女や男性でも吸わせているうちに乳が出るようになった例があるとして、母親の乳の出が悪いときは他人や他の子に吸ってもらうことが解決法になることをほのめかしているものもあるので、[8]母乳が出ないときの対処法としてある程度知られていたのかもしれない。

グラッドストンの日記から、キャサリンが第二子以降、つねに授乳困難に見舞われていたことがわかる。しかしキャサリンはあくまでも母乳を与える努力を続けたことも記録されており、乳母が雇われたり人工哺育が行われたことは第二子以外の場合には確認できない。上流階級出身であったキャサリンが、授乳困難に直面してもすぐに乳母雇用に切り替えず、人工哺育という選択肢も視野に入れながら、あくまでも母乳を与える努力を続けたという点は注目に値する。

二　キャサリン・ディケンズ——マタニティブルーと乳母

次に、キャサリン・ディケンズの妊娠・出産・授乳の状況について、夫チャールズ・ディケンズと近親者の手紙、伝記をもとにみていく（図19）。

キャサリンは一八三六年にディケンズと結婚し、その翌年に第一子を出産したのを皮切りに、一八五二年までの一六年間に一二回妊娠し、二回流産、一〇回出産している。二〇歳から三六歳まで、ほとんどいつも妊娠中か産後という状態にあったことになる[9]。授乳中は妊娠しにくいことを考えると、その妊娠間隔の短さからみて、キャサリンは多くの場合授乳しなかったのではないかと推測される。

なかで、第一子と第五子の場合は乳母が雇われたことがはっきりしている。まず、第一子チャールズ（一八三七年一月六日生まれ）の出産時には、その直後にディケンズが書いた手紙から、キャサリンの具合がよくないことがわかる。一月一四日ごろに作曲家ジョン・パイク・ハラ（一八一二〜八四）[10]にあてて出した手紙で「キャサリンは今日はあまりよくありません」（『書簡集』第一巻二二五）と書いており、また、一月二一日ごろには俳優J・P・ハーリー（一七九〇〜一八五八）[11]に「私自身の私的な出来事についての不安と、公的な約束に気を取られて」（『書簡集』第一巻二二六）いると書き送っている。ついで一月二四日には、編集長を務めていた雑誌『ベントリーズ・ミセラニー』の出版社主リチャード・ベントリー（一七九四～一八七一）に、同誌に連載中だった『オリヴァー・トゥイスト』執筆の遅れの理由を説明するなかで、「ディケンズ夫人はここ数日元気がなく注意が必要な状態です。今日は少し具合がよいですが、私はいつもそばにいなければなりません。私だけしか食事をとるよう言い聞かせることができないのです」と書いている（『書簡集』第一巻二二七）。キャサリンは結局回復せず、授乳もできないため、乳母を雇うことになった。そのときの様子については、キャサリンの妹メアリー・ホガースがいとこに出した手紙（一八三七年一月二六日付）からわかる。

図19　キャサリン・ディケンズ
1838年

最愛のケイトは［中略］本当に残念なことに、最初の週に期待したほどうまくいっていません。かなりよくなって回復したと思ったのだけれど、そのあと赤ちゃんにお乳をあげられないとわかったのです。それでやむをえずいやいやながらお察しの通り他人に任せなければならなくなったのです。可哀想なケイト！　とってもつらいことです。お産のときからずっと付き添っていて、今日初めて帰宅したところなのですが、ケイトが苦しんでいるのは、それはもう見るにたえません。今までに、私が何かのためにあんなに悲しんだことなんて絶対にありません［中略］赤ちゃんを見るたびに泣き出して、今お乳をあげられないんだから将来決してこの子に愛してもらえないんだわ、と言ってばかりなんです［中略］赤ちゃんのためにはとってもいい乳母が見つかったんだけれど、可哀想にケイトはとても恨めしそうに見ているんです。(12)

キャサリンは、産後の回復が思わしくないために授乳がうまくいかず、乳母に任せざるをえなくなった。身体的不調というやむをえない理由のために乳母に任せることになったのだが、キャサリンは乳母によって赤ん坊が救われることを喜んではいない。それよりも、自分が授乳できないことを悲しんでいる。キャサリンは授乳を、乳児の成長にとって最適な栄養物を与える行為というよりは、母親の愛の証を立てる行為と考えているのである。そして、母親が授乳という愛情行為を行わなければ、子どもが母の愛に報いることがなくても当然だと悲観する。これは当時のミドルクラスの授乳に対する考え方を内在化していたために起こった反応と考えてよいだろう。第一章でみたように、医師のなかには、授乳できるにもかかわらず乳母に任せて授乳しない母親はいずれ子どもの愛情を失うであろうと脅す者もいた。キャサリンはこのような脅しをまともに受け止めていたようである。授乳しない理由が、医師が問題と考えていた、美容や社交のためではなく、心身の失調によるものであったというのに、授乳できないことだけを重視し、子の愛情を失うと悲観したのである。

第一子出産の際に授乳できなかったキャサリンは、第二子以降も同じような状態に陥り授乳できなかったようだ。しかし、その間に、授乳できないこと、しないことに対する考え方は変わっていったようにみえる。というのは、第五子（一八四四年一月一五日生まれ）のときには、出産前からすでに母乳を与えないことが想定されているからである。このときディケンズは、キャサリンが出産したらすぐ、赤ん坊はキャサリンの母に託して、二人で数か月間大陸に滞在することを計画している[13]。キャサリンが授乳しないことが前提となっていなければこのような計画は立てられない。キャサリンは、このときまでには、どうしても自分で授乳しなければいけないという考えからは解放され、乳母を雇うことにも抵抗を感じなくなっていたと思われる[14]。キャサリンが産んだ一〇人の子どものうち、生後八か月で突然死した第九子以外はみな成人することができたのも乳母のおかげだろう。

キャサリンは、出産を重ねるうちに、授乳を母性愛とみなす規範の呪縛から脱することができたようだが、最初のうちはこの規範にとらわれ、自分を母親失格のように考えていた。ミドルクラスのあいだで、授乳する母を理想の母とする考え方が広まっていたことを示す一例である。

三　イザベラ・ビートン――ワーキング・マザーと母乳哺育

ビートン夫人の『家政読本』は料理本としてよく知られているが、同書には、料理のレシピ以外にも、ミドルクラスの家庭生活のさまざまな側面についての助言が含まれている。ここではまず

図20　イザベラ・ビートン　26歳頃

『家政読本』における乳母や子育てについての記述をみたあと、著者イザベラ・ビートン自身の妊娠・出産の経験をみてみたい（図20）。

『家政読本』は、病気その他で母親が授乳できない状態になった場合はすぐに代理を探さなければならないとする。乳母の選択にあたっては、年齢、健康状態、気質を考慮すること、雇い入れたあとの乳母の食事は軽いものとし、緑の野菜や酸味の強いもの、塩辛いものは避けなければならない、スタウトやポーターは許されるが、アルコールの強い酒は、ワインを含めて必要ないなどと書かれている（四七四）。乳母を雇ったときに一番注意しなければならないこととしては、赤ん坊にヒマシ油や、アヘン入り鎮静剤を与えさせないことが挙げられている（四七六）。母親は乳母によく目を光らせ、子どもについて相談が必要なときには、乳母ではなく医師にするよう忠告している（四七七）。

『家政読本』の記述は、他の雑誌や本からの引用で成り立っており、家事使用人に関する章は、その多くをサミュエルとセアラ・アダムズによる『使用人大全』（一八二五）に負っているとのことである。[15] しかし、この元使用人が書いたとされる本には乳母（ウェットナース）の項目はない。『家政読本』の乳母についての記述は医師による育児書を参考にしたのだろう。乳母の選択基準、乳母に対する注意など、医師が執筆した育児書で書かれていることと大体同じである。

『家政読本』の乳児哺育に関する記述のなかでとくに注目すべき点は、人工哺育を肯定的に扱っていることである。「乳幼児の養育と病気に関して」という章で、「乳児を早いうちから人工栄養物に慣らしておくことは、母親にとって重要であると同時に子どもにとっても有益なことである」（四九五）と書き、人工哺育を具体的にどのように進めたらよいかについても説明している（四九七－九九）。人工哺育に慣らしておけば、母乳より腹持ちのよい栄養物を与えることができ、夜、母子ともによく眠れるし、母親が用事や楽しみのために外出するのも容易になる、というのである。育児が心身ともに疲弊させられる仕事であることを認めて、少しでも母親の疲労を回復させることを考えている点、また、母親が用事のため、楽しみのために外出することを肯定している点はとくに注目に値する。母乳を与えることを当然の義務と考えてはいても、それがもたらすストレスも認識していたことを示しているからである。別の箇所でも「運動と娯楽についていえば、母親がダンスをしたり、観劇に出かけたり、さらには集会に参加したりすることも禁じることはない」（四九二）と、授乳中の母親の運動、気晴らしを勧めている。この章には、「経験ある医師によって書かれた」と注記があるが、右記のような母親擁護の視点は医師の書いた育児書には見当たらない。育児書のなかには、授乳を円滑に進め、質のよい乳を分泌するために適度な運動を勧めるものはあるが（クーム八一－八四）、母親自身の精神状態を健全に保つという視点から気晴らしを勧めるようなアドバイスがなされたものはない。『家政読本』において、母乳哺育は「喜び」であるとされている（四七四）。「喜び」ならば気晴らしなど必要ないはずである。しかし、授乳中の母親に気分転換が必要であることは、自ら経験した者ならよく理解できる。それでも、表向き「喜び」であるものが実は苦しみでもあるということは、母乳哺育礼賛の時代には率直には言いにくいことだっただろう。その点、気晴らしを勧めているのは医師である、ということになれば読者も受け入れやすい。母乳哺育の規範は尊重しつつ、母親の負担に配慮した戦略的記述といえる。産後、精神的に不安定になることがあるのはヒポクラテスの時代から知られていたといわれる[16]。前節でみたように、キャサリン・ディケンズの産後の不調は夫、妹によって記録されている。授乳中の母親には気晴らしが必要であるという『家政読本』の記述は、産婦の精神状態が不安定になりやすいこと、そしてそのような状態に陥らないための予防措置が必要であるという認識を示している。

次に、著者イザベラ自身の出産と育児の状況に関して、キャスリン・ヒューズの伝記をもとにみてみよう[17]。イザベラは一八五六年に結婚してすぐ妊娠し、一八五七年第一子を出産する。しかしこの男の子は生後三か月で亡くなってしまう。医師の死亡診断書には「下痢数日、コレラ一二時間」と記されているが、実際には、胎児性梅毒のためであろうと推測されている（ヒューズ 一八二－八三）。イザベラは結婚と同時に夫から梅毒をうつされたと考えられ、このあと数回流産を繰り返すが、一八五九年になって第二子を出産する。イザベラは結婚後から夫の仕事を手伝って雑誌記事の執筆、編集をするようになっており、出産後も赤ん坊の面倒をみながら仕事をしていた。自宅を仕事場にしていたので、授乳しながら仕事をすることも可能だっただろう。しかし産後九か月のときには完全に離乳していたと推測される。というのも、その時期にイザベラは赤ん坊を置いて、夫とともにフランスに商談に行っているからである（二七三）。第二子は第一子よりは長く生きたが、この子も一八六二年一二月に三歳半で亡くなってしまう。医師の死亡診断書によれば、死因は「猩紅熱、咽頭炎」だが、これも胎児期に感染した梅毒のためであろうとヒューズは推測している（三〇八）[18]。第二子の死の直後再び妊娠し、一八六三年一二月に出産する。今度の子は健康に育ち、成人する。この第三子の養育方法について推測させてくれる興味深い証言がある。イザベラが当時住んでいたロンドン郊外の街でイザベラを知っていた人によると、彼女は一八六四年には、ほぼ毎日ストランドの印刷出版会社まで夫とともに通勤していた、というのである（三一一－一二）。生まれて間もない乳児は他人に託して家庭外で働いていたということになる。加えて、一八六五年一月には第四子を出産することを考えると、一八六四年の大半は妊娠中でもあった。授乳していないため出産後妊娠するのも早かったということだろう。そして第四子も第三子同様健康な男児で、元気に育つが、イザベラはそれを見ることなく、出産八日後にまだ二八歳の若さで亡くなってしまう。出産直前まで自著の校正をしていて、分娩自体も問題がなかったものの、出産二日後から体調が急変し、医師によると「腹膜炎と産褥熱」のため亡くなった。ヒューズは連鎖球菌が原因だろうと推測している（三一九）。

このような記録からイザベラの授乳状況を推測すると、第二子には九か月ぐらいまで授乳していた可能性があり、これは医師が勧める授乳期間の通りである。しかし、第三子の場合は、授乳したとしても出産直後の一、二か月位であって、まだ母乳が必要なときに自らの授乳はやめたと考えられる。この第三子と、出生直後に母を失った第四子に乳母（ウエットナース）が雇われたかどうかは不明だが、この二人の子が無事成長したこと、また、『家政読本』の「乳母」の項における、病気その他で母親が授乳できない状態になった場合はすぐに代理を探さなければならないという記述を考えると、乳母が雇われた可能性は高い。

セアラ・エリスなどの手引書はミドルクラス女性のとるべき立場、態度を示したが、そこには日々の生活に役立つ実用的助言は含まれていない。ビートン夫人の『家政読本』は精神的手引書の実践版と目されるものだが、それを著した人物が、実際には家庭外で仕事をもち、その結果、乳児の世話も他人任せになっていたということは、言説と現実の別を身をもって示している。

四　キャサリン・ラッセル——急進主義者としての母乳哺育

次に、バートランド・ラッセルの母、アンバリー子爵夫人キャサリン・ラッセル（ケイトと言及されることが多いので、以下その呼称を用いる）の場合をみることにする（図21）。彼女は『オックスフォード英国伝記事典』ではまず「急進主義者、女性参政権活動家」と紹介されている。もともと活発な性格で、ジョン・スチュアート・ミルおよびその義理の娘のヘレン・テイラーを通じてランガム・プレイスの活動に参加するようになった。女子高等教育推進、女性医師登録の実現、既婚女性財産法、女性参政権獲得のための運動にかかわり、女性の権利について講演したこともある。夫のアンバリー子爵ジョン・ラッセル（一八四二〜七六）は、生来内気で神経質な性格だったが、ミルと妻の影響で社会改革を目指すようになった。二度首相を務めた父の願いを入れていったんは議員になったものの、公然と避妊を推奨して再選を阻まれた[19]。時代の最先端を行くともいえる夫婦は乳児養育をどのように行ったのだろうか。三度目の出産で生まれたバートランド・ラッセルが、両親の日記、書簡などを編纂した『アンバリー・ペイパーズ』（一九三七）にみていく[20]。

ケイトとアンバリー卿は一八六四年に結婚、一八六五年八月一二日、第一子フランクが生まれる。これ以下の記述はケイトの日記からのものだが、出産後一か月近くは夫が代わって書いている。陣痛がきて医者を呼びにやり、医者が到着した直後に分娩しているので安産だったといってよいだろう。赤ん坊はケイトの乳首をうまく吸えず、生後四か月の赤ん坊をもつポッツ夫人という人に授乳してもらう（第一巻四〇三）。翌々日も赤ん坊が吸わないので別の赤ん坊に吸わせてみたが、妻は痛がる。ここでアンバリー卿は、先にみたグラッドストンと同じように、自分で吸ってみる。その結果、大人の自分でもかなり吸う力が必要なので、赤ん坊がうまく吸えないのも当然だと判断する。味は、まずくはないが、甘すぎる、自然の配剤が悪い、原罪のためかもしれないとすれば文句は言

図21　ジョージ・ハワード《アンバリー子爵夫人キャサリン・ラッセル》1864年

えない、などと書いている。この授乳の不調は夫にも影響を与え、一五日には「授乳がうまくゆかないので出産直後ほど幸せではない」（第一巻四〇三）と書く。妻の母は、我慢すればきっと授乳できるようになる、とまだ楽観的である。そのあと少し吸えるようになったものの、十分に乳が出ているようにはみえない。赤ん坊も成長が悪い。産後九日目に、初めて乳母への言及がみられる。妻も自分も乳母を雇うのはとても嫌なのだが、もう妻が授乳できる見通しはない、と書かれており（第一巻四〇四）、翌日ケイトは授乳を諦めたと宣言する。アンバリー卿は「私たちは二人ともレディが授乳することを重要視していたので落胆が大きいが、自然がその手段を与えていないのであきらめるしかない」（第一巻四〇五）と書いて、上流階級の女性は普通授乳しないという考え方がまだ残っていたことと、それに挑戦するつもりであったことをうかがわせている。

　乳母の選択にあたったのはケイトの母親であった[21]。ケイトの母親はこのあとも娘の育児に積極的にかかわっていく。乳母を雇うと決めて三日後、ケイトの母は乳母を見つける。それは結婚後三か月、産後三週間の女性であった。医師による身体検査が行われ、雇用が決定する（第一巻四〇五）。乳母の赤ん坊についての言及はない。しかし、この乳母は二日後夫が連れ帰ってしまう。夫の同意なく乳母として働くことを決めてしまったらしい。すぐに次の乳母探しが始まる。新しい乳母が決まったと書かれているのはそれから八日後のことである（第一巻四〇六）。この日から日記の書き手はケイトに戻る。最初の乳母が夫に連れ帰られてから新しい乳母が決まるまでの八日間、赤ん坊がどのように授乳されたかについては書かれていない。新しい乳母が決まったことを記した部分で「かわいそうにこれで五人目の女」（第一巻四〇七）と書かれているので、このあいだに日記中では言及されていない人に授乳してもらったと推測される。新しい乳母が来て一週間後に、ケイトは手紙で「坊やはエリザベス［・パウエル］の乳首と格闘しています。乳首がまっすぐではないからか、乳の勢いがよすぎてうまく飲めないからか」（第一巻四〇九）と書いている。

　興味深いのは、ケイトと母が、乳母の子どもの様子を見に行っていることである。乳母が来た三日後、二人は乳母の子が預けられているガリナー夫人という人のもとを訪ねる。ここではケイトの乳母の子以外にも赤ん坊を預かっていて、赤ん坊に固形物を食べさせていた。これを見てケイトの母は「よいアドバイスを与えた」（第一巻四〇九）と書かれている。赤ん坊に与えるにふさわしい栄養物を教えたということだろう。しかしガリナー夫人は不適切であることを承知で固形物を与えていたのかもしれない。複数の子どもを預かり、赤ん坊にふさわしくない栄養物を与えているという状況は、数年後にベビー・ファームという名を与えられる個人託児所そのものである[22]。しかし、ガリナー夫人の託児所に関してはそれ以上の記述はないので、二人の目にはそれほどひどい場所には見えなかったのだろう。いずれにせよ、乳母雇用者が乳母の子に気を配っていることが記録されているのは注目すべきことである。グラッドストンは医師から聞かされるまで、乳母を雇うことは乳母の子が母乳を失うことであるという認識すらなかった。ケイトの母はグラッドストンとも親交があったが、彼らが祖父母になった時代には、乳母雇用階級のあいだでも乳母の子の運命に対する認識が深まっていたようだ。

　このときのエリザベスという乳母に何か問題があったとは書かれていないが、一か月半後の日記では、乳母としてリジー［・ウィリアムズ］という名前があがっており、乳母が代わったことがわかる（第一巻四一三）。リジーは自分の子を亡くしている。とても好人物だったようで、赤ん坊の離乳後もラッセル家にとどまった。リジーと赤ん坊との相性についてはとくに何も書かれておらず、赤ん坊は二か月を過ぎていたこともあり授乳は順調に進んだのだろうと推測される。

リジーは乳母として乳を与えるほかに、赤ん坊の命を救う功績を果たした。乳母頭デイヴィスが赤ん坊を虐待していることを告発したのである。乳母頭は育児室を支配する立場にあったため、乳母（ウェットナースもドライナースも）や子守女中など育児室で働く使用人はその絶対的権力下にあった。したがって普通乳母頭にはだれも異を唱えることができなかった。しかしリジーは、自分が授乳している赤ん坊が虐待されているのを見るにみかねて、主人ケイトに告げたのである。それを知ったケイトはすぐに自分の母親に手紙を出して対処法を尋ね、即刻クビにするようにとのアドヴァイスを受ける。そして、事態を知った二日後、三時間の猶予を与えただけで解雇する（申し渡したのは夫）（第一巻四一四）。一刻も早くクビにしないと、リジーが怒りのため乳が出なくなってしまう恐れがあったから、と書かれている（第一巻四一四）。解雇後、他の使用人から聞き取りをしたところ、乳母頭の行状は他の使用人もみな知っていたことがわかる（第一巻四一四）。しかし、育児室を取り仕切る乳母頭の権力は大きく、その機嫌を損ねることを恐れてだれも何も言えなかったのだ。

この乳母頭の虐待の詳細については、クビにした翌日に、ケイトの義理の姉であり友人でもあったジョージアナへの手紙で、憤りもあらわに報告されている。それによれば、立派な推薦状を携えてきたこの乳母頭の虐待は次のようなものだった。赤ん坊が泣くと、ゆさぶる。沐浴させるときは口にスポンジを押し込む。のどに指を突っ込む。赤ん坊が嫌いで、死ねばいいと言っていた。床にころがして泣き叫ばせる。泣くのは肺にとっていいからと。それに、奥様に泣き声を聞かせないと、何も仕事がないと思われるので、わざと泣かせる。泣いたところへ奥様が来たら、そのときに抱き上げて、いかにもいとおしいといった様子をみせる。ケイトの母親は先にもふれたように娘の育児に深くかかわっていたが、乳母頭にとってはそれがけむたかった。ケイトの母から散歩をしたかときかれると、いつも嘘をついて、したと答えていた。そして娘であるケイトのほうは若いので好きなように操れると思った。赤ん坊を奥様のところに連れて行く前には乳母（ウエットナース）に授乳させず、泣かせて手のかかる子どもであると思わせるようにした。一日中部屋にいて、小説を読み、赤ん坊をあやしもしないし、話しかけもしない。いつもおむつが湿っぽいため、赤ん坊はお腹をこわしていた。さらには、ゆりかごのなかに空の哺乳瓶を置いて空気を吸わせていた。クビを言い渡された場面では、子どもは嫌いだし、ここは十分広大な屋敷ともいえない、と捨てぜりふを吐いた。後任については、乳母のリジーが自分で世話をすると言っているので、急いで決めることはしない。それにしても、よい推薦状にすっかり騙された。リジーは、これ以上ひどい取り扱いを見ていたら授乳を続けられなかっただろうと言った（第一巻四一三―一五）。以上がケイトがジョージアナに書き送った内容である。この出来事からは乳母頭の立場上の強さがよくわかる。また、推薦状が名ばかりのものである場合があること、若い夫婦は使用人から甘くみられることも見事に例証されている。

ケイトの二度目の出産は双子で、早産の上、逆子だったこと、とりわけ双子のうち一人が死産になったこともあって、肉体的にも精神的につらいものとなった。追い討ちをかけるように、医師から、マルサス主義者なら「一人死んでも気にかけないだろう」などと言われ傷つく。授乳に関しては、出産直後から二か月までは母乳だけで育てていた（第二巻八五－八七）。しかし、二か月の段階で健康上の理由から乳母を雇うように勧められ、ケイトは授乳をやめる（第二巻八八）。

三人目の出産時には痛みに対してクロロフォルムを使用した（第二巻四九〇）。後陣痛がきつかったものの、産後の肥立ちは非常によく、乳もよく出ると書かれている。また、赤ん坊も大きくて元気な子であった。ただ、実母への手紙で、病気で薬を飲んでいるのでそれが乳に出て赤ん坊がぐずると書かれていたりする（第二巻五〇二）。また、三か月の時点で、実母からケイトへの手紙に「ロバは賢明な方法です」と書かれていることをみると、このころロバの乳も使い始め、いわゆる混合栄養になったことがわかる（第二巻五二七）。その結果をケイトは「ロバの乳は合うようです」（第二巻五二八）と母に報告している。そのあとも「疲れていなければまったく問題なく授乳できます」（第二巻五二九）、「［ロバの乳を］二四時間でビンに半分しか飲まないので、私はよく授乳できているることになります」（第二巻五三〇）と書き、少なくとも五か月までは授乳を続けたことがわかる。

夫のアンバリー卿は、先にみたように、上流階級である妻が授乳することを重視しており、妻の授乳がうまくいかないときは我が事のように落ち込んだ。上流階級では乳母雇用が常識であったことを前提にすれば、母乳哺育にこだわることは急進的な傾向をもつ人物の一つの行動の表れとみることもできるかもしれない。また、産児制限論者だったアンバリー卿は授乳のもつ避妊効果を期待していたかもしれない。しかしいずれにせよ、彼らはかつてリンカン伯爵夫人が授乳しようとしたときに経験したような、周囲からの反対はまったく受けていない。ケイトの母は、授乳をあせる若夫婦に、我慢すればきっと授乳できるようになるとアドバイスしているし、夫の母も、昔からの言い伝えをもとに、乳量を増やすにはビター・エールがいいといったアドバイスを書き送っている。上流階級は母乳哺育をしないものという「常識」は二人の周りにはみられない。しかしだからといって、母乳哺育をしなければ母親失格であるというような悲壮感もみられない。ケイトは母乳哺育をしようとできるだけの努力はするが、彼女にはキャサリン・ディケンズが深く身にしみ込ませていたような母乳哺育を母性愛の表れとみる意識はなかったようだ。

五　フローラ・アニー・スティール――英領インドにおける子育てと乳母

次に、気候も環境もまったく異なる植民地インドで、ミドルクラスの女性が出産や育児にどのように取り組んだかを、フローラ・アニー・スティールを例にみてみたい（図22）。イギリス本国での母親の振る舞いに関する規範はインドでの生活にも及んだのだろうか。参照するのは、スティールの自伝『忠誠の庭』（一九二九）およびグレース・ガードナーとの共著であるインド生活の手引書『インド家政大全』（初版一八八八）である。

スティールは一八六七年、二〇歳のときに、インド高等文官として赴任する新婚の夫とともにインドに渡った。インド在住の白人女性には、自分たちだけで集まり暇をもて余しているという典型像があったが、スティールは現地の女性と交流して言葉も覚え、彼女たちの生活向上のために地元の手芸を奨励したり、母子に対して医療的援助を与えるなどの活動に携わった。さらには、女子学校設立に際して助力を請われ、一二校の設立にかかわると、のちにはインドの女学校視学官となっ

図22　フローラ・アニー・スティール　1897年

た。二〇年余りインドに滞在したあと、一八八九年、四二歳のときにイギリスに戻り、インド生活の手引きやインド民話集、インドを舞台にした小説などを出版した。[23]

スティールはインド到着翌年の一八六八年第一子を妊娠するがその子は結局死産となる。この経験についてスティールは、「女性が経験する悲しみのうちで、死産した子を思う悲しみほどつらいものがあるだろうか」（『忠誠の庭』四四）[24]と書き、その経験を「ノックダウンの一撃」（四六）と表現している。医師は、慰めるつもりで、「若いのだからまた産める」（四五）と言ったが、この言葉にスティールは強い違和感を覚える。赤ん坊の姿を見ないうちに埋葬されてしまったため、未練が残り、その姿形を想像したり、本当に死産だったのかと疑ったりする。死産の原因は、看護婦が未熟だったからではないか、などとも憶測する。赤ん坊を失った苦悩は深く、自伝執筆時に「この時期の記憶は今でも非常に鮮明である」（四五）と書く。

しかし、医師の言う通り、ほどなくして再び妊娠する。前回の経験をふまえて、妊娠中とくに注意深く過ごしたのかと想像するが、この二度目の妊娠出産についての記述はほとんどない。出産三時間後にイギリスの母に報告の手紙を書いたことが記されているだけである（五一）。辛い思いをしたあとに得た娘だったが、「何か感情の高まりを覚えたとか、赤ん坊特有のくしゃくしゃの顔を見て至福に包まれたとはいえない」（五二）と冷静である。一方で、「赤ん坊が私の世界を完璧にし、満たしてくれた」、出産によって「何かが成し遂げられたように感じた」（五二）と書いており、子どもをもつことを一種の義務とみなしていたことを推測させる。なおスティールは「二人目をもつ希望はほとんどなかった」（五八）と書いており、理由は明らかにされていないが、実際、これ以降子どもは生まれない。

スティールの自伝には自身の授乳経験についてはまったく書かれていない。ただ、一六か月の娘を連れてイギリスに一時帰国したとき、月齢の割に大きいので驚かれた（五七）、と書いていることから、インドでの赤ん坊の栄養摂取には問題がなかったことが推測できる。スティールは、手引書『インド家政大全』で強く母乳哺育を勧めているので、自身も母乳哺育をしたことが想像されるが、自伝からわかるのは、どのような授乳方法だったにせよ、記すほどの問題はなかったのだろう、ということだけである。

スティールは育児係として乳母（アーヤ）[25]を雇っている（五三）。インド人のアーヤは、子どもがその言葉や振る舞いをまねてしまうことから、在印イギリス人のあいだでは一般に評判が悪かった。しかしスティールは娘の乳母を高く評価している。背が高く、見目もよいこの女は、過去に何かあったらしいが最高の使用人であると書き、秩序、清潔さ、規律の点で、イギリス人の乳母（ナース）でもかなわない、と評価している。生後六か月のとき、スティールは赤ん坊をしばらく友人に預けなければならなくなった。心配するスティールに対しこの乳母は、「赤ちゃんは神様にお任せするのです、奥様」（五三）と諭す。この言葉はスティールが現地人に対する認識を改めるきっかけとなった。この乳母（アーヤ）と生活した経験は、『インド家政大全』にもみられる、現地の人々に対するイギリス人の偏見を批判する態度の形成に大きく寄与したと考えられる。

スティールにとって子どもを得たことの大きな意味は、子どもを通じて地域の女性たちと関係をもつことが容易になったことにあるようだ。スティール言うところの、とても優秀な外交官である赤ん坊と、優れた随行員の乳母(アーヤ)を媒介に、地域の女性たちの話を聞いたり、医療活動をすることが容易になった。土地の言葉もそのあいだに覚えた(五七)。

スティール自身の子育ては、一六か月の娘をイギリスに連れ帰ったときに事実上終わる。娘はそのままイギリスにとどまり、親戚に面倒をみてもらうことになるからである。在印イギリス人の子どもたちは遅くとも学齢期になるとイギリスに送られ、残された母は無為の状態に陥ったが、スティールも例外ではなかった(六〇)。それでも自分を奮い立たせて、イギリスから持ち帰った薬箱を携えて近隣の女性や子どもたちを訪問する活動に没頭し、気持ちの整理をつけていく。

スティールの自伝には出産・育児に関する記述は多くはないが、それだけに、死産に直面したときの苦しみ、赤ん坊をイギリスに置いて帰印したときに陥った倦怠などの描写がきわだつ。

次に、スティールがガードナーと共に著した『インド家政大全』の、「小児養育についてのヒント」の章の授乳を中心としたアドバイスをみてみたい。この章は第四版(一八九八年)と第五版(一九〇四年)で大きく記述が異なる点がある。[26] 変更点および変わらなかった点の両方に注意しつつ、インドにおける授乳に関するアドバイスが本国の規範をどのように反映するものであったかをみていく。スティールは子どもが一人だけだったこと、またその子を手元で育てる期間も短かったことから、この章の記述は共著者ガードナーの経験をもとにした点が大きいと考えられるが、基本的な考え方は当然のことながらスティールも共有していただろう。

まず両方の版で変化していないことからみていく。まず、一貫して母乳哺育を強く勧めている点である。実は著者は、孫たちがまったく違ったやり方で育てられているのを見て、第五版ではこの章を削除することも考えたが、それでも一点だけ方針を変える必要がないと信じるのは、母親が授乳すべきということである、と書いている（第五版一六三）。母乳哺育を重視する考え方は、ヴィクトリア時代のイギリスでそれが規範的行為とみなされていたことをそのままインドでも忠実に受けついだものとみることができる。しかし実はインドでは、イギリス人の母親たちは授乳を勧められてはいなかった。医師たちは、在印の母親は暑さなどのために不健康になりがちなので、身体に負担のかかる授乳はやめて乳母に任せたほうがよいとアドバイスしていたのである。[27]『インド家政大全』も周囲から母親に聞こえてくる声の例を挙げている。たとえば産後乳母は乳量が足りないので授乳はやめたほうがよいと言い、医師は人工乳を足さなければならないような状態なら母乳は完全に中止したほうがよいと言う。一方、友人たちは、母乳を与えると自由を奪われて遊べなくなることに加え容貌が衰えると脅す、などである。しかし著者たちは、健康なら必ず自然が赤ん坊の要求を満たすものを与えてくれる、と忍耐強く授乳を続けるよう説く（第四版一六〇、第五版一六四）。

また、医師たちが混合哺育に反対しているのに対し、著者たちはそれを推奨している。著者たちは、完全に母乳哺育ができている場合でも、一日に一度は哺乳瓶で人工乳を与えて慣らしておくべきであると述べている（第四版一六一、第五版一六四）。この理由は、インドでは気候が不安定で、母親や乳母がいつ疾病に見舞われないとも限らないので、突然授乳できなくなったときに備えておくためである。医師の意見に異を唱えることについても躊躇はない。医師は本による知識しかもたず、常識的な日常の経験をもってない、と遠慮なく述べている（第四版一六二）。

あとの版でも変更されていないもう一つの点は、母親が赤ん坊に添い寝することを勧めていることである。医師が総じて大反対することは知りつつ、スティールとガードナーは一貫して添い寝を勧めている。医師が反対するのは、圧死、窒息死などの危険があると考えられたからだが、著者たちは、母親が酩酊していなければそのようなことは起こらないと一蹴し、夜一緒に寝れば、母子ともに暖かく、授乳にも便利であると利点を強調する（第四版一六〇‐六一、第五版一六五）。ついでながら、もう一点、本書が医師の意見に否定的見解を表明している点を指摘しておこう。医師が、熱帯では栄養のあるものをたくさん摂るべきだということについて、本書は、夜食べすぎれば翌朝胃がもたれるのは当然であり、常識を働かせて判断してほしいと母親たち自身の身体感覚に従うよう説く（第四版一七〇‐七一、第五版一七八‐七九）。本書が、母親たちの常識、経験を重視し、医師のアドバイスより信頼できるものとしている点は大きな特徴といえる。

『インド家政大全』は、母乳哺育を強く勧めているが、一方で、母親たちが、面倒だからとか遊びや社交にさしさわるからといった理由で授乳しない場合があることに対しては寛容である。先に、順調に授乳できている場合でも哺乳瓶に慣らしておくことが勧められているのをみたが、人工哺育が母親の外出を容易にする側面も認められていただろう。混合哺育によって授乳と娯楽や社交が両立できることを説き、母乳哺育のハードルを下げようとしているようにみえる。

混合哺育を取り入れた母乳哺育を勧めながら、現実にはどうしても母乳哺育ができない場合があることも認めて代替手段について記している（第四版一六〇、第五版一六四）が、この手段が第四版と第五版では大きく変化する。第四版では、母親が授乳できないときには乳母雇用が唯一の次善の選択肢となっていた。人工哺育については、常に監督していないとうまくいかない、と一文書いているだけで、母乳哺育に代わる選択肢とはまったくみなされていない。ただ、乳母が唯一の選択肢とされてはいるものの、ここには他のインド在住の母親向けの手引書にあるような細かい乳母の選択基準は書かれていない。インドで乳母を雇うということは現地人乳母を雇うことを意味したから、習慣や食物の違いを考慮して、ふつう育児書ではさまざまな注意がなされていた[28]。しかし『インド家政大全』は、選択にあたっての記述としては、アムリッツァーではカシミール出身の乳母が最良と考えられていること、またアグラ出身もよいということを書いているのみである。雇ったあとの管理方法についても、乳母に与えるべき衣類や食器、食事などについて少しだけ注意を書いているが、他の手引書に比べると簡潔である。一方、乳母に喫煙習慣があるなら認め、友人に会うことも許すべきであるという記述は、類書にはみられない寛大なものである。とりわけ本書の乳母に対する態度を明確に示すのは、「乳母を動く哺乳瓶のように扱ってはならない」（第四版一六二）という一言だろう。このように白人による乳母の扱い方への批判を含んだ表現がなされるにあたっては、先にみたように、スティールが自分の乳母（アーヤ）の人間性にふれたこと、現地の女性たちと深く交わったことが大きく影響していると考えられる。

第五版になると、「母親が授乳できないとはっきりした場合［中略］乳母か人工哺育かということになる」（第五版一六六）とし、母乳代替手段として人工哺育が選択肢に入ってくる。さらに、「乳母雇用についていえば、今ではほとんど行われない。実のところ、乳母には反対意見が非常に強いので、乳母以外では命が助からない場合か、虚弱児の場合だけしか勧められることがない」（第五版一六六）と乳母を避ける状況があることを記している。[29] 乳母雇用がほぼ廃れた状況にあるので、第四版にわずかながらあった乳母雇用についての注意も消えるが、一方、第四版にはなかった奇妙に長い注がつけられている。

現地人乳母への嫌悪感は広く表明されており、伝道に携わる女性たちですら手紙のなかで書いているほどだが、それは著者たちにとっては非常に気になることで、ここで注意を向けておく必要があると思われる。［中略］男や女の魂を愛すると公言している人ですら、それらの魂を宿している身体のことを、ウシやロバ、ヤギの身体より嫌悪すべきものと考えていることは、確実に驚きと失望の念をかき立てることではないだろうか。動物の乳は――人間にとっては不面目なことながら――確かにある特有の汚染はされていない。その汚染は、残念なことに、西洋も東洋同様免れることのできない汚染である。したがって、この理由によっては嫌悪感をもちえない。となると、現地人女性の乳がイギリス人の子どもの気質を汚染しはしないかと恐れるような愚かな考えを説明するものとして残るのは、人種偏見以外にあるだろうか。（第五版一七六）

ここで著者たちは、神の前に人はみな平等であると教えている宣教師の女性たちのあいだにすら現地人への偏見があることを指摘し、それは断じて容認できないとする。一八世紀末以来、イギリスはインドにおいて現地社会と距離をとる政策を推進してきた。その結果、イギリス人はインドの人々を理解せず、偏見に基づく嫌悪感を蓄積してきた。しかし、スティールとガードナーは、長年インドで現地の人々と交わりながら暮した経験から、そのような態度を是認することはできなかった。とはいえ、乳母雇用が盛んなあいだは同胞の乳母に対する偏見をまともに批判することはしにくかっただろう。乳母雇用がまれになり、直接的に非難されていると受け止める読者が減ったことを見定めて、長年苦々しく思っていたことを吐き出したのかもしれない。

『インド家政大全』は、ビートン夫人の手引書のインド版とでもいう位置を占めるものとして、長く在印女性たちに頼りにされた。その子どもの養育についてのアドバイスのなかには、医師の指示と相容れないものもある。医師が近くにおらず母親自身が判断しなければならない場面も多かったであろうことを考えると、母親自身の直感や常識、経験を重視するよう促す助言には実際的な意味があった。現地人乳母に対して白人たちが抱いていた嫌悪感が理不尽なものであるとする指摘も、母親たちが一人ひとり、周りの現地人と向き合うことを促すためのもののように思われる。

六　ヴィクトリア女王――女の身体の嫌悪

手引書として有名なセアラ・エリスの『英国の妻たち』(一八四三)の献辞はヴィクトリア女王に対してなされており、そこでは女王は「その高貴なるお立場から、家庭生活の美徳のもっとも輝か

図23　ウィリアム・ディックス《ヴィクトリア女王、アルバート公と王室一家》1855年頃

しいお手本を示しておられる」と書かれている（図23）。また同書の序文では、ヴィクトリア女王においては「君主の性質と妻・母の性質が溶け合っている」とされている。[30] このように時代の女性の理想像として奉られていた女王の、その母親としての態度は、実際にミドルクラスの母親たちの手本となるものであったのだろうか。ここでは、第一王女ヴィクトリア（愛称ヴィッキー）が一八五八年一月にプロシア皇太子に嫁いだ直後から第二子出産直前までの二年あまりのあいだに女王が娘に出した手紙から、ヴィクトリア女王の妊娠・出産・子育てについての考えをみる。[31]

　ヴィクトリア女王自身は一八年間に九回出産した（九人の子どものうち七人は初めの一〇年間に生まれている）。初めて妊娠したことを知ったとき、日記に「私が恐れていたただ一つのこと」と書いている。[32] 娘ヴィッキーへの手紙でも、妊娠した状態のことを「憂鬱な状態」（一八五八年四月一四日付）、「終わりのない苦しみと試練」、「避けることのできない不自由」（一八五九年八月一〇日付）と呼び、その後、娘たちや孫娘たちが妊娠したと知らされるたびに「恐ろしい知らせ」と表現した。

自分は結婚してすぐ妊娠してしまったので、結婚後の二年間は台無しになってしまったと嘆き（一八五八年四月二一日付）、自分より若くして結婚した娘には、せめて一年は妊娠しないことを願っていると書いている（一八五八年四月一四日付）。娘が、出産によって不死の魂を産み出す女としての自負を表明したのに対して、女王は、妊娠・出産・授乳は、自分にとっては「牛か犬になったような気がする」（一八五八年六月一四日付）ものだと書き、次世代再生産活動に対する嫌悪感を示している。

そして、そのような屈辱を味わわなければならないのもすべて「自分勝手な男たち」（一八五八年一〇月二七日付、一八六〇年七月一一日付）のためであると夫たちに非難の矛先を向ける。加えて、出産にあたって女に恥ずかしい思いをさせる医師に対しても憤りをあらわにし、お抱え医師「クームの本のいくつかの章にはとてもうんざりする」（一八六〇年七月一一日付）と書く。そこには、「格別に野卑」（一八六〇年七月一一日付）な行為である母乳哺育の勧めも含まれていただろう。授乳を野蛮な行為と考えるのは上流階級の常識であり、女王の子どもたちには当然のこととして乳母が雇われた[33]（図24）。

妊娠・出産・授乳に対して表明されている嫌悪感からすれば容易に想像できることだが、女王は苦痛の原因となった赤ん坊をまったく可愛いとは思えない。子どものことを「はなはだしい厄介と心配のもと」（一八五八年四月二一日付）であるとし、「少し人間らしくなるまでは赤ん坊に対して優しい気持ちになれない。醜い赤ん坊は実にいやらしいものだ——だいたい四か月ぐらいまで、つま

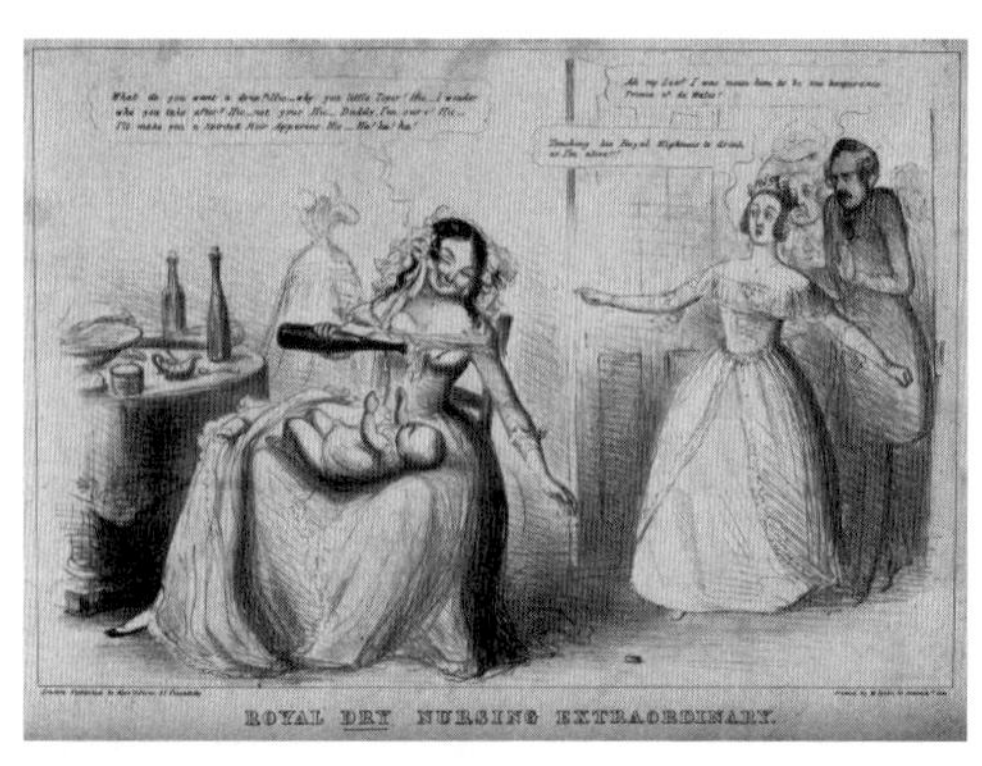

図24　酔っぱらった乳母が王子にワインを飲ませようとしていることに驚くヴィクトリア女王とアルバート公　1841年頃

り大きな胴体と小さな手足であのカエルのような動きをするあいだは」（一八五九年五月二日付）と書いている。自分の子どものなかでもとくに四男レオポルドについては、ことあるごとに「醜い」と書き、欠点をあげつらっている。手紙の相手である長女にも、「あなたが赤ん坊を可愛がっているようにはあなたのことを可愛がったことはありませんでした。私は下の子たちのほうをもっとずっと可愛がりました」（一八五九年五月一四日付）と書く。母娘の信頼関係があればこその言葉だとはいえ、率直な言葉を目の当たりにした娘は苦笑したかもしれない。

　さらに、結婚については、「女の権利をすべて放棄して、他人に、男に譲渡することです」（一八五八年一〇月二七日付）、「すべての結婚はクジのようなものです［中略］一番幸運なクジを引いても、それでもあわれな女は身も心も夫の奴隷になるのです」（一八六〇年五月一六日付）とし、結婚しないまま三四歳で亡くなった女性について、「そのこと［結婚しなかったこと］自体はそれほど不幸だとは思いません。結婚しない人たちはしばしばとても幸せです」（一八五八年一二月四日付）と、ヴィクトリア時代の女性の人生の一大目標を全否定する。

ヴィクトリア時代の女性の理想像としては、自己犠牲を厭わず家族に尽くす妻、母が想像される。しかし、それはその形容辞を提供した主にとってはまったく理想ではなかったのだ。ヴィクトリア女王にとって夫アルバート公は最愛の存在であり、彼女自身は結婚において「一番幸運なクジを引い」たにもかかわらず、男たちは身勝手であると批判する。また、授乳を自分の存在が乳房に集約される行為であると感じ、そのことに対する嫌悪感を「牛か犬になったよう」とあからさまに表現した。「ヴィクトリア」時代のエートスを現実のものにしようとした女性たち、とりわけ授乳を理想的な母親の条件と考えて悩んだ女性たちが聞いたらさぞ戸惑ったことだろう。〈家庭の天使〉になることを求められた女性たちは、女であることの困難や理不尽さを意識しても表現の回路はなく、キャサリン・ディケンズのようにうつ状態になって不適応を示すのが精一杯だった。ヴィクトリア女王は、手紙という私的ではあるがその立場上公性も合わせもつ媒体で女性たちの本音を代弁していた。

七　労働者階級の母親たち――貧困と母性

医師たちは、ミドルクラスの母親たちが身体虚弱のために授乳できないことを嘆き、農民の母親を健康な母親のモデルとして提示することがあった。クームはその育児書で、「一日中活動的に立ち働き、多くの時間戸外で仕事をし、質素な食事を適量とり、早寝早起きをし、心配事をせず、窮屈な衣服で身体を締めつけない」ので、農婦は自然に乳が出ると書いている(八二)。トマス・ハーディの『ダーバヴィル家のテス』では、農作業をするテスが昼の休憩中に授乳する場面がある。妹が家から赤ん坊を連れて来るのである。この場面をみると、農婦の生活は健康的で授乳を妨げるような要素はなく、また作業の合間に授乳する機会を得られるような労働環境のようにみえる。しかし、たとえば、悪天候下での農作業の現場に乳児を連れ出すのはまったく健康的とはいえない。また、厳しい肉体労働や貧困による栄養不良で、乳量が十分ではなくなることも考えられる。テスの赤ん坊は、生来虚弱だったとはされているが、その日のうちに体調が急変し死んでしまう。牧歌的な農婦の授乳像はミドルクラスの幻想だった。

労働者階級が行った他の仕事の場合でも、授乳には困難を来しただろうことが想像される。たとえば家事労働者として住み込みで働く場合、仕事場に自分の子を伴って行くことは、よほど例外的に寛容な雇用主を得た場合を除いて不可能だっただろう。また工場労働者であれば、不健康な職場へ赤ん坊を連れて行くのは、もし可能であったとしても、子どもの健康を考えれば躊躇することだっただろう。身体を動かすという点でミドルクラスの母親より健康的であったとしても、それだけが授乳の成否を決めるものではなかった。

では現実に労働者階級の母親たちはどのように育児を行っていたのだろうか。ミドルクラスの女性たちが母性愛のあらわれと考えていた母乳哺育を、労働者階級の母親はどのように位置づけていたのだろうか。ここでは、一九一五年に出版された『母性――労働者階級女性からの手紙』(以下

『母性』と略記）に集められた労働者階級の母親たちの証言から、彼女たちの母乳哺育に対する考え方、態度を探ってみたい。

『母性』は、女性協同組合ギルドの組合員を対象にアンケート調査を行ってその結果をまとめた、労働者階級の母親たちの証言集である。女性協同組合ギルドは、一八八三年に結成された「既婚女性の家庭と国家における立場に影響を与える問題を扱う自助組織で［中略］全国に六一一の支部があり、約三二〇〇〇人のメンバーを擁する」[34]。ギルドはこの証言集出版前の数年間、「母性保護の国家的施策」の問題を検討しており、政府の法案策定にも助言をしていたが、その過程で、ギルドメンバーの母親たちから出産・子育てに関する情報を得るためにアンケート調査を行った。アンケートは、ギルドの六〇〇人の役員あるいは役員経験者に依頼し、三八六人から回答があった。それらのなかから一六〇編を選んでまとめたのがこの『母性』である。出版されたのは一九一五年だが、手紙を寄せた母親たちはこのときすでに中年以降の年代になっているので、彼女たちが子育てをしたのは一九世紀末から二〇世紀初めと考えられる。編者マーガレット・ルエリン・デイヴィスは、これは女性労働者が初めて自分たちの生活について語り、労働者階級の母親であることの問題を明らかにしたものであるとしている（二）。同書のノートン版の序を書いたリンダ・ゴードンによれば、熟練労働者で組織するギルドの役員は、労働者のなかでも恵まれた部類に属し、貧困層とは一線を画するため、報告されている生活状況は労働者階級を代表するとは言い難いとのことである（vii）。しかし、そこに記されているのは、どうひいき目にみても「恵まれた」とはいえない生活状況である。収入として記載されている週給の金額は人によってかなり幅があるが、たとえばB・シーボーム・ラウントリーが貧困線とした収入（夫婦二人と子ども三人の家族の場合、週給二一シリング八ペンス）を満たさない人も少なくない[35]。また同一人物でも時期によって収入には差があり、それに伴って生活状態も大きく変化する。なかには、家賃と石炭代を払ったら日曜日には食事ができなかったこともある、というような証言もある（四九番、一八〜二二シリング、子ども八人、死産二人）[36]。この同じ女性は、失業がちな夫が週一八シリング稼いでいた時期はレディになったような気持ちだったと書いている。このような安定しない収入をもとにやりくりする苦労、収入を得るための労働や家事による過労、栄養不良、度重なる妊娠・出産、婚姻内レイプとでもいうような夫婦関係など、妻・母となった女性にとって過酷な状況が『母性』には記されている。

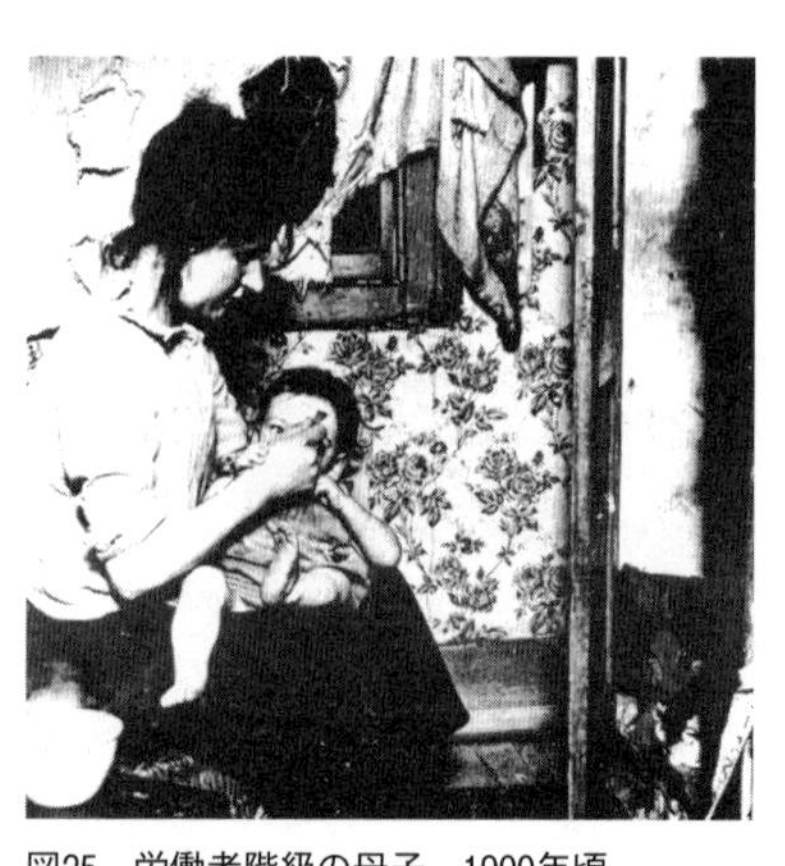

図25　労働者階級の母子　1900年頃

一九世紀末から二〇世紀初頭にかけて出生率が低下したにもかかわらず乳児死亡率がなかなか低くならないという状況があったため、人口減少の危機が叫ばれていた[37]。帝国維持のためには健康な白人人口の増加が急務であり、乳児死亡率を高めている労働者階級の母親を啓蒙するための教育が必要である、と主張された[38]（図25）。そして乳児死亡率を下げるための有効な方法として母乳哺育が推奨され、新生児家庭訪問などを通じて、個別に指導が行われたりもした[39]。

このような運動が功を奏したのか、『母性』を読むと、労働者階級の母親たちが授乳の重要性について十分に認識していたことがわかる。「母乳が赤ん坊にとって最高の栄養なのです」（五四番、一六～三〇シリング、子ども四人）というような考えを示している母親が多い。産後八週で工場労働に戻ったものの、生後一年まで授乳を続けた者もいる（一三番、七～二六シリング、子ども二人）。一方、人工哺育の危険性についてもわきまえており、実際に人工哺育を行った母親は「授乳できない母親は、絶対にベビーフードやラスクなどは与えてはいけません。〔中略〕乳だけ――できれば人乳、もしだめなら動物の乳を薄めたもの――が乳児にとって安全なものなのです」（五一番、二四～三〇シリング、子ども一〇人）と、乳児の栄養物についての知識をもっていることを披露している。哺乳瓶で授乳しなければならなかったことを非常に屈辱的なことと考えている母親もいる。「最初の四人には授乳できましたが、五人目のときは医師の不手際で産後三か月間寝つくことになり、赤ん坊には哺乳瓶で授乳することになりました。このときの苦しみを繰り返さないために、六人目のときは医師を呼ばず、一人で産みました」（九六番、約二四シリング、子ども六人、死産一回、流産数回）。

母親たちはこのように母乳哺育の大切さを十分に認識しつつも、同時にそれを実行できない障害があることを嘆く。まず、厳しい労働が母乳の出を悪くするということは多くの母親が指摘している。「仕事をし、心配事の絶えない母親は、赤ん坊にとって必須の乳が出なくなってしまうのです」（七五番、二六～三二シリング、子ども四人、流産一回）。「若い母親たちのほとんどが授乳できません。どうしてでしょうか。私が思うに、妊娠中に働きすぎて、十分な休養をとっていないためです」（五四番、一六～三〇シリング、子ども四人）。この母親自身は、授乳の重要性に軍配を上げて、仕事を辞めて授乳した。「乳母に出すことは決してしませんでした。一歳になって歩けるようになるまで働きに出ず、授乳しました」。しかし、しばらく仕事を休めた自分とは違って、「仕事に出なければならないので、最初からまったく授乳しない人もいます」とも書いている。(40)

証言のなかでとくに目を引くのが、家事の重労働が授乳を妨げる原因として指摘されていることである。「産後まだ十分回復しないうちから家事をしなければなりません。当然赤ん坊に授乳する時間もありません」(二八番、二〇～四五シリング、子ども五人)。産後、医師の指示に従って休んでいれば、どうしても産後乳母、洗濯婦などへの支払いがかさむ。それを節約しようとすると自分で立ち働かなければならない。「お医者さんは、産後少なくとも一か月は休まなければならないと言ったけれど、私がそうはできないこともわかっています。家事と育児をしてくれる人を雇えないと知っているから」(二〇〇番、一〇～一四シリング、子ども七人、流産一回)。加えて、すでに幼い子が何人もいると、その世話もあって疲れ果てて授乳できなくなる。「六人目までは、産後ちゃんと授乳できるように、出産前に上の子たちのために靴下や衣服の用意を整えておきました。[中略] 六人目を生んだときには、もう子どもはたくさんだなどとは言いませんでした。でも最後の一人のときには考えが変わりました。授乳できなかったからです」(四一番、三〇シリング、子ども七人、流産二回)。六人の子どもの面倒をみるのに忙しすぎて体力を消耗し、授乳が困難になったというのである。六人ではなく、たったひとりの子どもでさえ、身重の身体で洗濯婦として朝から晩まで働き続け、死ぬ思いで出産をした身にとっては十分すぎる重荷となる。産後二日目から三歳半の上の子の面倒をみながら家事をしているうちに「母乳が出なくなり、ついには赤ん坊を亡くしました」(五番、一七シリング〜一ポンド一シリング、子ども二人）と証言した母親は、国が働く母親が安心して妊娠出産できる施策を講じるべきだと主張する。

多産も共通した悩みである。二〇年間に一一人出産、流産二回（一番）、九年間に五人出産、流産一回（二〇番）、三年間に三人出産、流産一回（二一番）、六年間に五人出産、流産一回（二四番）、三年間に三人出産（二五番）、二年五か月のあいだに三人出産（三四番）、一八か月のあいだに二人出産（一〇一番）など、連続して妊娠・出産を繰り返している女性が非常に多い。このため体が弱くなり、結果的に授乳できなくなったと書いている者が目につく。妊娠・出産の生理についての無知を嘆く者もあるが（二四番）、なかには多産の原因である夫たちの身勝手さに批判の矛先を向け、「そろそろ男たちに、女が単に自分たちの欲望を解消するための物ではなく、理想をもつ人間であることを知らせなければならない」（四一番、三〇シリング、子ども七人、流産二回）と書く者もいる。

一方、興味深いことに、労働者階級においても美容上の理由から授乳しない場合があることが証言されている。「とんでもない話は、授乳すると胸の形が崩れるからと授乳を止めさせる義母がいること。教育が必要です」（五四番、一六〜三〇シリング、子ども四人）。これは義理の母が授乳を止めさせたという話だが、その世代が富裕階級の価値観を自らのものとしていたことを示している。労働者階級の女性たちのあいだにも上の階級の女性を理想とする考え方が広まっていたことを皮肉な形で表している証言といえるだろう。一方、「母親というものは決して自分のことは考えません。いつも家族に快適な思いをさせようとしています」とセアラ・エリスからの引用かとみまごう文を書いている者もいる（二五番、一六〜二七シリング、子ども六人、流産一回）[41]。

これらの証言を読むと、労働者階級の母親たちは、赤ん坊にとって母乳哺育が最適であるとわかっていたこと、しかし、母乳を与えたくても、過労や度重なる妊娠・出産のために体力を消耗して乳の出が悪かったり、仕事・家事・育児に追いまくられて与えられない場合が多かったことがわかる。次の証言は、過労にならずにすむ金銭的豊かさが母親としての喜びを享受するための前提であることを率直に表明している。

私は確信しているのですが、知識がないからというよりは、手許不如意ゆえに、それほどまで苦労しなければならないのです。[中略]子どもたちを養育するお金がたっぷりあるなら、母親であることのすばらしさを享受できるでしょう。しかし、現実にどんな母親が子どもを産もうとするでしょうか。家計逼迫のため、子どもは一刻も早くとせかされて、世俗の骨折り仕事に押しやられるようになるというのに。(六二番、二四〜三六シリング、子ども一人、死産一回、流産一回)

この手紙の筆者は、まずは母親自身がいろいろな心配をせずに出産・育児に臨めること、そして生まれてきた子どもに十分な世話ができる金銭的余裕があること、それこそが慈しみ育てる母性の基盤であることを生活実感に基づいて厳しく指摘している。

『母性』に収録された手紙を書いた母親たちは、自分たちの窮状を意識化し、言語化することができた。彼女たちは、組合に属して勉強の機会をもつなど、労働者階級のなかでも比較的恵まれた階層の母親たちである。家で家事、育児に専念する母親というミドルクラスの理想の母親像を共有していたこともみてとれる。乳児を安全に育てるためには母乳哺育が一番であることもよくわかっている。しかし、そのために何よりも必要なのは、金銭的余裕に裏付けられた生活なのである。ここでは、「母性」は満足な環境がなければ発揮できないことが痛切に訴えられている。

注

（1）　Marlow 35, 64.

（2）　*Gladstone Diaries* Vol. 3, 33. 本節の同書からの引用はすべて第三巻からである。以降は文中の引用・参照箇所末尾の括弧内に頁数のみを示す。

（3）　チャールズ・ロコック（一七九九〜一八七五）は産科医。一八四〇年、ヴィクトリア女王の首席産科医に任命され、女王の出産の全てに立ち会った（"Locock, Charles," *ODNB*）。また、一八四七年四月のディケンズの妻キャサリンの第七子出産にも立ち会っている（Dickens, *Letters* 5: 58）。

（4）　ホジスンは一八二二年から四八年までバーミンガム総合病院の外科医長として勤めるかたわら、バーミンガムで広く開業しており、ロバート・ピールとその家族も患者として名を連ねた。後年王立外科医協会の会長も務めた（"Hodgson, Joseph," *ODNB*）。

（5）　婦人衛生協会（The Ladies' Sanitary Association）の乳母反対運動についてはRose 52-53 参照。

（6）　動物からの直接授乳では、授乳器具の消毒が不要で、運搬によるミルクの劣化もないため、通常の人工哺育の場合に比べて乳児の死亡率が低かった（Fildes, *Wet Nursing* 146-47, 240）。動物からの直接授乳の様子は、第一章の図9参照。

（7）　たとえば、第三子スティーブン・エドワード（一八四四年四月四日生まれ）の出産時には、出産当日に、「直後に授乳してみたら、よいほうの乳で成功した。そして一〇時には、膿瘍で苦しんだほうでも授乳できてとても安堵した」（三六六）と書いたあと、四日後には「不安な日になった。また以前の不調に陥るのではないかというかすかな心配があったのだ。しかし、ありがたいことに夕方にはかなり気が楽になった」（三六七）と書いている。

（8）Routh, *Infant Feeding* 77.

（9）キャサリン・ディケンズの伝記を書いたリリアン・ネイダーは、キャサリンの妊娠出産について、頻度、出産時期、出産間隔などを表とグラフで表している。それによると、一八三六年から一八五二年までの一七年のうち、妊娠している時期がなかったのは一八四二年の一年だけである（Nayder 156）。

（10）一八三六年にディケンズの作品『村のコケット』をもとに喜歌劇を作曲した。

（11）ディケンズの戯曲作品『奇妙な紳士』（一八三六）や『あれで奥様かしら？――風変わりな事件』（一八三七）などに出演した。

（12）"New Letters" 77-78.

（13）Forster 308.

（14）ネイダーは、キャサリンは、第四子以降は乳母を雇うことに罪悪感を感じなくなったとしている（Nayder 106）。

（15）Humble xxv–xxvi.

（16）Katona 447.

（17）ヒューズはビートン家の子孫から借り受けたイザベラの日記などをもとにこの伝記を書いており、以前の伝記ではふれられることのなかった一家の名誉を汚すとみなされるような点にまで踏み込んでいる。

（18）結婚時に梅毒に感染した妻は、五年程流産を繰り返すが、その後健康な赤ん坊を産むようになるというパターンがあった（Hughes 183）。

（19）"Russell, Katharine Louisa, Viscountess Amberley," *ODNB*; "Russell, John, Viscount Amberley," *ODNB*.

（20）『アンバリー・ペイパーズ』の参照箇所は本文中の括弧内に巻数と頁数を記す。

（21）ケイトの母、レディ・スタンレーは知識人や政治家が集まるサロンを開いており、女子教育の推進に深くかかわった人物である（"Stanley, Henrietta Maria, Lady Stanley of Alderley," *ODNB*）。

(22) ベビー・ファームについては第四章第二節参照。ケイトと母が乳母探しをしていた一八六五年八月には、同年二月にトーキーで起きた託児業ウィンザー夫人の乳児遺棄事件の裁判の続報が新聞をにぎわせていた（『タイムズ』では七月二九日から八月一二日までのあいだに一〇件の関連記事が掲載されている。29 Jul. 1865, 12; 1 Aug. 1865, 6; 2 Aug. 1865, 9; 5 Aug. 1865, 6; 10 Aug. 1865, 7-8; 11 Aug. 1865, 10; 12 Aug. 1865, 8-9）。この事件報道も、ケイトと母が乳母の子の預け先を訪問した理由となっているかもしれない。

(23) Crane and Johnston x-xiv.

(24) 以降『忠誠の庭』からの引用については、引用末尾の括弧内に頁数を記す。

(25) アーヤ ayah はインドで乳幼児の世話をする乳母（ナース）。授乳する乳母（南インドではポルトガル語由来のアーマ amah と呼ばれ、北東インドではヒンドゥスターニー語でダーイ dai, daye, dhaye, dhye, dy, dyah と呼ばれた）とは区別される。

(26) 『インド家政大全』は一八八八年に初版が出版されたあと、一九二一年まで三三年間にわたって少なくとも一〇版が出された（Crane and Johnston xxviii）。以降、参照箇所は本文中の括弧内に版数と頁数を記す。

(27) カルカッタの軍医だったフレデリック・コービンは『インドの気候下での小児の養育と病気』（一八二八）で、授乳しないのは神に背くことであると書いて強く授乳を勧めるが、インドにおいては現地人乳母を雇うほうがよいという考えが医師のあいだで一般的だと認めている（Corbyn 10, 14）。また、「数年間インドで開業していた医師」も、以前は、若い母親は社交を優先させて授乳をないがしろにしていると考えていたが、インドで一二年間開業するうち、この点については情け深くなった、と述べる。インドの気候がヨーロッパ人の体質を害し、授乳に適さないものにする例をたくさん見たから、と言うのである（A Medical Practitioner 57）。また、同医師は、ヨーロッパ人の母親の乳は健康的ではなく、子どもに悪影響を与えることが多い、ともしている（五四）。ボンベイの軍医で植民地政府による家庭の医学書コンテストで優勝したウィリアム・ジェイムズ・ムアは、インド在住のイギリス人の母親は、一人目は授乳できても、二人目、三人目はできなくなることが多いので乳母を雇うべきであると書く（W. J. Moore 550）。

(28) 英領インド在住者向けの育児書における乳母選択に関する記述については、拙論「英領インドにおける母（ハウス・マザー）の身体」（江藤秀一編『帝国と文化』春風社、二〇一六年所収）第三節を参照されたい。
(29) 乳母への嫌悪は乳母を勧める医師たちによっても報告されている。マドラスで一七年間にわたって開業し、検死官も務めたロバート・スレイター・メアは、「現地人の乳母にまかせることに対して、根強い、克服できない偏見をもつ母親もいる」（Mair 114）と書いている。ウィリアム・ジェイムズ・ムアも「現地人女性に任せることを、根拠なく、しかし否も応もなく、嫌う人が多い」（W. J. Moore 550）と書いている。二〇世紀になっても、医師ケイト・プラットは、乳母への偏見には根拠がなくもない、とインドで乳母雇用を嫌がる母親たちに同情的である（Platt 84）。
(30) Ellis, *The Wives of England* ix.
(31) 女王はこの娘への手紙で、普段は口に出せないことを書いて、格好のストレス解消手段としていた（St. Aubyn 273）。女王の手紙の引用は Victoria (Queen of Great Britain), Empress Victoria (consort of Frederick III, German Emperor), Roger Fulford (ed.), *Dearest Child: Letters between Queen Victoria and the Princess Royal, 1858-1861* による。引用箇所末尾の括弧内に手紙の日付を記載する。
(32) St. Aubyn 159. 強調原文。
(33) 一八四一年に生まれた第二子（のちのエドワード七世）のために雇われた乳母メアリ・アン・ブラフは飲酒のためにクビになっている。この乳母は一八五四年に、自分の子どもを六人殺害し自殺を図るという事件を起こしたが、裁判では精神錯乱が原因とされて無罪になった。
(34) Davies 1.
(35) ラウントリーは一八九九年、ヨークの全労働者階級の家庭を訪問して生活状況を調査した。栄養学者に助言を求めて、身体的健康を維持するために必要な熱量や栄養について定めるとともに、地域の食料品の最低価格を調査するなどして、「ただ身体的健康を維持するためだけに必要な最低限の食物、衣服、住居」（一一八）の金額を計算した。これをもとに家族構成に応じて必要最低収入を計算し（一四三）、それを満たさない家庭を「第一次貧困家庭」と呼んだ。必要最低収入には、旅行や娯楽のための支出はもちろん、病気になったときのための備えも含まれていないので、たとえ貧困線より上の収入を得ている家庭でも、家族に病人がでて医者に診てもらわなければならなくなると、とたんに貧困線以下に落ちた。『母性』掲載の手紙でも、子どもが病気で医師への支払いが一回の診察ごとに一ポンド一シリング、看護婦にも最低一日一シリングかかる（一二八番、二八シリング、子ども七人、死産三回、流産四回）、夫が病気で週五シリングの薬代がかかった（一一四番、二五シリング、子ども二人）などと記録されている。そしてその出費は妻が自分の食事をけずることによってまかなわれたりした。ある女性は、夫が足場から落ちて怪我をし、週一二シリングの治療代が必要になったとき、自分の食事を切り詰めたと書いている（一二番、二ポンド二シリング、子ども八人、死産一回、流産四回）。

(36) 個々の手紙からの引用末尾には、手紙の番号、世帯の週収入、子どもの人数、出産に関する情報を、括弧に入れて示す。

(37) 乳幼児死亡率は一九世紀初めに出生一〇〇〇当たり一五〇だったものが世紀を通じてあまり変わらず、一九〇〇年ごろにようやく下降傾向を示すようになった（Garrett et al. 7）。また、女性の雇用が多い地域で乳児の死亡率が高いことも問題とされた（"Infant Mortality," *Times* 10 Dec. 1872, 4; "The Influence of Female Employment upon Marriages, Births, and Deaths," *Lancet* 20 Sept. 1890: 627）。

(38) 一九〇五年、ブライトン市の保健医官で、のちに地方行政庁医務局主任医官となるアーサー・ニュースホームは、「出生率が下がっている現状において、乳児の命を救うことは大英帝国維持にとって重要である」（四九四）と述べ、乳児死亡率が下がらないことを「真の愛国者はみな真剣に考えなければならない」（四九五）としている。二〇世紀初頭のイギリスにおいて母子保健対策が帝国拡張政策と結びついていたことについては、Davin, "Imperialism and Motherhood"も参照のこと。また、ニュースホームのあとを継いで地方行政庁医務局主任医官になったジョージ・ニューマンは、乳幼児死亡率を下げるためには、母親の教育が何よりも重要であると主張した。ニューマンは『乳幼児死亡率──社会問題』（一九〇六）で「乳幼児死亡率の問題はひとり衛生の問題でも、住環境の問題でも、さらにいうなら貧困の問題でもない。なによりも母親の問題なのだ」と述べた（Reid 191、強調原文）。

（39）新生児家庭訪問についてはReid の論文に詳しい。

（40）収入が増えて食事がよくなると母親の体が健康になり、結果的に乳児死亡率が下がったことについては、Millward and Bell 参照。また、女性が就業しているために、授乳できないことも含めて子どもの世話がなおざりになり、乳児死亡率が高くなるということについては、プレストン、レスターのように女性の就業率が高い都市における乳児死亡率についての研究で、相関関係があったことが示されている（Millward and Bell 727）。また、アメリカ南北戦争時には、ランカシャーの綿産業が打撃を受けて雇用がなくなり、貧困のため飢える者が増加したが、母親が在宅したため乳児死亡率は大幅に下がったとのことである（Rendall 94）。

（41）「一九世紀末までには、労働者階級の既婚女性は、主として家庭の主婦という無報酬の労働を自分の仕事とみなすようになった」（Rendall 85、強調原文）。Joanna Bourke, "Housewifery in Working-Class England" 336 も参照。

終章　乳母の復活

本書では、一九世紀イギリスを中心に、乳母をめぐる言説、表象をたどってきた。乳母雇用階級の言説はつねに乳母への懸念を表していた。乳母から劣等の性質を注ぎ込まれる、病気をうつされる、家庭内の混乱を生じさせるなどの心配のほか、乳母の子が置き去りになり生命の危機に直面する問題もミドルクラスを悩ませた。授乳しないミドルクラスの母親は非難の対象となり、子どもの愛情を失うなどと脅された。しかし、乳母についての懸念や批判はどれ一つとして、その雇用を完全に断念させるものとはならなかった。『タイムズ』に掲載された乳母の求職広告数によれば、乳母需要は一八五〇年代後半から一八六〇年代前半にピークを迎え、その後急速に少なくなっていくものの、一九世紀末まで広告掲載は続く。結局、乳母雇用は、安全な母乳代替物と人工哺乳器具の発達によってその必要がなくなるまで続いたのである。

この間一貫して乳母自身の声が表面に出ることはなかった。わずかに新聞広告の文言からその姿をかいま見ることができるだけである。ディケンズは『ドンビー父子』で乳母に声を与えたが、それはミドルクラスの子どもにとってのよき代理母として理想化された乳母の声であった。一九世紀末、ムアの時代になってようやく、乳母も自ら子をもつ一人の母親として真情を吐露する場が与えられた。エスターは、我が子を他人に預けながらよその子の授乳をしなければならない苦しみとともに、乳母を雇用する階級の身勝手さと乳母慣習への激しい批判を口にする。それはすなわち乳母としての自らの存在をも否定する発言となる。乳母が初めて声を与えられたとき、乳母は自らその存在に終止符を打ったのである。

このようにしてついに消滅した乳母だが、二一世紀に入って復活のニュースが流れた。二〇〇七年の英米豪の新聞・雑誌には、相次いで「母の乳ではなく」（『ガーディアン』二〇〇七年一月五日付）、「乳の選択肢」（『ワシントン・ポスト』二〇〇七年一月一六日付）、「母乳の外注」（『タイム』インターネット版二〇〇七年四月一九日号）、「乳母――セレブの最新アクセサリー」（『マリ・クレール』オーストラリア版二〇〇七年八月号）、「乳母の復活」（『デイリー・メイル』二〇〇七年九月七日付）などというタイトルで、乳児哺育の場に乳母が再登場したことが報じられている[1]。人工哺育の安全性が十分に確立した現代の先進国でなぜ再び乳母が必要とされることになったのだろうか。

現代の乳母

前項に挙げた記事のうち、『マリ・クレール』オーストラリア版掲載のレオ・ベアー「乳母――セレブの最新アクセサリー」をもとに現代の乳母事情をみてみよう。この記事はアメリカでの乳母復活についてのものである。俳優、テレビ・アンカー、実業家などとして働く裕福な母親たちが乳母を雇っているという。母親たちが乳母を雇用する理由は、容姿を保つため、豊胸手術が原因で授乳できない、などが挙げられている。また、いかに人工乳が改良されようと、人乳のほうが赤ん坊は健康に育つという考えにはだれも異を唱えることができないため、自分で授乳しない母親が罪悪感から乳母を雇おうとすることもあるという（六六）。

この記事で紹介されている乳母斡旋所では一〇〇人もが乳母登録をしているとのことである（六四）。乳母登録者たちの年齢は二〇歳から三〇歳ぐらい、最近第一子を出産した未婚の母、あるいは子どもを亡くした人たちが多いという[2]。雇用主が費用を負担して乳母候補者の検査を行い、いったん雇用されると、乳母は自分の部屋を与えられ、しばしば車も自由に使うことができるとのことである。賃金は週給千ドルから二千ドルという高待遇である。子どもがいる場合は、その子も連れて住み込めるようだ。

雇用主のプライバシーを保つため、実際に乳母になった人の声は掲載されていないが、斡旋所に登録した乳母候補者の一人のインタビューが掲載されている。彼女は四〇歳で自分の子が三人あり、さらに七回代理出産をしたことがあるという。一週間に七リットルも乳が出るので、近所の人にあげたり、母乳銀行に寄付したりしているが、代価をもらえるならそのほうがいいと乳母登録したようだ。家族がいるので住み込みの乳母にはなれないが、日勤で、条件が合う相手を探しているところだという（六四）。

このような流行に対して、専門家はまずＨＩＶなどのウィルス感染のほか、薬物の移行を懸念する。また、発達心理学者は心理的危険を指摘する。母乳哺育が作り出す母子の緊密な関係が失われてしまう、赤ん坊が複数の人間と密接なつながりをもつことになるのはよいことだが、母親が自分を母親失格だと思ったり乳母に嫉妬したりする可能性があり、そうすると結局赤ん坊にマイナスの影響を与えることになる、また、授乳期間が終わり乳母と赤ん坊が別れるとき、双方が感情的トラウマを被る可能性がある、などの弊害が挙げられている（六四）。この記事に関連したウェブページには一時期読者の反応が掲載されていた[3]。そこでは、子どもを産むなら自分で育てる覚悟で産むべきだ、赤ん坊に必要なのは栄養だけではない、母子間の愛着が必要なのだから、母乳を与えられなくても粉ミルクを自分で飲ませるべきだなどと、乳母を雇う母親を批判する意見が中心であった。このような批判は、一九世紀の授乳しない母親への批判を思い出させるものである。

一九世紀には「置き去りになる乳母の子」が大問題になった。先の記事では、乳母の子も雇用者の家に住み込めるとのことなので、その通りならこの問題は生じないだろう。しかし、別の記事のなかにはこの問題に言及しているものがある。二〇〇七年一月一六日の『ワシントン・ポスト』に掲載された「乳の選択肢」では、母乳推進団体「ラ・レチェ・リーグ」が乳母に強く反対していることが紹介され、その理由として、乳母として働こうとする女性が金銭的利益のみを考え、自分自身の子どもに及ぶ影響に注意を払わないことがある可能性を指摘している。金持ちが金にあかせて自分の子の健康を買うために乳母を雇おうとし、貧乏な母親が効率的に生計の資を得る手段とみなしてすすんで雇われるとすれば、置き去りにされる乳母の子の問題も再び表面化するかもしれない。

代理授乳

アメリカにおける乳母雇用については、もっぱらビバリーヒルズの金持ちの乳母雇用が中心に報じられているのに対し、イギリスでの復活記事は少し様相を異にする。二〇〇七年九月七日付の『デイリー・メイル』に掲載されたダイアナ・アップルヤードによる「乳母の復活」という記事では、善意に基づく授乳や、友人間の授乳、金銭授受のない代理授乳が紹介されている。たとえば、ベビーシッターとして雇われていた女性が、子どもをなだめるために自分の乳をふくませてしまい、母親は初め驚いたが、考えてみれば合理的だと受け入れたという事例や、友人の子どもがなかなか大きくならないので授乳を申し出た人の例、交通事故に遭って母乳を与えられなくなった母親から母乳の提供を依頼されたが、搾乳して届けるよりは直接授乳するほうがいいと他人の赤ん坊に授乳した例、などである。授乳依頼を受けた人のなかには、初め自分の赤ん坊以外に授乳することに抵抗を感じた人もいるが、この人は乳を欲しがっている赤ん坊のことを考えれば納得できたという。

このような授乳は交替授乳 cross-nursing、あるいは共同授乳 shared feeding など、実態に合わせて呼び方も多様である。このような、日本でも一昔前はもらい乳とよばれて実践されていた授乳方法は、基本的に金銭授受を前提としない、相互扶助の性質をもつものである。この場合、自分の子に授乳するのは大前提で、余剰分を困っている他人に供与するだけなので、「置き去りになる乳母の子」の問題は起きない。

このような授乳方法に対しては、先のアメリカでの乳母雇用に対するものとは異なった反応が生じている。ここで前面に出でくるのは生理的嫌悪感——自分の子どもが他の女の乳首を吸うなんてぞっとする――というものである。よく知った親類、友人なら授乳してもらってもよい、と条件付きで認める者はいるが、そこまでして人乳にはこだわらない、という者が大勢である。一九世紀の乳母をめぐる反応のなかに生理的嫌悪感から乳母を避けたいというものはなかった。友人、知人間のもらい乳は、とくに労働者階級のあいだでは日常的に行われていたと推測されるが、そこでは赤ん坊にとっての必要が優先され、赤ん坊を預ける母親の嫌悪感は、たとえあったとしても表に出すことは問題外だっただろう。もらい乳に対する嫌悪感を表出できるのは、人工哺育という他の同等に安全な選択肢があればこそである。

記事では、このような反応について、ニュージーランドの社会学者ロンダ・ショーの解釈が紹介されている。乳房を使って行う授乳にエロティシズムの意味付けがなされるため嫌悪感を感じているというのである。マリリン・ヤーロムの言葉でいえば、家庭的な乳房がエロティックな乳房を想起させるために生じる嫌悪感ということになるだろう。

自分の子が他人によって授乳されることを想像したときに出てくる生理的嫌悪感には、自分と自分が産んだ子のあいだにある親密な関係が他者によって侵犯されるという感覚も混じっているかもしれない。我が子に授乳できなかったキャサリン・ディケンズが乳母を恨めしそうに見つめていたとき、乳母に対する嫉妬とともにこの境界侵犯に対する反感も含まれていたのではないだろうか。このような反感は、生母が我が子に授乳することは他に譲るべからざる義務であるという考え方から生じる。この社会的規範は現代でも根強く生き続け、母乳哺育できない母親が自信喪失したり、母乳哺育しない母親への非難を喚起したりする。

授乳の文化性

現代の乳母雇用や代理授乳に対する反応から改めてわかるのは、母乳哺育規範の強さである。世界保健機関（WHO）をはじめ医学関係者が母乳哺育を強く推奨するなか、母乳を与えない母親は非難の目を向けられる。科学は母乳の優位性を示す証拠を次々に出し、母乳を与えられない母親を不安な気持ちに陥れる。

しかし現実には、母乳哺育に制限が加えられる状況や、必ずしも母乳哺育に優位を認めない文化もある。WHOの推奨が十分行き届いているはずの現代西欧の育児書のなかに、授乳によって夫が疎外感を感じないように配慮せよなどという一八世紀の『パミラ』を思い出させるような記述をしている育児書があるという。[4] 歴史を振り返ると、アイスランドでは一六世紀から一九世紀まで母乳哺育をしない習慣が続いたという。酪農国である同国ではクリームとバターが成功の象徴だった。そこで子どもにも力をもつものを与えようとして、母乳よりクリームを与えることのほうをよしとしたという。[5] ヨーロッパでは、一八世紀終りには広く初乳の効用が受け入れられるようになったが、地域によっては現在でも依然として初乳を禁忌とする所もある。ネパールのミシラ郡では、初乳禁忌のため、新生児に母親の乳を飲ませる前にまずヤギの乳が飲まされる。ヤギの乳には治癒力があり、両親から受け継いだ可能性のある欠点をなくしてくれると信じられているのである。[6] また、イスラム文化圏では、現在でも血縁関係、姻戚関係と並んで乳兄弟関係が存在する。女性たちが友人であることを証拠立てるために授乳しあうこともあるとのことである。[7] 母乳がダイオキシンや放射性物質に汚染された日本の母親も、必ずしも母乳が我が子にとって最良の栄養物であるとは考えられなくなっているかもしれない。母親による授乳は、生存のための普遍的な行為のようにみえるが、時代や社会に大きく影響される文化的営為なのである。

本書冒頭の絵に戻ろう。この、母親とばかり思い込んだ女が乳母であることを知ったときに覚えた当惑。慈しみに満ちたまなざしが実の母親のものではないということを理解しがたい思い。そして、このようないかにも愛情あふれる行為が金銭授受の行為であると知ったときに感じた違和感。母親による授乳を規範とし、それを母性愛と同一視する考え方が支配的である社会に生きる者にとって、乳母は謎に満ちた存在のように思われた。しかし、乳母をめぐる種々の言説を読み進めると、乳母雇用慣習が行き渡っていた時代の人々にとっても乳母は決して自然な存在ではなかったこと、そこにはさまざまな必要、思惑、イデオロギーが絡み合っていたことがわかる。本書では主として一九世紀イギリスの乳母を扱ってきたが、異なる国や時代の乳母や授乳をめぐる問題を考えることが意味をもつのは、それらが現在の私たちにとっても依然として問題であり続けているからである。

注

（1） これらの記事の筆者とタイトルは以下の通りである。Viv Groskop, "Not Your Mother's Milk"（*Guardian* 5 Jan. 2007）, Shannon Henry, "Banking on Milk: Options Are Growing for Women Who Can't Breastfeed"（*Washington Post* 16 Jan. 2007）, Jeninne Lee-St. John, "Outsourcing Breast Milk"（*Time* 19 Apr. 2007）, Leo

Bear, "Wet Nurses: The Latest A-List Accessory!"（*Marie Claire* Australian Version, Aug. 2007），Diana Appleyard, "The Return of the Wet-Nurse"（*Daily Mail* 7 Sept. 2007）．また、乳母を主人公とした小説も相次いで出版された。Julie Klassen, *Lady of Milkweed Manor*（2007）および Erica Eisdorfer, *The Wet Nurse's Tale*（2009）である。

（2）乳母候補者が未婚の母であることは、記事においても、読者の反応においてもまったく問題になっていない。

（3）"Wet Nurses: The Latest A-List Accessory!" *Marie Claire*. Web. 7 Mar. 2008.〈http://au.lifestyle.yahoo.com/b/marie-claire/1839/wet-nurses- the-latest-a-list- accessory/〉. なおこのウェブページは現在は確認できない。

（4）Penny and Andrew Stanway, *Breast is Best*（1978）という育児書には、赤ん坊が生まれるまで妻の乳房は自分のものだったので、夫は小さな侵入者に腹を立てるかもしれないとして、その気持ちを癒す方策（できる限り以前の恋人のイメージを保つように、など）を六項目にわたって書いているという（Maher 13-14）。

（5）Hastrup 97-99.

（6）Reissland and Burghart 464.

（7）Ensel 119.

付章　明治初期日本の母乳哺育と乳母についての言説
——欧米事情流入の影響

本章では、明治維新後の日本が、文明開化の名のもとに欧米の文物や考え方を取り入れる際、乳母雇用や母乳哺育など乳児哺育についての言説をどのように受け入れたのかを考察する。

一八七一（明治四）年六月発行『新聞雑誌』第三号の「報告」という広告欄には、東京の唐物店佐野屋重兵衛が出した、その名も「乳母イラズ」という哺乳器具の広告が掲載されている（図26）。器具の説明には、これを使って牛乳を飲ませれば、乳母への給料を払わずにすむし、乳母が病気か、その性質はどうかと心配せずにすむ、とある。イギリスでも初期の哺乳瓶の宣伝文句が「乳母はお払い箱」だったことを思い出させる。[1] 明治初期の日本でも、イギリスと同じように乳母は悩みの種だったようだ。イギリスでは乳母雇用が乳母雇用階級の母親のあり方と結びつけて論じられることが多かったが、同じようなことが日本でもあったのだろうか。

ここではまず、明治以前の乳母雇用、母乳哺育に対する態度を、江戸中期および後期の医家による育児書に確認したあと、明治初期に出されたイギリスの育児書の翻訳、および「日本近代の初期

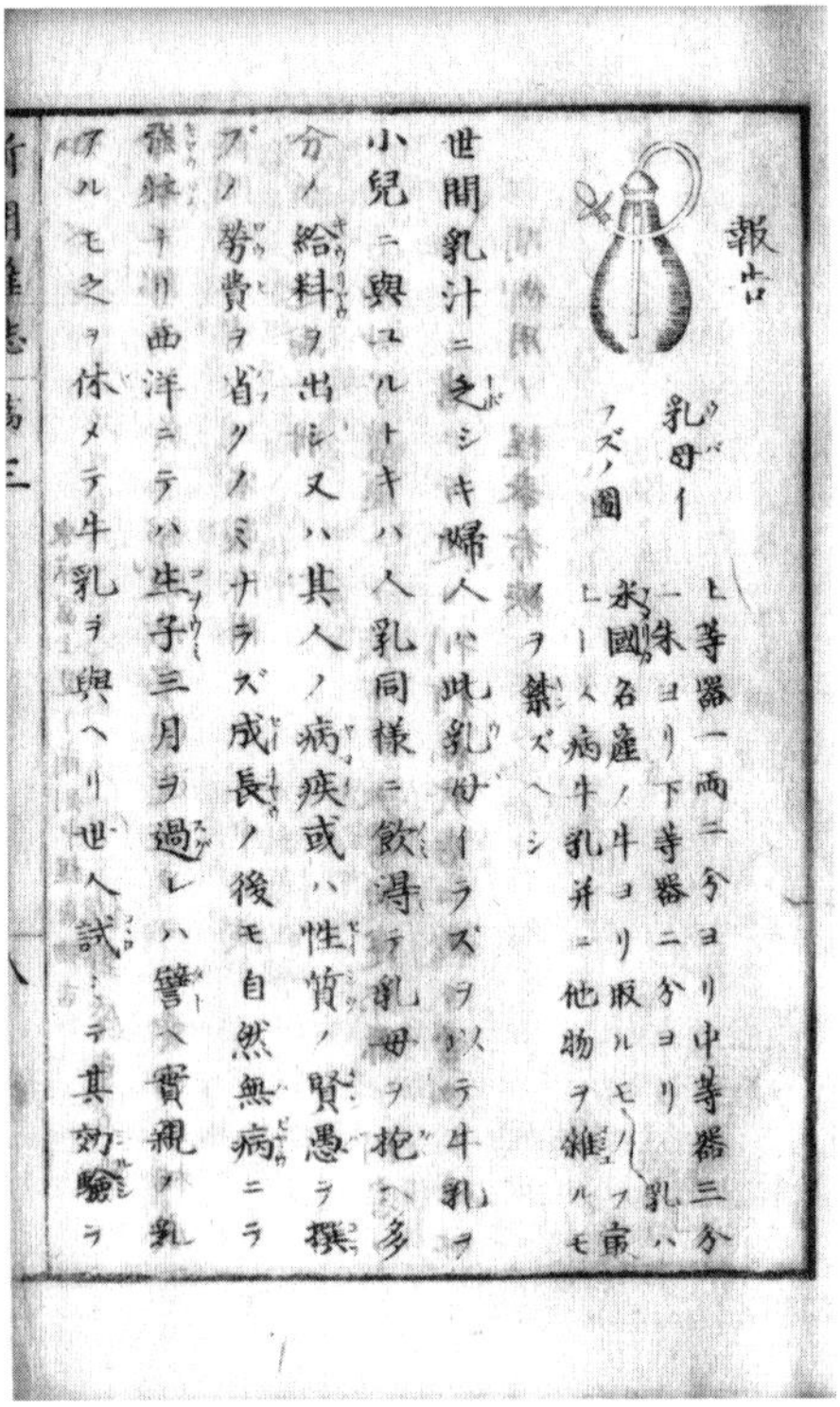
報告

乳母イラズノ圖

上等器一両二分ヨリ中等器三分一朱ヨリ下等器二分ヨリ乳ハ米國名産ノ牛ヨリ取ルモノヲ用ヒ一人病牛乳并ニ他物ヲ雑ルモ

世間乳汁ニ乏シキ婦人ハ此乳母イラズヲ以テ牛乳ヲ小児ニ與ユルトキハ人乳同様ニ飲得テ乳母ヲ抱ユル多分ノ給料ヲ出シ又ハ其人ノ病疾或ハ性質ノ賢愚ヲ撰ブノ労費ヲ省クノミナラズ成長ノ後モ自然無病ニテ強壮ナリ西洋ニテハ生子三月ヲ過レハ嘗テ實親ノ乳アルモ之ヲ休メテ牛乳ヲ與ヘリ世人試ミテ其効驗ヲ

図26　乳母イラズノ図　明治４（1871）年

の代表的な育児書」（横山 六九）とされる三島通良の育児書から、母乳哺育と乳母雇用についての記述を検討する。最後に、華族子女の教科書として用いられた下田歌子の家政書における乳児哺育についての記述が、下田自身の欧米視察の前後でどのように変化したのかをみる。明治初期に、乳児哺育に関する言説はどのように変化したのだろうか。そこでは乳母はどのような問題として現れていたのだろうか。

一　江戸時代の育児書

明治以前の母乳哺育、乳母雇用に対する態度をみるために取り上げるのは、江戸時代中期に書かれた日本で最初の育児書といわれ、長く影響力をもった香月牛山（一六五六～一七四〇）の『小児必用養育草』（一七〇三）、江戸後期の漢方医平野重誠（一七九〇～一八六七）が著した、我が国初の一般庶民向けの看護書とされる『病家須知』（一八三二）、幕末の蘭方医で種痘の普及に尽力した桑田立齋（一八一一～六八）の育児書『愛育茶譚』（一八五三）の三書である。

香月牛山『小児必用養育草』

香月牛山『小児必用養育草』の「生れ子に乳を飲しむるの説」という章では母乳哺育が説かれる。出産は「天理の自然」なのだから、乳汁が出るのも自然の道理であり、しばらく待ちさえすればよい（三〇二）。源義経の妻は、都落ちの途中に出産し、乳母など雇うことのできない環境にあって、自分の乳で育てた。高位の女性でも、病気ではなく乳汁も潤沢なら、授乳するのが「天理の自然」である。この理に納得したら、授乳以外の世話は他人に任せ、母親が授乳に専念するという方策をとればよい。授乳をすれば、次の妊娠まで三、四年あくので母親は健康を保てるが、乳母を雇うと、毎年妊娠することになり、多産のために命を落とすことも多くなる。また、産まれた子も虚弱になりがちである。このようにまずは母乳哺育が勧められる。

しかし続いて、現実には多くの妊婦は出産時に元気がなく、難産になることがあるので、乳汁が出にくいことが多い、とする。この場合、乳が出るようになるのを待っていると子どもは餓死してしまうので、乳母を雇う必要が出てくるとし、乳母選択の方法について一章をあてている。ここでは中国の医家の乳母選択時の注意を多数引用して紹介しつつ、「啓益［香月牛山の字名］、おもうに」などとして自分の意見を付け加えている。乳母の選択が大切なのは、乳を飲むことによって、子どもは乳母の性質、心根までも似ると考えられていたからである。乳母として避けるべき者としては、病弱な者、腋臭のある者、癩病、梅毒などの病気をもっている者、声が濁っている者、毛髪の少ない者などと、諸々の医書から引いて全部で一五の項目を挙げている（三〇二－〇三）。乳母は卑賤の出身なので、普段は薄着で粗食なのに、乳母として雇い入れられると、着過ぎ、食べ過ぎで体調が悪くなり、死に至ることもある。また慣れぬ行儀を教えられて乳が出なくなることもある。しかし、そのことを案じて逆に乳母の自由にさせると、乳母は増長し子どもをおろそかにすることがあると注意している（三〇四）。また、乳母の飲食物や感情、身体状況が子に影響を与えるとして、たとえば、うどんを食べてから授乳すると子はせむしになる、立腹時に授乳すると子は腹痛に苦しむ、悲しみ喜びの直後に授乳すると子は咳が出る、乳母が汗をかいた状態で乳を飲ませると子は疳の虫を生じるなどと注意すべきことを列挙している（三〇五－〇六）。飲食物や感情、身体状況が影響するなら、母親が授乳したとしても同じ注意が必要だと思われるが、右の注意はもっぱら乳母雇用時のものとして書かれている。

香月牛山は、産みの母が授乳することを「天理の自然」として説き、授乳すれば母子ともに健康に過ごせるとして勧めたが、現実には身体的理由によって授乳できない場合も多いとして、授乳しない母親を責めることはない。

平野重誠『病家須知』

平野重誠の『病家須知』は全八巻から成る看護書であるが、このうち第三巻が小児養育の心得にあてられている。乳児の哺育については、香月牛山と同じような理由で母乳哺育を勧めている。まず、産んだ子を母親の乳で育てることは「天然の道理」にかなうものであること、また、授乳中は母親も健康でいられることである。これらのことを理由に、裕福な家の婦人も、他のことは人に任せても授乳だけはすべきであるとしているのも牛山と同じである（上一八七）。

平野の記述で特筆すべきなのは、授乳の避妊効果について「大なる虚言（ソラゴト）」（上一八八）であると否定している点である。授乳の避妊効果は洋の東西を問わず広く知られており、多産を防ぎ母親の健康を保つとして母乳哺育を推奨する根拠になったり、逆に血統の存続を確実なものにしようとする夫が妻に授乳させなかったりした。平野の記述は長年にわたる町医者としての経験をもとにしているので、平野の周囲では授乳していても妊娠する例がよくみられたのだろう。現在では、産後六か月までは授乳には高い避妊効果があるが、それ以降は必ずしも効果がないといわれているので、「大なる虚言」という表現は言い過ぎだとしても、平野の観察は正しいものといえる。ただ、ここで平野が授乳の避妊効果を強い言葉で否定しているのは、この「常識」のために、多産を望む者が授乳しない場合が多いことを見聞きしていたからかもしれない。同じように世間でいわれている、子どもに乳を与えると容色が早く衰えるという通説にも言及し、それも「妄説（イツハリ）」（上一八八）と退けている。平野の口調には親の都合で授乳しないことを戒める響きがある。

　このように平野は人々の先入観を否定しつつ母乳哺育を勧めるが、乳が子に合わない場合、母親に病気がある場合、また舅姑父母の介護に時間を取られる場合などは授乳を中止するのもやむをえないとする。このような理由は、「安逸怠惰（ナマケオコタリ）」（上一九三）ではないので、早く性質のよい乳母を選んで任せるべきであるという。平野による乳母の選択基準は以下の通りである。年齢は二〇歳から三〇歳。生母と同じころ出産した者が最良である。顔形、体形、顔色、歯茎、皮膚、姿勢、声、気性などがいかにも健康的な者を選ぶこと。また、乳母の子を連れて来させて観察することを勧めている（上一九四）。乳母の子を判断基準とすることを勧める記述は一九世紀イギリスの育児書には必ずあるが、今回取り上げた江戸時代の他の育児書にはみられない。平野はまた、一時的にもらい乳をする場合にも、乳をもらおうと思う人の子を注意して観察すること、と書いている（上二〇四）。乳汁は甘いものがよく、濃いより薄いほうがよい。乳を爪の上にたらしたときさっと流れて白くあとが残らないものがよい（上一九五）。乳を爪の上にたらしてその移動速度によって濃淡を確かめる方法は、古代ローマのソラヌスが唱えたネイル・テストと呼ばれるものと同じで、イギリスの育児書でもしばしば言及されている。平野はまた、眼に垂らして検査することも提案している。この場合、眼にしみて痛みを感じる乳はよくないとする。

　このような条件にかなった乳母を雇ったあとも、日常の養生に気をつけなければならないとする。さもなければ乳の質が悪くなり、乳の出も悪くなるからである。行儀を正して家風に従わせようとすれば、必ず心がのびやかでなくなり気がふさいで病気になることもある。乳母は怠惰にならないようにさせなければならない。昨日まで家事や炊事に体を使っていた者が、突然、ただ食べ、身を温かくして子守以外に仕事がなくなれば胃腸の調子も悪くなる。心配したり、悲しんだり、泣いたり、怒ったり、恐れがあるときには、子に害があるので乳を飲ませてはならない。乳母が夫と会うことは厳しく制限すべきであり、飲酒も厳禁である。嘘つきなどの気質は子どもに受け継がれる。病気がわかったらすぐに解雇し、子どもに害が及ばないようにすること、などと注意を書き連ねている（上一九六―二〇一）。

香月は乳母の飲食物や感情、身体状況が乳を通して子に影響を与えるとして注意を促したものの、同じ注意が必要と考えられる母親に対しては注意をしていなかった。一方平野は、乳母も実の母も、その性質、食生活、服薬や病気についていいかげんに考えてはならないと授乳者として同列に並べて注意している（上二〇六）。別の箇所でも、赤ん坊が吐乳する原因として、母親の酒の飲みすぎもあるので、「意(ココロ)を注(モチヒ)て自己(ジブン)の身を顧(カヘリミル)べし」（上二一二）と注意を与えている。母親に対して授乳者としての自覚をもって自己管理をするよう戒めているのである。乳母を雇う場合、母親が「安逸怠惰(ナマケオコタリ)」のために乳母を雇うことは認められないとしていることからも、平野においては母親に授乳の責任をもたせる兆しがみられるといってよいだろう。

桑田立齋『愛育茶譚』

桑田立齋は、香月牛山や平野重誠のように、産みの母が授乳することを「天理の自然」とは規定していない。また、授乳すると産後の肥立ちがよいとか、授乳には避妊効果があるというような、母体にとっての利点を述べることもない。桑田が「自然」という言葉を用いるのは初乳の効用について説くときである。初乳を胎便排出を促す「自然の妙機」とし、また子の成長に応じて乳が濃くなっていくのを「天理の至妙」であるとしている。富貴の家では初乳禁忌と乳付けの風習が残っているが、これは天理に逆らうことで、子を早死させる原因になっていると批判している（二三丁ウ－二四丁オ）。初乳や乳の変化に価値を認めていることは、生みの母の授乳の価値を重くみていることを示すものといえるだろう。

桑田はこの後、乳を与えながら眠ってはいけないこと、時間を決めて授乳すること、離乳が始まったら乳と食事を続けて与えないことなどの注意を記述する。これらは文の流れからいって母親に対する注意と読み進むことができるのだが、この節の最後の病後の子への授乳上の注意のところまでくるとその前提が崩れる。病み上がりの子は飲み方が少ないので乳が張る。そのため次に授乳したときに勢いよく乳が出るが、前に飲んだ乳が未消化のところへ新しい乳が入ると子は苦しむ。「故に父母たる人心を用て児と乳母の意に委することなかれ」（二五丁オ）と注意がなされ、いつの間にか授乳者として乳母が想定されているのである。「始乳」と題されたこの節の始めのうちは、生みの母の乳を「天理」にしたがったものとして評価し、生母を授乳者として想定していた。しかし授乳中の注意を記述するうちに、想定される授乳者は乳母にすりかわっていくのである。生母による授乳が望ましいと考えてはいても、現実には乳母雇用が広く行われているため、自然とそれを前提にした注意が記されることになったと考えられる。

この節のあとに続くのは「撰乳（うば）」と題された節で、乳母の選択基準を記している。香月、平野と共通する点が多く、年齢は二〇歳から三〇歳で、すでに一、二人育てている者。産後三か月をあまり過ぎていないこと。乳の月齢が乳児の月齢と同じであること。乳汁は甘く、白く濃淡も適当なもの（桑田もネイル・テストに言及している）。疥癬、梅毒などに罹っていないこと。毛髪が少なく、声が濁っている者はよくない。そして、雇った後の注意も香月、平野と同じように、着せ過ぎず、食べ過ぎにならないようにすることや、立腹時に授乳させないこと、などを記している（二五丁オ－二六丁オ）。一方、香月、平野と違っているのは、嘘つきなどの気質が伝染するという記述がない点である。

桑田が初乳を重視していることは、少なくとも誕生直後は母乳哺育を重要と考えていることを意味するが、母親の授乳についての記述がいつの間にか乳母を前提とする授乳にすりかわっているところからみると、あくまでも母親が授乳を続けるべきであるという考えはないようだ。桑田には、平野にあったような乳母を雇う母親に対する非難の兆しはみられない。

育児の責任者は家長

右に取り上げた江戸時代の育児書は、いずれもまずは生母による授乳を勧めている。香月、平野は母親の授乳を「天理の自然」とし、桑田は母乳の備えた性質を「自然の妙機（ぐあい）」、「天理（てん）の至妙（おしへ）」とした。これらの文句はイギリス一八世紀から一九世紀の育児書で、生母による授乳を自然の掟としていたことを思い出させるものである。しかしイギリスの医師たちが、自然の掟を根拠に、授乳できるのにしない母親は母親の名に値しないなどと厳しく責めたのに対し、江戸日本の育児書の著者たちは、授乳しない母親に対して非難の言葉を浴びせることはない。平野には授乳にあたる母親に直接注意する文言がみられるが、授乳しないことを非難する主旨ではない。

この理由としては、そもそも江戸時代の育児書が母親を主たる読者対象としていたわけではないということがあるだろう。[2] たしかに『小児必用養育草』はその序で「婦人・愚夫のもてあそびぐさともせよとて」（一八八）かなで書かれたと記している。また、桑田の書の序にも、「田爺村嫗」でも理解できるようにふりがなをつけた、とある。つまりこれらの育児書・看護書は専門知識のない一般の人々を対象としていたということである。しかし、江戸時代には看病は家長の役割であった。[3] 平野の書につけられた挿絵でも男性が看護者として描かれているものが目立つ。したがって、家庭用の育児書・看護書の主たる読者として想定されていたのは家長・父親だったと考えてよいだろう。このような事情をふまえると、産みの母による授乳が「天理の自然」であるということはまずは父親に向けて説かれたのであり、それを受けて母親に授乳させるか、させないで乳母を雇うかは家長・父親に決定権があったと考えられる。したがって、母親が授乳しないとしても、母親自身がそのことの責任を問われることはなかったのである。

このような江戸時代の母親の授乳や乳母に対する考え方は、欧米との接触によってどのような変化を被ったのだろうか。次節では、明治初期の翻訳育児書を検討し、母乳哺育や乳母雇用についてもたらされた新たな考え方をみる。

二　明治初期の翻訳育児書

「日本近代・育児書目録」を作成した横山は、ゲッセル『子供育草』(村田文夫訳、原著一八六八年刊)が出版された一八七四(明治七)年から、プライヤー『幼児心意発達之理』(寺内穎重訳、原著一八八二年刊)が出された一八九五(明治二八)年までの約二〇年間を育児書の「翻訳期」とみている。このあいだに、アメリカ、イギリス、ドイツの育児書が約二〇点翻訳出版された[4]。

これらのなかには、本書でもしばしば言及したイギリスの育児書、シャヴァスの *Advice to a Mother*(本書では『母の手引き』として言及)第一二版(一八七五)とブルの *Hints to Mothers*(同じく『母の心得』)第二二版(一八七三)の翻訳も含まれている。前者は『育児小言』として澤田俊三によって訳され一八七六(明治九)年に出版、後者は大井鎌吉によって訳され『母親の教』として一八八〇(明治一三)年に出版された[5]。ここでは、これら二つの翻訳育児書が、明治日本の育児についての考え方、とくに授乳についての考え方にもたらした変化の可能性を検討する。

澤田俊三訳『育児小言』

第一章でみたように、シャヴァス、ブルなど一九世紀イギリスの育児書では、産みの母の授乳義務が強く唱えられていた。シャヴァスは、*Advice to a Wife*(『妻の手引き』)で、授乳しない母親は獣にも劣る存在で、授乳しないと子どもの愛情を失う、と脅し文句を記していた(二五五、二五七)。

『育児小言』の原書である *Advice to a Mother* のほうでは、次のように、授乳しないのは「親による乳児殺し」、「幼子の大虐殺」であるとまでいう（二八）。

The number of children who die under five years of age is enormous — many of them from the want of the mother's milk. There is a regular "parental baby-slaughter" — "a massacre of the innocents" — constantly going on in England, in consequence of infants being thus deprived of their proper nutriment and just dues!（五歳以下で死ぬ子どもの数が桁外れに多い。その多くは母乳不足によるものである。イングランドでは、乳児が、その身にふさわしい栄養物であり当然与えられてしかるべきものを奪われることによって、たえず「親による乳児殺し」、「幼子の大虐殺」が行われているのだ。）（*Advice to a Mother* 28）

この箇所にあたると思われる部分の澤田訳をみると次のようになっている。

小児の五歳以下にて多く死を致すものは大約母の乳養（ちのむ）に乏しき故なり。英国抔にも徒に兒の慈愛に溺るるものあり。多くは育兒の要を等閑にして餌食の適度を失ふに由り双親自から愛兒を寃死せしむるに至る。是れ全く慈親の罪と云ふべし。（『育児小言』一三丁ウ－一四丁オ。句点は引用者）

五歳以下で死ぬ子の多くは母乳不足である、という最初の文は原文通りだが、それ以下が別の話になっている。母乳不足による「親による乳児殺し」、「幼子の大虐殺」という激烈な文句は消え、結果として母親が授乳しないことへの非難はなくなっている。代わりに澤田訳で「親による乳児殺し」にあたる行為としてあらわれているのは、親が子ども可愛さに、子どもに合わないものを飽食させることである。澤田は巻頭で、この訳は「抄訳」であると断っている。原著の問答形式を論述体に変更し、要領よくまとめた箇所や削除事項もある[6]。シャヴァスの原著をみると、この箇所の少しあとに人工栄養についての記述があり、つい多く与えてしまいがちだが、それは子どもにとって害が大きいので注意するようにと書かれている。授乳しない富裕階級の母親批判はとばして、人工栄養の与え過ぎを親の罪としてまとめてしまったようだ[7]。

シャヴァスの、授乳しない母親への強烈な非難が日本の読者の目にふれることは澤田によって止められたが、母親に対して母乳哺育を強く説くことはシャヴァスの著作全体で一貫して行われており、それは澤田の翻訳によっても伝わったと考えられる。たとえば、生後三、四か月までは母乳のみで育てて人工物は与えないようにすること、身体が弱い女性でも妊娠出産できたのなら授乳もできる、授乳中は壮健になる、などという記述はそのまま訳されているので、母親に対してなだめたりすかしたりして授乳を促す姿勢は日本の読者にも伝わったことだろう。

乳母に関する記述についてみると、澤田は、その選択基準、雇用中の注意などを、概ね原著通りに訳出している。これら乳母に関する項目は、江戸時代の育児書の記述と共通する点も多い。しかし、シャヴァスの育児書は乳児管理を母親の義務としているので、乳母の管理ももっぱら母親の責任のもとにあるとする。このため、母親に対してそのことをよくわきまえるべしとする文句がしばしばさしはさまれるが、これらは澤田の翻訳でも「世の母たる者宜しく自警すべし」などと訳出されている。

大井鎌吉訳『母親の教』

次にブルの*Hints to Mothers*の大井による翻訳についてみてみよう。ブルもシャヴァスと同じく授乳の義務を厳しく説いた。

There are few women in the present day disposed to devolve the dearest and greatest privilege of a mother on a stranger. But whenever, without due reason, the *healthy* woman of fashionable life — from caprice, the fear of trouble, the love of pleasure, the anxiety to avoid the confinement which suckling necessarily imposes, or any cause of a like frivolous kind — feels disposed to break this law of her being, it behoves her to look to the possible consequences to herself of being out of harmony with it [...]. （今日では、母親としての尊い最大の特権を他人に譲ろうとする婦人はほとんどいない。とはいえ、正当な理由もなく、*健康な*上流婦人が、気まぐれに、あるいは面倒を嫌ったり、遊びたいがため、あるいは授乳によって家に束縛されるのを避けようと、はたまたその他同様の浮ついた理由によって、この母の掟［章の冒頭で「健康な母親がわが子に授乳することは自然の定律と呼べるだろう」と書いているものを受けたもの］に背きたい気持ちになったときは、その結果自らの身に何がふりかかるかをよく考えなければならない。）（*Hints to Mothers*

256）授乳できるにもかかわらず自分の都合で授乳しない母親に対する非難、警告がなされているこの箇所を、大井は次のように訳している。

「此の風習［乳母雇用］今日に於ては、巳むを得ざるの外は甚罕にして、昔時（むかし）の如く流行することなく、彼の母たるものゝ重大なる特権を他人に委ぬることを好む婦人多くはあらず、然れど健康なる身にてありながら当然（もっとも）なる理由（わけがら）もなく、全く浮薄にして遊楽を嗜むが為にか、又は哺乳のために家内に籠り居るの窮屈なるを避くるがためにか、其他此の類の瑣細なる原因よりして、前に云へる母たるものの法に背かんとするの心生じたらんには、そがために己の身に及ぼし来る災害如何と顧みて、深くこれを謹むべし」（『母親の教』三三二）

ほぼ原著通りであるが、健康にもかかわらず授乳しない場合に「災害」（病気の意）に見舞われると、直接的に訳出していること、また、最後に「深くこれを謹むべし」と原文にはない禁止文句を付け加えていることで一層強い調子になっている。この箇所に限らず、大井は原文の幾分もって回った表現を直接的に表現している。たとえば、授乳の仕方について、原著には、「自分の都合のよい時だけ授乳する母親はそもそも最初から授乳すべきではない」という皮肉な記述があるが（二六二）、大井は「己の都合好き時にのみ小児に哺乳する婦人あれど、甚悪しきことなり、決して箇様に哺乳を行ふべからず」（三三八）と訳し、直接的な禁止の表現としている。

乳母に関する記述は、選択基準、雇用後の注意など、ほぼ原著通りに訳出されている。乳母の選択や監督が母親の責任のもとにあることも、「その撰び方につき〔中略〕母たるものよく心得置かずはあるべからず」（三七〇）、「母たるもの篤と注意して、その世話の善悪如何なるかを監察すべし」（三七七）などとそのまま訳されている。

育児の責任は母親に

これらの翻訳育児書の内容は江戸時代の育児書と共通する点も多いが、何といっても一番大きな違いは、読者対象が父親ではなく母親であることである。医師が直接母親にアドバイスするという形式は、翻訳育児書によって初めて日本にもたらされたものだった。澤田はシャヴァスの *Advice to a Mother* という書名を『育児小言』と訳して、原題にある「母」という言葉を用いていない。澤田の訳書名は、それ以前の日本の育児書の書名で、多く「小児」や「養育」といった言葉が用いられてきた慣例にしたがった書名のようにみえる。しかし澤田は、巻頭の「例言」で、原著の書名の意味は「母親への心付といふ義なり」と説明し、その内容について、「凡そ人の母たるもの坐右の銘とすべき好書なれば力めて平易の文に抄訳し以て愛児の慈親に頒んと欲るなり」と述べて、母親を対象とした書物であることを特記している。一方、ブルの *Hints to Mothers* の大井訳による書名は『母親の教』とされ、原題にある「母親」を使い、さらに「翻訳緒言」で、原題は「母親への暗告といふ義なり」と説明を加えている。書名に「母」の文字が入っていることが日本の育児書としては異例であると受け止められることを予想し、先回りしてわざわざ原著の題であることを説明しているようにもみえる。このように母親を読者と定める翻訳育児書に接した人々は、父親に代って母親が育児に責任をもつ存在となりうることを意識しただろう。

責任が与えられるということは、それを果たさないときに非難や制裁を受けるということでもある。たとえば、授乳については、江戸時代の育児書でも、産みの母の乳が最も望ましいものであると書かれてはいた。しかし、育児書の主たる読者対象は父親だったため、育児書が生母の授乳を勧めはしても、生母に対して直接影響を与えることはできなかった。つまり、生母が授乳しないとしても、育児書の著者がそれを非難する回路はなかったのである。一方、書名からも明らかに母親を読者対象とする翻訳育児書は、授乳の勧めと授乳忌避への非難をともに直接的に母親に届ける。授乳するのが当然、しなければ非難を受ける、と教えられ、授乳に価値が付与されていった。こうして、翻訳育児書は、母親本人ひいては社会全体が子育てにおける母親の責任を重視する契機を作ったといえる。

三　三島通良『はゝのつとめ』

一八八九（明治二二）年に出された三島通良（一八六六～一九二五）の育児書『はゝのつとめ』は、横山によれば「ヨーロッパの医学書を参考にしながらも、日本の当時の現状を踏まえて良くこなれたもの」（六九）になっていた。三島は「我国学校衛生の創設者」とされ、母子衛生法の改良者としての功績も認められている。[8] 三島が『は、のつとめ』を著したのは、まだ東京帝国大学の医学生のときだったが、「国家富強の基は、人民の衛生に在り」と考え、とくに婦人と小児の衛生法が不十分なので自分で研究してその結果得た母子衛生法を公にすることにしたという（「親の巻」第二版の序）。江戸時代の育児書の多くが男性読者すなわち父親に向けて書かれていたのに対し、本書は書名にも明らかなように「一般婦人をして母親及ひ小兒に対する衛生上の事項を容易く理解せしめんとの目的」（「親の巻」凡例一丁オ）をもつものであった。本書は母親を育児の主たる担い手にするという点で、江戸時代までの育児書とは大きく異なる。本節では、同書における母親の授乳や乳母雇用についての記述を検討し、翻訳育児書によってもたらされた育児の責任者としての母親観がどのように浸透しているかをみる。

『は、のつとめ』は「親の巻」と「子の巻」の二分冊になっており、「親の巻」は妊娠・出産に関すること、「子の巻」は、誕生から就学までの子どもの養育についてを扱っている。三島はまず「親の巻」冒頭で、「受胎、妊娠、出産は、婦人の最も、愛す可き義務（つとめ）にて、養育教育は、最（いと）も神聖（たふと）き義務（つとめ）なり」（「親の巻」二丁オ）と書き、母親にその責務を認識させようとする。なかでも母親による授乳は重要な任務とみなされ、「妊娠中の養生」という章において「乳房の準備」に最も多くの紙幅を割いている。ヨーロッパの上流階級を引き合いに出し、母親が病気でもなく乳も出るのに乳母や牛乳で育てる場合があるというのが不思議でならない。自分で育てるのが嫌なら産まなければよい。ヨーロッパではなぜ母親が授乳しないのかと尋ねたところ、授乳すると早く年をとって容貌が衰える、夜中に起きなければならないのが面倒、というのが主な理由とのことだったが、まったく浅ましい話であり、こういった風潮は輸入したくないものだと書いている[9]（「親の巻」一八丁ウ）。「実に教養むと云ふ事は、人の母たる者の神聖義務なれば、夢等閑になさるな」（「親の巻」一八丁ウ）と覚悟を迫り、「職務を尽したる者には報酬あり。職務を怠る者には厳罰ありとは、社会一般の法律でありますが。受胎、妊娠、出産、及び乳を哺せる事の四ヶ条は、婦人一生涯の間の法律でありますから、婦人たる可き者は、必ず之を守らなければなりませぬぞ」（「親の巻」一九丁ウ）と命じる。続いて、授乳すると体調がよくなり「美人」になるが、授乳しないと体調が悪くなり「幽霊」のようになるとし、授乳できるのにしないと、「母親の身体に、何か必ず故障の出来て来るのは、当然のこと」（「親の巻」二〇丁オ）と、授乳しない母親はその報いを受けるとする。このような厳しい口調はブルなどイギリスの医師による育児書に非常によく似ている。

「子の巻」の第一章「小児教養法の精神」でも、まず母親が子育ての責任を自覚することを求める。「小児は国民の基礎で御座りまして、国民の健康と其元気とは、之を小児の時期に教養ざれば、決して真個の健康と元気とを、得ることは出来ませぬ。そして此教養の任に当らるるのは、婦人方であります。著者の敬する婦人よ、希くは厚く前條の主旨を体して、以て俊傑賢女の母儀たるべき任を尽されんことを望みます」（「子の巻」一丁ウ）と、子育てが国家的任務であることを説き、母親としての責務を果たすよう迫る。続く第二章は「人乳」と題されているが、乳母の乳は含まれず、もっぱら生母による母乳哺育について述べられている。母乳に対する飲食物、運動、精神状態、薬の影響などについても述べ、「母親の養生十則」をまとめている（「子の巻」三丁オ－六丁ウ）。江戸時代の育児書にも、母親の乳が少ないときの対応策を述べたものはあったが、三島はただ乳を出すだけではなく、よい乳を出すための養生訓を詳述している。そして、子が強壮になるかならないは母親の自己管理にかかっていると、その責任を強調する。

このように母乳哺育を強く勧めてはいるものの、母親が授乳できない場合もあることは認めている。第一に母親の身体衰弱のため乳汁分泌がないとき、第二に母親が肺病、梅毒、癲癇、癩病、脚気などの病気のとき、第三に母親が職務（交際、勤め）のため授乳できないとき、最後に母親の乳が子に合わないとき、である（「親の巻」一九丁オ－一九丁ウ）。このような場合「最も能く之に代る者は、乳母であります」（「子の巻」一〇丁オ）として、乳母について一章を割く。乳母雇用にあたって、乳母の鑑定というものはよい医者でなければできないが、医者の方でも、よい乳母を選ぶのは難儀であると書いている。一般的な選択基準としては、産婦と同じころに出産した者、年齢は二〇歳から三五歳まで、中肉中背、健康的な外見、歯が白く口臭のないこと、胸は適度に大きく、乳房は締まって大きく、乳頭は少し大き目、乳房にできものがない者。町の者より田舎の者のほうがよく、性質の落ち着いた者、愛嬌のある者、きれい好きな者がよい。乳の組成は出産後日を経るに従って変わるので、産後六週から八週までの者をよしとし、小児の月齢より若い乳がよい。雇い入れたあとの注意として述べているのは、飲食物、待遇などが雇われる前とあまり違うと、乳の分泌、性質に影響するので、なるべく元の習慣通りにさせるように、ということである。また、乳母を雇ったとしても、生母がよく管理することを言い含め、そうでなければ、「母親たる人の、道ではありませぬ」（「子の巻」一三丁オ）と厳しい口調で戒める。

実は本書において、母乳哺育や乳母についてより多くの紙幅があてられているのは、人工哺育についてである。とはいえ、その記述はまず人工哺育がいかに危険なものであるかについてから始まる。人乳（ここでの「人乳」は母親の乳のみならず乳母の乳も含む）で育てるスウェーデン、ノルウェーでの乳児死亡数は一〇〇人中一〇ないし一三人であるのに対し、牛乳やパン粥で育てるドイツのバイエルンおよびヴュルテンベルクでは一〇〇人中八五人であると、欧米での人工哺育による死亡率の高さを示す。このようによくよく危険性を強調したうえで、それでも人工哺育をする必要が生じた場合にはどのようにしたらよいか、という話になる。ここで第一に勧められるのは牛乳である。よく研究されており、入手しやすいというのが理由である。牛乳と人乳の比較、どのような飼料を与えられたウシの乳を選ぶべきか、牛乳の用い方（月齢に応じた薄め方、分量など）、貯蔵法、哺乳器具の清潔を保つことの重要さ、などについて詳細に述べていく（「子の巻」一三丁ウ－二三丁オ）。このほかコンデンスミルクについて、その製法と用い方について紹介し、いわゆる乳の粉については、三か月未満の子には飲ますことを禁じている（「子の巻」二三丁オ－二四丁オ）。人工哺育は最も避けるべき方法と前置きしながら、統計や学会報告等をまじえて、母親向けの本の記述としては詳しすぎるほどの説明である。小児科医の知識が最も発揮される箇所であるため力が入っているようだ。

『は丶のつとめ』において、乳母の選択基準や雇用後の注意などは、江戸時代とそれほど違いはない。授乳すると母親が健康になるので是非授乳を、というのは江戸時代の医家も口を揃えていたことである。しかし、三島はこの励ましを、しないと悪いことが起こるという脅しと対にしている。また、乳母の管理をきちんとしないのは母親として失格である、などと戒めることもする。このような注意は、育児書の対象が母親になったからこそ意味をもつものである。翻訳育児書によって導入された育児の責任者は母親、という考え方は国産育児書によって広められることになる。

四　下田歌子『家政学』と『新撰家政学』

本節では、日本での乳母雇用を含む乳児哺育に対する欧米の影響について、日本における女子教育の先覚者といわれる下田歌子（一八五四〜一九三六）による家政指南書をもとに検討してみたい。下田は、一八八四（明治一七）年、華族女学校の創設に力を貸し、翌一八八五（明治一八）年、同校の創設時には教授となった。そして同校で教育にあたるあいだに、『家政学』（一八九三年＝明治二六年）をはじめ多くの著作を成した。この間、一八九三（明治二六）年には欧米各国に出張の命を受け、その後二年間、主として英王室の皇女教育の事情およびその他欧米各国の女子教育の調査にあたった。(10)

『家政学』は、上流階級の子女に日常的な実務を教えるための教科書として欧米視察直前に出版されたが、帰国後大幅に書き直されて、一九〇〇（明治三三）年、『新撰家政学』［以下『新撰』と略記］として出版された。ここでは、欧米での見聞がこの改版にどのような影響を与えたのか、とくに乳児哺育に関する記述が欧米視察の前後でどのように変化したかをみてみたい。

二つの著作の乳児哺育に関する記述を比べると、まず章立てが大きく異なっていることに気づく。『家政学』では、母親の授乳については「母親の衛生」という、妊娠から出産にいたるまでを記した節の最後に、三頁をあてて述べられている。その後、「小児教養法」という節を立てて、「小児の取扱ひ」「人工養育」「生歯」「衣服」「飲食」「種痘」「小児の疾病」「遊戯」「玩具」「乳母」「傅婢」といった項目について述べている。「人工養育」、「乳母」にあてられている頁数は、それぞれ一頁半、一頁である。母親による授乳と、それ以外の授乳方法すなわち乳母および人工哺育による授乳が別の節に分かれていること、また乳母と人工哺育の項目が離れていることが目を引く。一方、『新撰』では「哺育」という節を立て、母親の授乳について三頁、乳母について一頁、人工哺育について二頁強、規則授乳について半頁強、離乳について半頁をあてている。『家政学』では、哺乳以外の衣服、遊戯、玩具などのことも「小児教養法」に含まれていたが、『新撰』ではそれらは「小児の衣食住」として別の節にまとめられている。乳児哺育に関して記述した頁数自体はそれほど変わらないが、哺育に関する項目をまとめたことによって、格段に整理された印象を与える。

次に乳児哺育に関する内容について比較してみよう。授乳については、どちらの版でも母親の「天賦の義務」（『家政学』下巻二〇四）、「天賦の職」（『新撰』下巻八）と規定し、哺乳を他人に任せると母子の愛情も薄くなり徳義上も悲しむべき結果になると戒めている（『家政学』下巻二〇四、『新撰』下巻九）。しかし、母親に授乳させようとする意図は、明らかに『新撰』のほうが強い。というのも、『新撰』では授乳しないことへの非難が厳しさを増しているからである。たしかに『家政学』でも、自らの労苦を避けるために授乳を他人任せにすることは非難しているものの、「余義無き場合」、たとえば身体虚弱で乳汁が少ない場合、遺伝病の血統である場合、非常に神経質で時々乳汁が止まったり、乳汁の質が悪くなる者、やむをえない公の務めがある者、夫の職務に伴う交際がある場合などは授乳が免除されるとしている（『家政学』下巻二〇四－〇五）。華族学校の子女を対象にした書物らしく、母親自身の体力的な問題のみならず、上流階級につきものの社交がある場合も授乳しないことが認められているのである。しかし『新撰』にはそのような授乳免除項目は一切記載されていない。また、外見の衰えへの心配から授乳を忌避する場合があることを取り上げ、「愚かなる人は、児に乳を哺ましむれば、早く、其が容色の衰ふる者なりなど云へる、俗説に惑はされて、往々愛児をして、他に、一任し、恬として顧みざるが如き輩の、文明を誇れる、彼れ、欧米人類のなかに最も多しと聞くこそ笑止なれ」(『新撰』下巻九)と、厳しく批判している。下田は育児に関する記述について三島の『は丶のつとめ』を参考にしているが、そこでヨーロッパ女性のなかに容貌が衰えることを理由に授乳しない者がいることが、「浅猿き話」(三島「親の巻」一八丁)と非難されていたのを思い出させる。[11]

『新撰』では、厳しい授乳義務を説く一方、授乳が産後の母体の回復に与える効果を具体的に記述することによって、授乳を促すこともしている。「彼の産後の漏液も、自ら哺乳する人は、大抵、三四週間にして止み、為さざる者は、六週間以上八週間に亘ることあり。いと恐るべき事ならずや。況て、其食欲の進み進まざる、血液の循環如何に至るまで、其哺するものと然らざる者とは、甚しき差異あるを常とす」(『新撰』下巻八)と、授乳するしないでは母体の回復の速度が大きく違うと強調し、授乳を促そうとしている。

次に、乳母についての記述を、渡欧前の『家政学』と渡欧後の『新撰』で比較してみよう。乳母についての記述の分量自体は同じで、記述内容も、乳母の選択基準と雇用後の管理についてであることは変わりない。しかし、細かくみると、内容および内容間のバランスが異なっている。乳母の選択基準に関しては、『新撰』では『家政学』には記載されていた乳房の形状や乳そのものについての記述がすべて削除されている。これに連動して、『家政学』では医師に依頼することを勧めていた乳の鑑定についての記述（下巻二二二）が、『新撰』ではなくなっている。このように、『新撰』では乳母の選択基準についての記述の分量は減っているが、逆に乳母を雇った後の生母による乳母管理の記述は多くなっている。自ら授乳しない場合も乳母の管理をしっかりするように、しかしながら、厳しく管理するというより手厚く遇するよう勧めている（『新撰』下巻一二）。三島も、乳母を雇った後、生母がよく管理することを言い含めていたことを思い出させるが、下田の乳母管理の注意は、もう一つ別の文脈でとらえることができる。というのも、『新撰』では、冒頭の「総論」において、主婦の仕事のうち、使用人管理は「最も、心を用ふべき事なり」（上巻八）とされているからである。ここで下田は、イギリスで聞いた「女子は天使なり」（上巻五）という言葉を引用し、主婦が「家事を整へたる功績は、男子が国務の上に顕したる名誉に聊も変ること無し」（上巻五）と主婦による家政管理を国政管理にたとえてその重要性を強調している。[12]滞英中に、家庭管理のなかでもとくに使用人管理が主婦の重要な仕事となっていることを見聞し、そのことが「総論」での記述に影響を与え、ひいては乳母に関してもその管理についての記述が増えたのではないかと考えられる。

人工哺育についての記述の変化にも、欧米視察によって主婦を家庭管理者として認識するようになったことの影響がみられる。基本的な記述内容（理想的なウシについて、牛乳の取り扱い方について、乳児の月齢に応じた牛乳の薄め方についてなど）は『家政学』『新撰』ともほぼ同じだが、『新撰』には人工哺育に対する関心が高くなっていることを示す記述が見受けられるのである。まず、「目下、牛乳は、各所到る所大抵購求せらる、が故に、甚だ便利なり」（下巻一二）と書かれ、『家政学』のときより広く普及していることを示している。牛乳の検査法などについては、三島の『は、のつとめ』を参考にするようにと指示している。人工哺育にあたって医師の助力を仰ぐようにと書いていることは、乳母選択時の医師の関与の必要を削除しているのとは対照的である。さらに、コンデンスミルクについての記述も詳しくなっている。『家政学』はコンデンスミルクには懐疑的で、「人工養育」の節の最後に、「稠厚乳（コンデンスミルク）も、最良のものを撰ぶは、極めてむつかし、これも亦、能く注意せざる可らず」（下巻二二－二三）と一言だけふれられていた。しかし『新撰』になると、国産ブランドの製品を具体的な推奨品として挙げ、その薄め方についても記している（下巻一四）。人工哺育についての記述の増加と許容度が増したことの背景には、もちろん実際に人工哺育が発達したということもあるだろうが、それとともに欧米視察の影響もあったと考えられる。下田が視察に赴いた一八九〇年代半ばという時期は、イギリスでは、乳母雇用はまだ行われてはいたものの一時期に比べれば激減し、それとは逆に人工哺育が安全性を増して広まっていっていた時期である。このような人工哺育の普及を目の当たりにしたため、『新撰』ではその記述に力が入ったのではないだろうか。というのも、『新撰』でしばしば参照される三島の『は、のつとめ』は一八八九年に出版されており、そこではすでに人工哺育についても詳しく説明されていた。したがって、一八九三年出版の『家政学』でも、人工哺育については三島の書を参考にして行うよう示唆できたはずだが、それはしていないからである。一八九三年時点では下田自身にあまり人工哺育への関心がなかったのではないかと考えられる。欧米視察で人工哺育の実際を見たとき、単にその方法を具体的に知ったのみならず、それが母親の責任ある管理を必要とするものとしても感知したのではないだろうか。人工哺育とて母親の授乳に代わるもので、生母の哺乳を推進する立場からはあまり勧めたくないもののはずである。しかし、人工哺育の場合、手順が複雑なこともあって、知識をもった乳母雇用階級の母親の関与が必須となる。『新撰』で人工哺育は主婦の管理的役割を発揮する場としてその価値を認められたと考えられる。

以上、下田歌子の『家政学』と『新撰家政学』をもとに、乳児哺育に関する欧米視察の影響をみてきた。『家政学』と比べると、『新撰』では生母哺乳の義務化が進んでいる。また『新撰』での乳母に関する記述では、乳母の選択より管理に関する記述が増えている。同じく増加した人工哺育についての記述もあわせ、子育てにおける母親の責任が重視されるようになったことが明らかである。

本章では、明治初期の日本に、欧米の乳児哺育に対する考え方がどのような影響を与えたかをみた。江戸時代の医師たちは「自然」を根拠に母親の授乳を推奨し、乳母雇用については注意を促したものの、雇用自体を非難することはなく、したがって授乳しない母親も責められることはなかった。そもそも育児書は母親に向けられたものではなく、乳母雇用も母親の一存で決することができるものではないという了解があったからである。明治時代になり、母親を読者対象とした欧米の育児書が翻訳され、日本人は育児の全責任が母親にあるとする考え方に出会う。とりわけ授乳は母親が責任を果たすための大きな義務とされていること、その職務を果たさない母親に対しては強い非難が加えられることを目の当たりにする。翻訳育児書を受けて書かれた三島の育児書は、江戸時代の育児書とは違って母親を対象とした。子どもの養育を神聖な義務とし、なかでも授乳は重要な責務とする。良い乳を与えるために自己管理して授乳するよう説く。万一乳母を雇用する場合も、その選択や管理は母親の責任とされる。富国強兵の旗印のもと、健康な子どもを育てることに関心が高まるなか、子育ては「はゝのつとめ」と限定されたのである。一方、下田の家政書を渡欧前後で比較することによってわかるのは、下田が日本の母親に対する引き締めの必要を感じて帰国したということである。欧米の遊惰な母親の姿が日本にも流入することに対する危機感が、視察から帰国したあと、より厳しく母乳哺育を勧めていることに表れている。人工哺育についての記述の増加も、乳児哺育への母親の関与を重視する態度の表れとみることができる。明治初期、欧米の育児事情を知ることによって、日本でも子育ての責任が全面的に父親から母親に移っていったのである。

注

＊本章の引用文中の旧字旧かなは適宜新字新かなに改めた。またルビは読みにくい熟字訓以外は省略した。
（1）たとえば、一八三八年四月二五日付『タイムズ』七頁に掲載のEnsor's Paediatrophosという人工哺育用の器具の宣伝に、“wetnurses dispensed with”という文句が付されている。
（2）太田 i。
（3）平尾、大道寺 三一。
（4）横山 六九。
（5）澤田俊三（一八五三～一九〇九）は語学と法律を学び、のちにアメリカのイエール大学で学位を得た弁護士で、医師ではなかった（小川詰行編『米国法律学士澤田俊三君略伝』（学友社、明治二三年、国立国会図書館デジタルライブラリー）。ただし、『育児小言』の表紙には「澤田俊三譯」という訳者名と同じ大きさの文字で「松本順先生閲」とあり、医師の校閲を受けたことが示されている。大井鎌吉（生没年不明）は明治初期の文部省の翻訳出版シリーズ「百科全書」（*Chambers's Information for the People* をもとにした翻訳）の『花園』（明治一一）と『羅馬史』（明治一一）の翻訳を担当している。また、Francis Wayland, *The Elements of Moral Science*（1835）や William Lobscheid, *An English and Chinese Dictionary*（1866）も翻訳した。（前者は『威氏修身学』として明治一一年出版、後者は津田仙、柳澤信大との共訳で、明治一二年『英華和訳字典』として出版）。なお、『母親の教』は、一八八四（明治一七）年、『婦人衛生論　附・育児要訣』と書名を変えて出版し直されている。

（6）たとえば、イギリスでは乳母がアヘン入りの薬を使うことがよくあったので、シャヴァスは乳母雇用時はその点に注意を払うよう書いているが、澤田はこの箇所を、むやみに売薬を用いないように、という母親に対する注意に変えている。

（7）シャヴァスのこの同じ書は、一九〇七（明治四〇）年、西谷龍顕によって訳され『最新育児法』として出版された。西谷は本文に引用した箇所を次のように訳している。「五歳未満で死ぬる小児の数は沢山である。其多数は母親の乳がないのに原因するので、英国では初生児が適当の営養品と当然受べきものを受けられない結果で正物（ほんもの）の「親の児殺し」「罪なき者の逆殺」が絶えず行はれて居る」（六九）。西谷も、日本に合わない部分は削除したと書いているが、この箇所に関しては原文通りの訳になっている。

（8）「三島通良」『大人名事典』。

（9）三島は一九〇三（明治三六）年から翌年にかけて学校衛生研究のため欧米に赴くことになるが、『はゝのつとめ』を著したのは渡欧前だった。この時点でのヨーロッパでの状況についての知識は東京帝国大学でのドイツ人教師たちから得ていたと考えられる。『はゝのつとめ』凡例には、参考にしたドイツの書籍と講義を受けた教員名が記されている。

（10）「下田歌子」『大人名事典』。

（11）育児に関しては、『家政学』、『新撰』ともに、「児科学者」（『家政学』上巻三）、「児科専門の大家」（『新撰』上巻二）の教えを受けたとの記載がある。『新撰』の人工哺育の項目には三島の『は、のつとめ』への言及があることから、「児科専門の大家」は三島のことであると考えてよいだろう。

（12）家庭経営を支配や統治の比喩で語るのは、主婦の仕事に価値をもたせるための常套手段だった。ヴィクトリア時代のイギリスのベストセラー家政書であるビートン夫人の『家政読本』（一八六一）の第一章冒頭では「一家の主婦は、軍隊における指揮官、事業の指導者のようなものである」（七）と書かれている。また、「インド版ビートン夫人の家政読本」といわれたスティールとガードナーの家政書『インド家政大全』（初版一八八八）でも、「インドにおける家庭は、インド帝国同様、威厳と威信なくしては平和に治めることはできない」（第四版一八八、第五版九）と書かれ、女性にとっての家庭経営が男性にとっての帝国支配と同等の仕事と位置づけられている。

あとがき

子どもを産めば自然に授乳できるものと考えていた。ところが出産直後、高年初産の身体から乳はなかなか出ない。授乳できないことで落ち込み、さらに出なくなる。出産した産院は粉ミルクを使わなかった。我が子は同じ時期に出産した若い母親の乳をもらうことになった。驚いた。不安も感じた。しかし子どもは満足していた。そのときはまだ知らなかったが、第一子出産直後のキャサリン・ディケンズの気持ちをいくらか共有していたと思う。

授乳不全の敗北感のなか、小説の端役として登場した乳母という存在にひっかかった。母親が自分で授乳できないわけではなくても乳母を雇ったことがあったらしい。なぜそんなことができたのだろう、ゆるされたのだろう。他人に任せることに躊躇はなかったのだろうか。乳母に自分の子をとられたような気がしなかったのだろうか。病気感染の心配もしたはずだ。初めは母親の方に注意が向いていた。しかし、考えてみれば、乳母は自分の子をどうしたのだろう。どんな気持ちで他人の子にお乳をあげていたのだろう。疑問はどんどんふくらんでいった。乳母と、乳母を雇う母親の両方を、理解しがたく受け入れがたい思いを、どうにかしておさめなだめようとする作業が始まった。

そんななか、本書冒頭に掲げたプレティの絵を、同僚の山口惠里子先生が紹介して下さった。安らぎに満ちた授乳中の母子像、と思いきや、そのタイトルは、*The Wet Nurse*《乳母》。授乳を母性愛の象徴とみることに何の疑問ももっていなかった頭と心に、強力なゆさぶりがかけられた。乳母という存在が一挙に具体性を帯びた。

画面とタイトルの齟齬が強烈な衝撃をもたらしたその絵は、実は正体は曖昧だった。絵が収録された書籍ではマッティア・プレティの作となっていたので調べたが、どうやら違う時代の画家のようだ。山口先生とイタリア在住のお知り合いのお手を煩わせ、画家の名前はクレトフォンテ・プレティであることがわかった。

本書のもととなった博士論文を仕上げたあと、たまたま古本屋のカタログのなかにクレトフォンテ・プレティの展覧会の図録をみつけ入手した。この絵もあった。そこに記された絵のタイトルは*La Lattante*《赤ん坊》。《乳母》ではなかった。《赤ん坊》のタイトルでは、授乳しているのがだれなのかはわからない。もしかしたら、最初に絵を見たときの直感通り、実の母なのかもしれない。タイトルについて確認すべく、所蔵先であるパルマ国立美術館に手紙で問い合わせた。なしのつぶてだった。電子メールでも連絡を試みた。英語だったのがよくなかったのかもしれない。まったく返事はなかった。そのときは諦めてそのままになっていたのだが、今回もう一度、あまり期待はせずに電子メールを出してみた。英語に加え、機械翻訳を頼りに片言のイタリア語の文もつけて。驚いたことに、今度は即座に返事が返ってきた。マリナ・ジェラさんという美術館学芸員の方だ。親切にも、美術館の所蔵品図録の当該ページのＰＤＦファイルまで添付してくださった。そこには図録出版後に判明した情報を手書きで記した付箋もついていた。それによると、この絵は、ディーナ・シルヴァーニ夫人が自分の息子アウグスト・カペリに授乳している場面を描いたものだそうだ。情報の出処は、シルヴァーニ夫人の孫アルドゥイーニ博士で、同美術館学芸員に証言したとのこと。それでは *La Lattante* は実の親子を描いたものだったのか。この絵が乳母と養い子を描いたものとされていたからこそ大きな疑問と推進力を生んだ探求には、そもそも問うべき問題はなかったのか。画家の名前ばかりか、タイトルも違う絵によって導かれていたとは。

しかし、ジェラさんの説明にはまだ続きがあった。彼女によると、この絵は *Il Baliatico* と呼ばれることもあるとのこと。これなら英語で Wet Nursing となり、最初に見たときのタイトルは合っていたことになる。モデルは母子でも、絵としては乳母と養い子として提示したのだ。二転三転した絵の正体は、結局のところ曖昧さを残したものとなった。しかし、最初にたまたま《乳母》のタイトルがついたバージョンに出会ったことによって、充実した考察の時をもつことができた。偶然に感謝したい。

本書は二〇〇八年一二月に筑波大学に提出した博士論文『乳母（ウエットナース）をめぐる言説と表象――一九世紀イギリス社会に関する一考察』をもとにしている。当初から力強く励まし導いてくださった竹谷悦子先生、温かく示唆に富むお言葉で後押ししてくださった江藤秀一先生、この研究の象徴ともいえるプレティの絵を紹介してくださった山口惠里子先生、そして遠方から審査に加わってくださった仙葉豊先生に深く感謝申し上げる。論文提出からあきれるほど長い時間がたってしまったが、先生方のご支援に感謝の念を表したいという気持ちだけが曲がりなりにも本の形にする原動力だった。ただ、何度も読み直すうちに、章立てをはじめとして大幅な変更・修正が生じてしまったことをお断りしておきたい。

現在オンラインでさまざまな資料が入手できるようになったことを思うと隔世の感がある。筑波大学附属図書館のレファレンスデスクに座る代々の司書の方々には資料の調査や取り寄せなどで数え切れないほどお世話になった。一九世紀の『タイムズ』は一橋大学附属図書館のマイクロフィルムを、一九世紀の『ランセット』は千葉大学医学部附属図書館で実物を見せていただいた。それぞれの図書館の職員の方々に感謝申し上げたい。また、本書の研究に関連して、いくつもの発表の場をいただき、数々のご示唆をいただいた。まことにありがたいことである。

本書の刊行については、人文書院編集部の松岡隆浩氏にお世話になった。出版をお願いするだけしてその後なかなか動かない私に、東京出張のたびに時間を作ってお会いくださり促してくださった。貴重なご助言（付章は松岡氏の示唆によって加わったものである）、出版にあたっての専門的アドバイスをたまわったことにあつくお礼申し上げる。

二〇一八年九月

中田元子

初出一覧

本書は、すでに発表した次の論文の内容を含んでいる。

"Wet-Nursing in Dickens's *Dombey and Son*: A Document of Social History," *Gengobunka Ronshu* (*Studies in Languages and Cultures*), No. 52, 2000.

「汚染源から道徳的影響力へ――『ドンビー父子』の乳母」『筑波英学展望』第二一号、二〇〇二年。

「〈砂糖とミルク〉の権威――『嵐が丘』におけるネリーの人工哺育と語り」『筑波英学展望』第二二号、二〇〇三年。

「リスペクタブルな未婚の母――ヴィクトリア時代の乳母(ウエットナース)をめぐる言説」『ヴィクトリア朝文化研究』第一号、二〇〇三年。

「『タイムズ』の求人・求職広告にみる乳母(ウエットナース)雇用の実態」『言語文化論集』第六五号、二〇〇四年。

"The Borrowed Breast: A Representation of Wet Nurses in Victorian England," *Journal of Modern*

Cultures and Public Policies, Vol. 1, 2005.
「三つの『エスター・ウォーターズ』——ジョージ・ムアの改作に関する一考察」『筑波英学展望』第二四号、二〇〇六年。

図22 Flora Annie Steel, *The Garden of Fidelity: Being the Autobiography of Flora Annie Steel 1847-1929* (Gurgaon: Vintage, 1992), facing 232.

図23 William Dickes, *Queen Victoria, Prince Albert and their Children.* c. 1855. Lithograph. 8.4×12.2 cm. Wellcome Collection. Web. 7 Aug. 2018.

図24 Royal Dry Nursing Extraordinary. c. 1841. Lithograph. Wellcome Collection. Web. 7 Aug. 2018.

図25 Mother and Child at Home, c. 1900. Janet Murray (ed.), *Strong-Minded Women and Other Lost Voices from Nineteenth-Century England* (New York: Pantheon, 1982), 185.

付章

図26 「報告」『新聞雑誌』第３号（東京：日新堂，1871），８丁オ．

第二章

表1　『タイムズ』における乳母求職・求人広告件数（著者作成）

図10　『タイムズ』における乳母求職・求人広告件数の変化（著者作成）

表2　『タイムズ』における家事使用人の求職広告件数概数（著者作成）

図11　Romulus and Remus. Pottery, England, Staffordshire, c. 1820. 17.5×16.4 cm. Mary Spaulding and Penny Welch, *Nurturing Yesterday's Child: A Portrayal of the Drake Collection of Paediatric History.* Toronto: Natural Heritage, 1994), 72.

図12　Steedman's Soothing Powdersの広告. Wellcome Collection. Web. 7 Aug. 2018.

第三章

図13　Hablot Knight Browne (Phiz), "Miss Tox introduces the Party." Charles Dickens, *Dombey and Son* (Harmondsworth: Penguin, 1985), 65.

図14　Hablot Knight Browne (Phiz), "Changes at Home." Charles Dickens, *David Copperfield* (Oxford: Clarendon, 1981), facing 94.

第四章

図15　*Times* 4 Mar. 1851: 11.

図16　*Illustrated Police News*, 25 June, 1870. Leonard De Vries *'Orrible Murder: An Anthology of Victorian Crime and Passion, Compiled from* The Illustrated Police News (London: Macdonald, c. 1971), 148.

第五章

図17　F. R. Say, *Portrait of Catherine Gladstone.* Joyce Marlow, *The Oak and the Ivy: An Intimate Biography of William and Catherine Gladstone* (New York: Doubleday, 1977), jacket art.

図18　Hawarden, Flintshire. Roy Jenkins, *Gladstone: A Biography* (New York: Random House, 1997), following 132.

図19　Samuel Laurence, *Portrait of Catherine Dickens.* 1838. Lillian Nayder, *The Other Dickens: A Life of Catherine Hogarth* (Ithaca: Cornell UP, 2011), 99.

図20　Isabella aged about 26. Sarah Freeman, *Isabella and Sam: The Story of Mrs Beeton* (New York: Coward, 1978), following 160.

図21　George Howard, *Katharine Louisa Russell, Viscountess Amberley.* 1864. *Oxford Dictionary of National Biography*, vol. 48, 316.

図表出典

序章

図1　Cletofonte Preti, *The Wet Nurse*. 1865. National Gallery, Parma. Oil on canvas. 166×109 cm. Beatrice Fontanel and Claire d'Harcourt, *Babies* (New York: Abrams, 1997), 107.（なお同書では画家名がMattia Pretiとなっているが，正しくはCletofonte Pretiである．この事実を突き止めるにあたって，筑波大学の山口惠里子先生とイタリア在住のSaverio Simi de Burgis氏にご尽力いただいた．心より感謝申し上げる．）

第一章

図2　James Gillray, *Fashionable Mamma, or the Convenience of Modern Dress*. 1796. Engraving (coloured impression). 31.4×22.1 cm. 伊丹市立美術館編『ジェイムズ・ギルレイ展』（[伊丹]：伊丹市立美術館，1996），45.

図3　William Ward after George Morland, *A Visit to the Child at Nurse*. 1788. Mezzotint engraving. 38.6×47.6 cm. Mary Spaulding and Penny Welch, *Nurturing Yesterday's Child: A Portrayal of the Drake Collection of Paediatric History* (Toronto: Natural Heritage), 51.

図4　Samuel Richardson, *Pamela in Her Exalted Condition* (Cambridge: Cambridge UP, 2012), 635.

図5　Pap-Boat. Silver, marked 1785-1786. Wellcome Collection. Web. 7 Aug. 2018.

図6　Bubby Pot for Infant Feeding, England, 1770-1835. Science Museum, London. Wellcome Collection. Web. 7 Aug. 2018.

図7　Syphonia Feeding Bottle c. 1865. Elisabeth Bennion, *Antique Medical Instruments* (Berkeley: U of California P, 1979), 264.

図8　George Godwin, *Another Blow for Life* (London, 1864). Fig. 26. *Internet Archive*. Web. 7 Aug. 2018.

図9　Infant Fed by Goat. S. H. Sadler, *Infant Feeding by Artificial Means: A Scientific and Practical Treatise on the Dietetics of Infancy* (London, 1895). Frontispiece. *Internet Archive*. Web. 7 Aug. 2018.

判をこめて』白井尭子訳．東京：未來社，1980]

Yalom, Marilyn. *A History of the Breast.* London: Harper, 1997. [マリリン・ヤーロム『乳房論：乳房をめぐる欲望の社会史』平石律子訳．東京：リブロポート，1998]

横山浩司「日本近代・育児書目録」『社会志林』50．2（2003）：63-115.

Young, G. M., ed. *Early Victorian England, 1830-1865.* 1934. Oxford: Oxford UP, 1988.

Eighteenth Century Collections Online. Web. 5 Sept. 2017.
Ventura, Gal. "Breastfeeding, Ideology and Clothing in 19th Century France." Ed. Shoshana-Rose Marzel & Guy Stiebel. *Dress and Ideology: Fashioning Identity from Antiquity to the Present*. London: Bloomsbury Academic, 2014. 211-29.
Victoria (Queen of Great Britain), and Empress Victoria (consort of Frederick III, German Emperor). *Dearest Child: Letters between Queen Victoria and the Princess Royal, 1858-1861*. Ed. Roger Fulford. New York: Holt, 1964.
Vries, Leonard De. *'Orrible Murder: An Anthology of Victorian Crime and Passion, Compiled from* The Illustrated Police News. London: Macdonald, c. 1971. [レナード・ダヴリース編『19世紀絵入り新聞が伝えるヴィクトリア朝珍事件簿：猟奇事件から幽霊譚まで』仁賀克雄訳．東京：原書房，1998]
Waterloo Directory of English Newspapers and Periodicals: 1800-1900. Web. 12 Aug. 2018.
Webster, John. "On the Health of London, during the Six Months Terminating March 30th, 1850." *London Journal of Medicine* 2.18 (1850): 540-52.
———. "On the Health of London during the Six Months Terminating September 28, 1850." *London Journal of Medicine* 2.24 (1850): 1115-33.
———. "On the Health of London during the Six Months Terminating March 29, 1851." *London Journal of Medicine* 3.30 (1851): 522-41.
———. "On the Health of London during the Six Months Terminating September 27, 1851." *London Journal of Medicine* 3.36 (1851): 1057-67.
———. "On the Health of London during 1855." *Lancet* 31 May 1856: 590.
West, Charles. *Lectures on the Diseases of Infancy and Childhood*. 1848. 5th ed. London: Longman, 1865.
"Wet-Nurses from the Fallen." *Lancet* 29 Jan. 1859: 114.
"Wet-Nursing." *British Medical Journal* 23 Mar. 1861: 321.
Wickes, Ian G. "A History of Infant Feeding." *Archives of Disease in Childhood* 28 (1953): 151-58, 232-40, 332-40, 416-22, 495-502.
Wohl, Anthony S. *Endangered Lives: Public Health in Victorian Britain*. London: Dent, 1983.
Wollstonecraft, Mary. *A Vindication of the Rights of Woman* 1792. Ed. Miriam Brody. Penguin Classics. Harmondsworth: Penguin, 1992. [メアリ・ウルストンクラーフト『女性の権利の擁護：政治および道徳問題の批

ed. Oxford: Clarendon, 1962.
Smith, Hugh. *Letters to Married Women.* 1767. 2nd ed. London: Kearsly, 1768.
Spaulding, Mary and Penny Welch. *Nurturing Yesterday's Child: A Portrayal of the Drake Collection of Paediatric History.* Toronto: Natural Heritage, 1994.
St. Aubyn, Giles. *Queen Victoria: A Portrait.* New York: Atheneum, 1992.
Steel, Flora Annie. *The Garden of Fidelity: Being the Autobiography of Flora Annie Steel 1847-1929.* 1929. Gurgaon, India: Vintage, 1992.
Steel, Flora Annie. and Grace Gardiner, *The Complete Indian Housekeeper and Cook: Giving the Duties of Mistress and Servants, the General Management of the House and Practical Recipes for Cooking in All Its Branches.* 1898. 4th ed. Ed. Ralph Crane and Anna Johnston. Oxford: Oxford UP, 2010.
———. *The Complete Indian Housekeeper and Cook: Giving the Duties of Mistress and Servants, the General Management of the House and Practical Recipes for Cooking in All Its Branches.* 5th. ed. London: Heinemann, 1904.
Steele, Richard. "No. 246 Wednesday, December 12, 1711." *The Spectator* 12 Dec. 1711: 454-58.
Stone, Lawrence. *The Family, Sex and Marriage in England 1500-1800.* Abridged ed. New York: Harper, 1979. ［ローレンス・ストーン『家族・性・結婚の社会史：1500年-1800年のイギリス』北本正章訳．東京：勁草書房，1990］
Stone, William Domett. "Infants at Sea." *Lancet* 5 March 1864: 290.
Strong, Roy. *The English Icon: Elizabethan and Jacobean Portraiture.* London: Routledge, 1969.
田畑泰子『乳母の力――歴史を支えた女たち』東京：吉川弘文館，2005.
Terry, H. "Wet-Nursing." *British Medical Journal* 2 Feb. 1861: 129.
The Times. Microfilm ed. 1801-1974.
The Times Digital Archive 1785-1985.
Trumbach, Randolph. *The Rise of the Egalitarian Family: Aristocratic Kinship and Domestic Relations in Eighteenth-Century England.* New York: Academic P, 1978.
Underwood, Michael. *A Treatise on the Diseases of Children, with General Directions for the Management of Infants from the Birth.* London, 1793.

Trans. Andres Sparrman. London, 1776. *Eighteenth Century Collections Online*. Web. 5 Oct. 2014.

Routh, C. H. F. "On the Mortality of Infants in Foundling Institutions, and Generally as Influenced by the Absence of Breast-Milk." *British Medical Journal* 31 Oct. 1857: 913–14; 6 Feb. 1858: 103–05; 13 Feb. 1858: 121–23; 20 Feb. 1858: 145–47.

———. "On the Selection of Wet Nurses from among Fallen Women." *Lancet* 11 June 1859: 580–82.

———. "On Some of the Disadvantages of Employing Fallen Women as Wet-Nurses." *British Medical Journal* 7 Apr. 1860: 273–74; 14 Apr. 1860: 293–94.

———. "Child-Murder and Wet-Nursing." *British Medical Journal* 2 Feb. 1861: 128.

———. *Infant Feeding and Its Influence on Life or the Causes and Prevention of Infant Mortality*. 3rd ed. New York: William Wood, 1879.

Rowntree, Benjamin Seebohm. *Poverty: A Study of Town Life*. 2nd ed. London: Nelson, 1902. [B. S. ラウントリー『貧乏研究』長沼弘毅訳．東京：ダイヤモンド社，1959]

Russell, Bertrand and Patricia Russell, eds. *The Amberley Papers: Bertrand Russell's Family Background*. 1937. 2 vols. London: Allen, 1966.

Ryan, Thomas. *Queen Charlotte's Lying-In Hospital from Its Foundation in 1752 to the Present Time*. London, 1885. *Internet Archive*. Web. 8 Aug. 2018.

Sadler, S. H. *Infant Feeding by Artificial Means: A Scientific and Practical Treatise on the Dietetics of Infancy*. London, 1895. *Internet Archive*. Web. 7 Aug. 2018.

"Sex Board Wanted to Usher in Era of the Woman Jet Pilot." *Times* 22 Sept. 1973: 3.

S. G. O. [S. G. Osborne] "The Wet Nurse System." *Times* 4 Sept. 1852: 5.

Sherwood, Joan. "The Milk Factor: The Ideology of Breast-Feeding and Post-Partum Illnesses, 1750–1850." *Canadian Bulletin of Medical History* 10. 1 (1993): 25–47.

『新聞雑誌』第三号．東京：日新堂，1871.

下田歌子『家政学』増補訂正第２版　上・下　東京：博文館，1893.

———『新撰家政学』1900．復刻家政学叢書４．東京：第一書房，1982.

Singer, Charles, and Ashworth Underwood. *A Short History of Medicine*. 2nd

Oxford Dictionary of National Biography: In Association with the British Academy: From the Earliest Times to the Year 2000. Ed. H. C. G. Matthew and Brian Harrison. 60 vols. Oxford: Oxford UP, 2004.

Oxford English Dictionary. 2nd ed. Oxford: Oxford UP, 1989.

Oxford English Dictionary Online. Oxford: Oxford UP, 2000–.

Perry, Ruth. "Colonizing the Breast: Sexuality and Maternity in Eighteenth-Century England." *Forbidden History: The State, Society, and the Regulation of Sexuality in Modern Europe: Essays from the* Journal of the History of Sexuality. Ed. John C. Fout. Chicago: U of Chicago P, 1992. 107–37.

Platt, Kate. *The Home and Health in India and the Tropical Colonies.* London: Baillière, 1923.

"The Public Health." *Times* 12 Dec. 1840: 5.

"The Public Health." *Times* 1 Sept. 1852: 6.

Regan, Stephen. Notes on the Text and Reception. *Esther Waters.* By George Moore. Oxford: Oxford UP, 2012. vii–xxxi.

"Regulations of Queen Charlotte's Lying-In Hospital." *Lancet* 19 Sept. 1857: 306.

Reid, Alice. "Health Visitors and 'Enlightened Motherhood.'" *Infant Mortality: A Continuing Social Problem.* Ed. Eilidh Garrett, Chris Galley, Nicola Shelton and Robert Woods. Aldershot, Eng: Ashgate, 2006. 191–210.

Reissland, N., and R. Burghart. "The Quality of a Mother's Milk and the Health of Her Child: Beliefs and Practices of the Women of Mithila. *Social Science and Medicine* 27: 5 (1988): 461–69.

Rendall, Jane. *Women in an Industrializing Society: England 1750–1800.* Oxford: Blackwell, 1990.

"Reports of Societies." *British Medical Journal* 7 Apr. 1860: 273–74.

Richardson, Samuel. *Pamela in Her Exalted Condition.* Ed. Albert J. Rivero. Cambridge: Cambridge UP, 2012.

Riordan, Jan and Karen Wambach, eds. *Breastfeeding and Human Lactation.* 4th ed. Sudbury, MA: Jones, c. 2010.

Robbins, Bruce. *The Servant's Hand: English Fiction from Below.* 1986. Duke: Duke UP, 1993.

Rose, Lionel. *The Massacre of the Innocents: Infanticide in Britain 1800–1939.* London: Routledge, 1986.

Rosen von Rosenstein, Nils. *The Diseases of Children, and Their Remedies.*

Martin's, 1978. 44–58.

A Medical Practitioner. *A Domestic Guide to Mothers in India: Containing Particular Instructions on the Management of Themselves and Their Children.* Bombay, 1836. *Internet Archive.* Web. 8 Aug. 2018.

Millward, Robert, and Frances Bell. "Infant Mortality in Victorian Britain: The Mother as Medium." *The Economic History Review* 54 (2001): 699–733.

三島通良『はゝのつとめ』1889. 東京：博文館，1893.

Moore, George. *Literature at Nurse, or Circulating Morals: A Polemic on Victorian Censorship.* 1885. Ed. Pierre Coustillas. Sussex, Eng.: Harvester, 1976.

———. *Confessions of a Young Man.* 1886. London: Werner Laurie, 1904. *Internet Archive.* Web. 20 Oct. 2018..

———. *Esther Waters.* 1894. Ed. David Skilton. Oxford: Oxford UP, 1995. [ジョージ・ムア『エスター・ウォーターズ』北條文緒訳．東京：国書刊行会，1988]

Moore, William James. *A Manual of Family Medicine for India.* London: Churchill, 1874. *Internet Archive.* Web. 8 Aug. 2018.

"The Murder of the Innocents." *Lancet* 3 Apr. 1858: 346.

Murray, Janet. ed. *Strong-Minded Women and Other Lost Voices from Nineteenth-Century England.* New York: Pantheon, 1982.

Nayder, Lillian. *The Other Dickens: A Life of Catherine Hogarth.* Ithaca: Cornell UP, 2011.

Nelson, James. *An Essay on the Government of Children, Under Three General Heads: viz. Health, Manners and Education.* London: Dodsley, 1753.

Nevett, Terence Richard. *The Development of Commercial Advertising in Britain 1800–1914.* Diss. U of London. 1979.

"New Letters of Mary Hogarth and her Sister Catherine." *The Dickensian* 63 (1967): 75–80.

Newsholme, Arthur. "Infantile Mortality: A Statistical Study from the Public Health Standpoint." *Practitioner* 75 (1905): 489–500.

"A Nurse Diseased by a Syphilitic Infant." *Lancet* 16 May 1846: 563–64.

太田素子『江戸の親子——父親が子どもを育てた時代』東京：中央公論社，1994.

[Osborne, S. G.] "The Wet-Nurse System" *Times* 5 Sept. 1852: 5.

Medical Students." *Lancet* 17 Sept. 1831: 800.
Kanner, Barbara. *Women in English Social History, 1800–1914.* New York: Garland, 1990.
Katona, Cornelius L. E. "Puerperal Mental Illness: Comparisons with Non-Puerperal Controls." *British Journal of Psychiatry* 141 (1982): 447–52.
香月牛山「小児必用養育草」1703. 山住正己，中江和恵編注『子育ての書』1（東洋文庫285）. 東京：平凡社，1978. 285–366.
Klassen, Julie. *Lady of Milkweed Manor: A Novel.* Minneapolis: Bethany House, 2007.
桑田立齋「愛育茶譚」1853.『江戸時代女性文庫』57. 東京：大空社，1996. 43–118.
L. C. "The Wet Nurse System." *Times* 6 Sept. 1852: 4.
Lee-St. John, Jeninne. "Outsourcing Breast Milk," *Time* 19 Apr. 2007. Web. 12 Aug. 2018.
Lewis, Sarah. *Woman's Mission.* London: Parker, 1839. *Google Books.* Web. 12 Aug. 2018.
Livingston, Alice. "Tete-a-Tete with Gladstone." *New York Times* 12 May 1895: 29.
Lomax, Elizabeth. "Infantile Syphilis as an Example of Nineteenth Century Belief in the Inheritance of Acquired Characteristics." *Journal of the History of Medicine and Allied Sciences.* 34 (1979): 23–39.
M. A. B. [Mary Anne Baines] "Infant Mortality." *Times* 23 Jan. 1862: 8.
———. "The Nursing Institute." *Medical Times and Gazette* 27 May 1865: 563.
———. "The Evil Effects of Wet-Nursing." *Lancet* 6 July 1867: 30.
Maher, Vanessa, ed. *The Anthropology of Breast-Feeding: Natural Law or Social Construct.* Oxford: Berg, 1992.
Mair, Robert Slater. *A Medical Guide for Anglo-Indians.* Madras, 1871. *Internet Archive.* Web. 8 Aug. 2018.
Marlow, Joyce. *The Oak and the Ivy: An Intimate Biography of William and Catherine Gladstone.* Garden City, NY: Doubleday, 1977.
A Married Man. "Objections to the Admission of Male Students to the British Lying-In Hospital." *Lancet* 24 Dec. 1831: 443.
"Mater." "Wet-Nurses from the Fallen." *Lancet* 19 Feb. 1859: 200–01.
McBride, Theresa. "'As the Twig is Bent': The Victorian Nanny." *The Victorian Family: Structure and Stresses.* Ed. Anthony Wohl. New York: St.

Hellerstein, Erna Olafson, Leslie Parker Hume, and Karen M. Offen, eds. *Victorian Women: A Documentary Account of Women's Lives in Nineteenth-Century England, France, and the United States.* Stanford: Stanford UP, 1981.

Helsinger, Elizabeth K., Robin Lauterbach Sheets, and William Veeder, eds. *The Woman Question: Society and Literature in Britain and America 1837–1883.* Vol. 1 Defining Voices. Chicago: U of Chicago P, 1983.

Henry, Shannon. "Banking on Milk: Options Are Growing for Women Who Can't Breastfeed." *Washington Post* 16 Jan. 2007. Web. 12 Aug. 2018.

Hewitt, Graily. "Wet-Nurses." *British Medical Journal* 2 Feb. 1861: 128–29.

Hill, Bridget. *Eighteenth-Century Women: An Anthology.* London: Unwin Hyman, 1984. London: Routledge, 1993.［ブリジェット・ヒル『女性たちの十八世紀：イギリスの場合』福田良子訳．東京：みすず書房，1990］

平野重誠『病家須知』1832．小曽戸洋監修，中村篤彦監訳．東京：農山漁村文化協会，2006．

平尾真智子・大道寺慶子「看護書としての『病家須知』の意義」『病家須知』研究資料篇．東京：農山漁村文化協会，2006．29–33．

Horn, Pamela. *The Rise and Fall of the Victorian Servant.* 1975. New ed. London: Sutton, 2004.［パメラ・ホーン『ヴィクトリアン・サーヴァント――階下の世界』子安雅博訳．東京：英宝社，2005］

Hughes, Kathryn. *The Short Life and Long Times of Mrs Beeton.* London: Harper, 2006.

Humble, Nicola. Introduction. *Mrs. Beeton's Book of Household Management.* By Isabella Beeton. Oxford: Oxford UP, 2000.

Hutchison, Robert. "An Address on the Artificial Feeding of Infants." *Lancet* 19 Sept. 1903: 803–05.

"Infant Mortality." *Times* 10 Dec. 1872: 4.

"The Influence of Female Employment upon Marriages, Births, and Deaths." *Lancet* 20 Sept. 1890: 627–28.

伊丹市立美術館編『ジェイムズ・ギルレイ展』［伊丹］：伊丹市立美術館，1996.

Jenkins, Roy. *Gladstone: A Biography.* New York: Random House, 1997.

Johnson, Patricia E. *Hidden Hands: Working-Class Women and Victorian Social-Problem Fiction.* Athens: Ohio UP, 2001.

Joseph, Gerhard. "Change and the Changeling in *Dombey and Son.*" *Dickens Studies Annual* 18 (1989): 179–95.

A Junior Student. "Proposal for Opening the London Lying-In Hospital to

Ed. Margaret Llewelyn Davies. New York: Norton, 1978. v–xii.

Graham, Thomas J. *Modern Domestic Medicine: A Popular Treatise, Describing the Symptoms, Causes, Distinction, and Correct Treatment of the Diseases Incident to the Human Frame; Embracing the Modern Improvements in Medicine.* 11th ed. London: Simpkin, 1853.

———. *On the Management and Disorders of Infancy and Childhood: A Treatise, Embracing Management during the Month, and Onwards to Puberty, with the Infallible Laws of Health in Childhood; Also, Special Rules for Mothers, Approved Prescriptions for Children's Complaints, &c.* London: Simpkin, 1853.

Gray, Tony. *A Peculiar Man: A Life of George Moore.* London: Sinclair-Stevenson, 1996.

Great Britain. Parliament. House of Commons. *Irish University Press Series of British Parliamentary Papers: 1861 and 1871, Censuses England and Wales, General Reports, Population 15.* Shannon: Irish UP, 1970.

———. *Report from the Select Committee on Protection of Infant Life; Together with the Proceedings of the Committee, Minutes of Evidence, Appendix and Index.* 1871[372]. Web. 13 Aug. 2018.

Groskop, Viv. "Not Your Mother's Milk." *Guardian* 5 Jan. 2007. Web. 12 Aug. 2018.

Haden, Charles Thomas. *Practical Observations on the Management and Diseases of Children.* 1827. *Internet Archive.* Web. 12 Aug. 2018.

Hamilton, James. "Nursing Mothers." From the "Mount of Olives." *British Mothers' Magazine* March 1849: 52–53.

Harris, Walter. *A Treatise of the Acute Diseases of Infants.* 1742. *Three Treatises on Child Rearing.* Ed. Randolph Trumbach. New York: Garland, 1985.

Hastrup, Kirsten. "A Question of Reason: Breastfeeding Patterns in Seventeenth- and Eighteenth-Century Iceland." *The Anthropology of Breast-Feeding: Natural Law or Social Construct.* Ed. Vanessa Maher. Oxford: Berg, 1992. 91–108.

Haydon, Benjamin Robert. *The Diary of Benjamin Robert Haydon.* Ed. Willard Bissell Pope. Vol. 3. Cambridge, MA: Harvard UP, 1963.

"A Heavy Sentence for Baby Farming." *Lancet* 2 Apr. 1892: 761.

Hedenborg, Susanna. "To Breastfeed Another Woman's Child: Wet-Nursing in Stockholm, 1777–1937." *Continuity and Change.* 16. 3 (2001): 399–422.

Ensel, Remco. *Saints and Servants in Southern Morocco*. Leiden: Brill, 1999.

Farr, William. "On the 'Table of Mortality' for the Metropolis." *Lancet* 25 Jan. 1840: 652–56.

Farrow, Anthony. *George Moore*. Boston: Twayne, 1978.

Faÿ-Sallois, Fanny. *Les Nourrices à Paris au XIXe siècle*. Paris: Payot, 1980.

Fildes, Valerie A. *Breasts, Bottles and Babies: A History of Infant Feeding*. Edinburgh: Edinburgh UP, 1986.

———. *Wet Nursing: A History from Antiquity to the Present*. Oxford: Blackwell, 1988.

Flaubert, Gustave. *Madame Bovary*. Trans. Eleanor Marx-Aveling. London: Dent, 1928.［フローベール『ボヴァリー夫人』生島遼一訳．東京：新潮社，1965］

Forster, John. *The Life of Charles Dickens*. 1872–74. London: Chapman, n.d.［ジョン・フォースター『定本チャールズ・ディケンズの生涯』宮崎孝一監訳．東京：研友社，1985］

Forsyth, David. "The History of Infant Feeding from Elizabethan Times." *Proceedings of the Royal Society of Medicine* 4 (1911): 110–41.

Freeman, Sarah. *Isabella and Sam: The Story of Mrs Beeton*. New York: Coward, 1978.

French, Michael, and Jim Phillips. *Cheated Not Poisoned?: Food Regulation in the United Kingdom, 1875–1938*. Manchester: Manchester UP, 2000.

Fryer, Peter. Introduction. *Prostitution: Considered in Its Moral, Social and Sanitary Aspects*. By William Acton. London: Macgibbon, 1968. 7–19.

Garrett, Eilidh, Chris Galley, Nicola Shelton, and Robert Woods. "Infant Mortality: A Social Problem." *Infant Mortality: A Continuing Social Problem*. Ed. Eilidh Garrett, Chris Galley, Nicola Shelton, and Robert Woods. Aldershot, Eng.: Ashgate, 2006. 3–14.

Gathonrne-Hardy, Jonathan. *The Rise and Fall of the British Nanny*. 1972. London: Weidenfeld, 1993.

Gavin, Hector. "A Report Relative to the Question, 'Is Secondary Syphilis Contagious?'" *Lancet* 18 July 1846: 62–63.

Gladstone, William Ewart. *Gladstone Diaries*. Ed. M. R. D. Foot and H. C. G. Matthew. Vol. 3. Oxford: Clarendon, 1974.

Godwin, George. *Another Blow for Life*. London, 1864. *Internet Archive*. Web. 7 Aug. 2018.

Gordon, Linda. New Introduction. *Maternity: Letters from Working Women*.

"Death from Godfrey's Cordial." *Lancet* 5 Nov. 1892: 1061.
Defoe, Daniel. *The Compleat English Gentleman*. 1728–29. Ed. Karl D. Bulbring. Folcroft, PA: Folcroft Library Editions, 1972.
Dickens, Charles. *Oliver Twist*. 1837–39. Introd. Humphry House. Oxford Illustrated Dickens. London: Oxford UP, 1974.［チャールズ・ディケンズ『オリヴァ・ツウィスト』本多季子訳．東京：岩波書店，1956］
———. *Dombey and Son*. 1846–48. Ed. Peter Fairclough. Penguin Classics. Harmondsworth: Penguin, 1985.［チャールズ・ディケンズ『ドンビー父子』田辺洋子訳．東京：こびあん書房，2000］
———. "The Paradise at Tooting." *Examiner* 20 Jan. 1849: 33–34.
———. *David Copperfield*. 1849–50. Ed. Nina Burgis. Clarendon Edition. Oxford: Clarendon, 1981.［チャールズ・ディケンズ『デェヴィド・カッパフィールド』猪俣礼二訳．東京：角川書店，1971］
———. "Protected Cradles." *Household Words* 2 (1850): 108–12.
———. *Great Expectations*. 1860–61. Ed. Angus Calder. Penguin Classics. Harmondsworth: Penguin, 1985.［チャールズ・ディケンズ『大いなる遺産』山西英一訳．東京：新潮社，1951］
———. *The Letters of Charles Dickens*. Pilgrim Ed. Ed. Madeline House et al. 12 vols. Oxford: Clarendon, 1965–2002.
"Dr. Robert Hutchison: Patent Foods." *Lancet* 5 July 1902: 5.
Ebsworth, Alfred. "Medical Reform." *Lancet* 25 Feb. 1854: 226.
Egan, John C. "Instance of Disease Contracted from a Nursed Child: With a Few Remarks on the Question — 'Is Secondary Syphilis Contagious?'" *Lancet* 22 Aug. 1846: 214–15.
Eisdorfer, Erica. *The Wet Nurse's Tale*. New York: Putman's Sons, 2009.
Ellis, Sarah Stickney. *The Women of England: Their Social Duties, and Domestic Habits*. London: Charles, [c. 1838].
———. *The Daughters of England: Their Position in Society, Character and Responsibilities*. London: Fisher, 1842.
———. *The Wives of England: Their Relative Duties, Domestic Influence, and Social Obligations*. London: Fisher, 1843.
———. *The Mothers of England: Their Influence and Responsibility*. London: Fisher, 1843.
An Eminent Physician. *Nurse's Guide: Or, the Right Method of Bringing up Young Children*. London, 1729. Rpt. as *Three Treatises on Child Rearing*. Ed. Randolph Trumbach. New York: Garland, 1985.

Clinton, Elizabeth. *The Countess of Lincolnes Nurserie*. 1622. Norwood, N. J.: Johnson, 1975.

Colles, Abraham. *Selections from the Works of Abraham Colles, Consisting Chiefly of His Practical Observations on the Venereal Diseases, and on the Use of Mercury*. 1837. Ed. Robert McDonnell. London: New Sydenham Soc., 1881.

Collier, G. F. "Death from Administering 'Godfrey's Cordial'." *Lancet* 10 June 1837: 409.

Combe, Andrew. *The Management of Infancy, Physiological and Moral Intended Chiefly for the Use of Parents*. 1840. 10th ed. Rev. and Ed. James Clark. Edinburgh: Maclachlan, 1870.

"Commentaries on Some of the Most Important Diseases of Children." *Medico-Chirurgical Journal and Review* Feb. 1816: 160-68.

Cooper, George L. "Remarks on Constitutional Syphilis." *Lancet* 14 Oct. 1848: 421-22; 14 Apr. 1849: 398-99.

Corbyn, Frederick. *Management and Diseases of Infants under the Influence of the Climate of India*. Calcutta, 1828. *Internet Archive*. Web. 8 Aug. 2018.

Crane, Ralph, and Anna Johnston. Introduction. *The Complete Indian Housekeeper and Cook*. By Flora Annie Steel and Grace Gardiner. Oxford: Oxford UP, 2010.

Cunnington, C. Willett. *English Women's Clothing in the Nineteenth Century*. 1937. Rpt. as *English Women's Clothing in the Nineteenth Century: A Comprehensive Guide with 1,117 Illustrations*. New York: Dover, 1990.

Curgenven, John Brendon. *The Waste of Infant Life*. London: Faithful, 1867.

———. "On Baby-Farming and the Registration of Nurses." London, 1869. *Internet Archive*. Web. 8 Aug. 2018.

『大人名事典』東京：平凡社，1955.

Davies, Margaret Llewelyn, ed. *Maternity: Letters from Working Women*. 1915. New York: Norton, 1978.

Davin, Anna. "Imperialism and Motherhood." *History Workshop Journal* 5.1 (1978): 9-66.

Davis, J. Hall. "Child-Murder and Wet-Nursing." *British Medical Journal* 16 Feb. 1861: 183.

Deane, Phyllis, and W. A. Cole. *British Economic Growth 1688-1959: Trends and Structure*. Cambridge: Cambridge UP, 1962.

J. Dunn. 3rd ed. New York: Norton, 1990. ［エミリ・ブロンテ『嵐が丘』阿部知二訳. 東京：岩波書店, 1999］

Buchan, William. *Domestic Medicine: Or, a Treatise on the Prevention and Cure of Diseases by Regimen and Simple Medicines*. 1769. 2nd ed. 1772. New York: Garland, 1985.

Bull, Thomas. *Hints to Mothers for the Management of Health during the Period of Pregnancy and in the Lying-In Room: With an Exposure of Popular Errors in Connection with Those Subjects and Hints upon Nursing*. 1837. 24th ed. London: Longmans, 1875. ［トーマス・ブール『母親の教』大井鎌吉訳. ［東京］：丸善, 1880］

———. *The Maternal Management of Children in Health and Disease*. 1840. 13th ed. London: Longmans, 1875.

Cadogan, William. *An Essay upon Nursing, and the Management of Children, from Their Birth to Three Years of Age*. 1748. 4th ed. 1750. Rpt. as *Three Treatises on Child Rearing*. Ed. Randolph Trumbach. New York: Garland, 1985.

Caldwell, Janis Mclarren. *Literature and Medicine in Nineteenth-Century Britain: From Mary Shelley to Goerge Eliot*. Cambridge: Cambridge UP, 2004.

Cautley, Edmund. *The Natural and Artificial Methods of Feeding Infants and Young Children*. London: Churchill, 1897.

Chavasse, Pye Henry. *Advice to a Mother on the Management of Her Children and on the Treatment of the Moment of Some of Their More Pressing Illnesses and Accidents*. 1839. 12th ed. London: Churchill, 1875. ［パイ・ヘンリー・チャアス『育児小言（初篇）』澤田俊三訳. 気海楼, 1876. 国立国会図書館デジタルコレクション. Web. 27 July 2016；パイ・チャヴァッス『最新育児法』西谷竜顕訳. 東京：実業之日本社, 1907］

———. *Advice to a Wife on the Management of Her Own Health; And on the Treatment of Some of the Complaints Incidental to Pregnancy, Labour, and Suckling with an Introductory Chapter Especially Addressed to a Young Wife*. 1839. 11th. ed. London: Churchill, 1875.

———. *Counsel to a Mother on the Care and Rearing of her Children; Being the Companion Volume of "Advice to a Mother of the Management of Her Children."* 1871. 3rd. ed. London: Churchill, 1874.

"Child-Murder: Its Relations to Wet-Nursing." *British Medical Journal* 19 Jan. 1861: 68.

New York: Doran, 1920.
Atkins, P. J. "White Poison? The Social Consequences of Milk Consumption, 1850–1930." *Social History of Medicine* 5. 2 (1992): 207–27.
"Baby-Farming." *Times* 3 Apr. 1869: 12.
"The Baby-Farming Case." *Times* 29 June 1870: 11.
Baines, Mary Anne. [M. A. B.] *The Practice of Hiring Wet Nurses (Especially Those from the "Fallen") Considered, As It Affects Public Health and Public Morals: A Paper Contributed to the Public Health Department of the National Association for the Promotion of Social Science, at the Bradford Meeting, October, 1859.* London: Churchill, 1859. *Internet Archive.* Web. 8 Aug. 2018.
"Baron Liebig's Soup for Children." *Lancet* 7 Jan. 1865: 17.
Baumslag, Naomi, and Dia L. Michels. *Milk, Money, and Madness: The Culture and Politics of Breastfeeding.* Westport, CT: Bergin, 1995. [『母乳育児の文化と真実』橋本武夫監訳．大阪：メディカ出版，1999]
Bear, Leo. "Wet Nurses: The Latest A-List Accessory!" *Marie Claire.* Australian Version. Aug. 2007: 62–66.
Beeton, Isabella. *Mrs. Beeton's Book of Household Management.* 1861. Oxford: Oxford UP, 2000.
Bennion, Elisabeth. *Antique Medical Instruments.* Berkeley: U of California P, 1979.
Black, George. *The Young Wife's Advice Book: A Guide for Mothers on Health and Self-Management.* London: Ward, [1880?].
Bourke, Joanna. "Housewifery in Working-Class England 1860–1914." *Women's Work: The English Experience 1650–1914.* Ed. Pamela Sharpe. London: Arnold, 1998. 332–58.
Bracken, Henry. *The Midwife's Companion: Or, a Treatise of Midwifery: Wherein the Whole Art Is Explained. Together with an Account of the Means to Be Used for Conception and during Pregnancy; The Causes of Barrenness Accounted for, and Some Remedies Proposed for the Cure. Also Several Remarkable Cases, Which Fell under the Author's Care, Proper to Be Considered by Both Sexes. To Which Is Subjoined, the True and Only Safe Method of Managing All the Different Kinds of the Small-Pox, and the Distempers Incident to New-Born Children.* London, 1737. *Eighteenth Century Collections Online.* Web. 5 Oct. 2014.
Brontë, Emily. *Wuthering Heights.* 1847. Ed. William M. Sale, Jr. and Richard

参考文献

凡例

（1）文献は，著者または編者の姓のアルファベット順に並べ，同一著者による文献は文献の発表年代順に並べた．著者名，編者名が不明の場合は文献名で始めた．

（2）外国語文献に邦訳がある場合は，原書の情報のあとの括弧内に邦訳の情報を示した（複数の翻訳があるものについては参照した翻訳のみを挙げた）．なお，外国語文献の引用にあたっては，既訳を参考にさせていただいたものもあるが，訳語についての責任は著者にある．

Acton, William. "Questions of the Contagion of Secondary Syphilis–Can a Nurse Become Affected with Syphilis from Suckling a Child Labouring under Secondary Symptoms? Instance Bearing on the Question." *Lancet* 1 Aug. 1846: 127–28.

———. "Unmarried Wet-Nurses." *Lancet* 12 Feb. 1859: 175–76.

———. "Child-Murder and Wet-Nursing." *British Medical Journal* 16 Feb. 1861: 183–84.

Altorki, Soraya. "Milk-Kinship in Arab Society: An Unexpected Problem in the Ethnography of Marraige." *Ethnology: An International Journal of Cultural and Social Anthropology* 14 (1980): 233–44.

Analytical Sanitary Commission. "Records of the Results of Microscopical and Chemical Analyses of the Solids and Fluids Consumed by All Classes of the Public: Milk and Its Adulterations." *Lancet* 4 Oct. 1851: 322–25.

Appleyard, Diana. "The Return of the Wet-Nurse." *Daily Mail* 7 Sept. 2007. Web. 12 Aug. 2018.

Armstrong, George. *An Essay on the Diseases Most Fatal to Infants. To Which Are Added Rules to Be Observed in the Nursing of Children; With a Particular View to Those Who Are Brought Up by Hand.* London, 1767. *Eighteenth Century Collections Online.* Web. 5 Oct. 2014.

"The Army in the Crimea." *Times* 29 Jan. 1856: 7.

Asquith, Margot. *Margot Asquith: An Autobiography.* Two Volumes in One.

『乳児哺育』*Infant Feeding*（1879） 37, 38, 49, 70
ラウントリー，ベンジャミン・シーボーム Benjamin Seebohm Rowntree（1871-1954） 204, 212
ラッセル，キャサリン，アンバリー子爵夫人 Katharine Louisa Russell, Viscountess Amberley（1842-74） 16, 95, 167, 173, 182-189
ラッセル，ジョン，アンバリー子爵 John Russell, Viscount Amberley（1842-76） 16, 95, 173, 182-189
ラッセル，バートランド Bertrand Russell（1872-1970） 16, 95, 183
『アンバリー・ペイパーズ』*The Amberley Papers*（1937） 183
リービッヒ，ユストゥス・フォン→フォン・リービッヒ，ユストゥス
リコール，フィリップ Philippe Ricord（1800-89） 86
リチャードソン，サミュエル Samuel Richardson（1689-1761） 25, 47
『パミラ、あるいは淑徳の報い』*Pamela; or, Virtue Rewarded*（1740, 1741） 25, 47, 221
ルイス，セアラ Sarah Lewis（生没年不明） 27
『女性の使命』*Woman's Mission*（1839） 27
ロコック，チャールズ Charles Locock（1799-1875） 169-171, 173, 209

ベントリー，リチャード Richard Bentley（1794-1871） 175
『ベントリーズ・ミセラニー』*Bentley's Miscellany*（1836-68） 175
ホール，マーシャル Marshall Hall（1790-1857） 42
ホジスン，ジョウゼフ Joseph Hodgson（1788-1869） 170, 171, 173, 209

マ行

マーティノー，ハリエット Harriet Martineau（1802-76） 74, 75, 77
マルタン，ルイ＝エメ Louis-Aimé Martin（1786-1847） 27, 47
『家庭における母親の教育について』*Sur l'éducation des mères de famille*（1834） 27
三島通良（1866-1925） 226, 241-246, 248-251, 253, 254
『はゝのつとめ』（1889） 241-246, 248, 250, 253, 254
ムア，ウィリアム・ジェイムズ William James Moore（1828-96） 211, 212
ムア，ジョージ George Moore（1852-1933） 15, 136, 143, 144, 161, 165, 216
『乳母の文学、または貸本屋のモラル』*Literature at Nurse, or Circulating Morals*（1885） 161
『エスター・ウォーターズ』*Esther Waters*（1894） 15, 136, 143-165
メア，ロバート・スレイター Robert Slater Mair（1826-1920） 212
モーランド，ジョージ George Morland（1763-1804） 22, 49
《乳母の家に子どもを訪ねる》*A Visit to the Child at Nurse*（1788） 22

ラ行

ラウス，C・H・F　C. H. F. Routh（1822-1909） 37, 38, 49, 61, 70, 82, 83, 85, 97
「捨て子養育院における乳児死亡率、および広く母乳不足の影響について」"On the Mortality of Infants in Foundling Institutions, and Generally as Influenced by the Absence of Breast-Milk"（1858） 82

ビートン，イザベラ Isabella Beeton（1836-65） 16, 69, 70, 167, 177-182, 197, 210, 254
『ビートン夫人の家政読本』*Mrs. Beeton's Book of Household Management*（1861） 68, 69, 177-182, 254
平野重誠（1790-1867） 227, 229-231, 233, 234
『病家須知』（1832） 227, 229-231
フォン・リービッヒ，ユストゥス Justus von Liebig（1803-73） 39, 49
ブラック，ジョージ George Black（生没年不明） 29, 31, 47
『若妻のための助言の書』*The Young Wife's Advice Book*（1880） 29, 31, 47
ブラッケン，ヘンリー Henry Bracken（1697-1764） 60
『産婆の手引き』*The Midwife's Companion*（1737） 60
プラット，ケイト Kate Platt（1876-1940） 212
ブル，トマス Thomas Bull（?-1859） 29, 30, 36, 47, 48, 59-61, 68, 70, 101, 106, 110, 112, 113, 132, 140, 159, 171, 235, 238-241, 243
『母の心得』（『母親の教』）*Hints to Mothers*（1837） 48, 61, 68, 70, 101, 106, 110, 113, 140, 171, 235, 238-241, 253
『母親のための小児養育法』*The Maternal Management of Children*（1840） 29, 47, 59, 132
プレティ，クレトフォンテ Cletofonte Preti（1842-80） 8
《乳母》*The Wet Nurse*（1865） 8
ブロンテ，エミリ Emily Brontë（1818-48） 41, 117
『嵐が丘』*Wuthering Heights*（1847） 41, 117, 123
ブロンテ，パトリック Patrick Brontë（1777-1861） 31, 48
ヘイドン，チャールズ・トマス Charles Thomas Haden（1786-1824） 92
『小児の養育と病気についての実用的な所見』*Practical Observations on the Management and Diseases of Children*（1827） 92
ヘイドン，ベンジャミン・ロバート Benjamin Robert Haydon（1786-1846） 73
ベインズ，メアリ・アン Mary Anne Baines［M. A. B.］（生没年不明） 62, 93, 94, 96

『奇妙な紳士』*The Strange Gentleman*（1836） 210
『あれで奥様かしら』*Is She His Wife?*（1837） 210
『オリヴァー・トゥイスト』*Oliver Twist*（1837-39） 163, 175
『ドンビー父子』*Dombey and Son*（1846-48） 15, 35, 43, 99-128, 135, 144, 145, 159, 215
『デイヴィッド・コパーフィールド』*David Copperfield*（1849-50） 103
『大いなる遺産』*Great Expectations*（1860-61） 48, 51
デフォー，ダニエル Daniel Defoe（1660?-1731） 59
『英国紳士大全』*The Compleat English Gentleman*（1728-29） 59
デュバ＝ポンサン，エドゥアール Édouard Debat-Ponsan（1847-1913） 46
《舞踏会の前に》*Avant le bal*（1886） 46
デンマン，トマス Thomas Denman（1733-1815） 75, 76

ナ行

ニュースホーム，アーサー Arthur Newsholme（1857-1943） 213
ニューマン，ジョージ George Newman（1870-1948） 213
『乳幼児死亡率――社会問題』*Infant Mortality: A Social Problem*（1906） 213
ネルソン，ジェイムズ James Nelson（1710-94） 23

ハ行

ハーディ，トマス Thomas Hardy（1840-1928） 144, 202
『ダーバヴィル家のテス』*Tess of the d'Urbervilles*（1891） 144, 202
ハーリー，J・P J. P. Harley（1790-1858） 174
ハッチスン，ロバート Robert Hutchison（1871-1960） 39, 45
バハン，ウィリアム William Buchan（1729-1805） 22
ハミルトン，ジェイムズ James Hamilton（1814-67） 32, 48
『オリーヴ山』*The Mount of Olives*（1846） 48
ハラ，ジョン・パイク John Pyke Hullah（1812-84） 174
ハリス，ウォルター Walter Harris（1647-1732） 21, 46

サ行

シェイクスピア，ウィリアム William Shakespeare（1564-1616） 17
『ロミオとジュリエット』*Romeo and Juliet*（1595） 17
下田歌子（1854-1936） 226, 246-253
『家政学』（1893） 246-252, 254
『新撰家政学』（1900） 246-252, 254
シャヴァス，パイ・ヘンリー Pye Henry Chavasse（1810-79） 29, 30, 37, 47, 48, 60, 85, 86, 91, 131, 132, 235-237, 240, 253
『妻の手引き』*Advice to a Wife*（1839） 29, 30, 47, 60, 235
『母の手引き』（『育児小言』）*Advice to a Mother*（1839） 29, 37, 47, 48, 86, 91, 132, 235-237
『母への助言』*Counsel to a Mother*（1871） 131
スティール，フローラ・アニー Flora Annie Steel（1847-1929） 16, 167, 189-197, 254
『インド家政大全』*The Complete Indian Housekeeper and Cook*（1889） 189, 191-197, 254
『忠誠の庭』*The Garden of Fidelity*（1929） 189-191
スティール，リチャード Richard Steele（1672-1729） 13, 21, 22, 59
スミス，ヒュー Hugh Smith（1735/6-1789） 22, 24, 35
『既婚婦人への手紙』*Letters to Married Women*（1767） 22
スミス，W・タイラー W. Tyler Smith（1815-73） 94

タ行

デイヴィス，マーガレット・ルエリン Margaret Llewelyn Davies（1861-1944） 203
『母性——労働者階級女性からの手紙』*Maternity: Letters from Working-Women*（1915） 202-209, 213
ディケンズ，キャサリン Catherine Dickens（1815-79） 16, 167, 174-177, 180, 189, 201, 209, 210, 220
ディケンズ，チャールズ Charles Dickens（1812-70） 15, 35, 43, 48, 99, 102, 114, 126, 127, 144, 159, 165, 174-177, 209, 210, 215
『村のコケット』*The Village Coquettes*（1836） 210

ギッシング，ジョージ George Gissing（1857-1903） 162
『女王即位五〇年祭の年に』*In the Year of Jubilee*（1894） 162
ギャヴィン，ヘクター Hector Gavin（1815-55） 65
ギルレイ，ジェイムズ James Gillray（1756-1815） 19, 20, 46
《当世風のママ――あるいは流行のドレスの便利さ》*The Fashionable Mama, or the Convenience of Modern Dress*（1796） 19, 20
クイラー＝クーチ，アーサー Arthur Quiller-Couch（1863-1944） 143
クーム，アンドルー Andrew Combe（1797-1847） 29, 35, 36, 47, 48, 58, 64, 68, 105, 106, 107, 109, 110, 113, 131, 132, 179, 199, 201
『乳児養育』*The Management of Infancy*（1840） 29, 47, 48, 58, 64
グラッドストン，ウィリアム・ユーアート William Ewart Gladstone（1809-98） 16, 40, 74, 144, 162, 168-174, 183, 185
グラッドストン，キャサリン Catherine Gladstone（1812-1900） 16, 167-174
クリントン，エリザベス，リンカン伯爵夫人 Elizabeth Clinton, Countess of Lincoln（1574?-1630?） 23, 188
グレアム，T・J T. J. Graham（1795?-1876） 31, 48, 58
『現代家庭医学』*Modern Domestic Medicine*（1826） 31, 48
『乳幼児の養育と疾患について』*On the Management and Disorders of Infancy and Childhood*（1853） 58
グレイ，ヘンリエッタ Lady Henrietta Grey（1737-1827） 41
桑田立齋（1811-68） 227, 231-234
『愛育茶譚』（1853） 227, 231
コートリー，エドマンド Edmund Cautley（1864-1944） 45, 59, 63, 67, 69, 70, 131
『乳幼児の自然哺育および人工哺育』*The Natural and Artificial Methods of Feeding Infants and Young Children*（1897） 59
コービン，フレデリック Frederick Corbyn（1791-1853） 211
コーレス，エイブラハム Abraham Colles（1773-1843） 65, 66, 67, 94

1837-1901)　16, 167, 197-201, 209
ウェスト，チャールズ Charles West（1816-98）　29, 37, 47, 156
『小児病講義』*Lectures on the Diseases of Infancy and Childhood*（1848）　29, 47
ウェブスター，ジョン John Webster（1795-1876）　76-78, 83
ウルストンクラフト，メアリ Mary Wollstonecraft（1759-97）　25, 47
『女性の権利の擁護』*A Vindication of the Rights of Woman*（1792）　25
エッジワース，マライア Maria Edgeworth（1767-1849）　119
『倦怠』*Ennui*（1809）　119
エリス，セアラ・スティックニー Sarah Stickney Ellis（1799-1872）　27, 28, 30, 33, 47, 182, 197, 207
『英国の女性たち』*The Women of England*（1839）　28
『英国の娘たち』*The Daughters of England*（1842）　47
『英国の妻たち』*The Wives of England*（1843）　47, 197
『英国の母親たち』*The Mothers of England*（1843）　27
オズボーン，シドニー・ゴドルフィン Sydney Godolphin Osborne [S. G. O.]（1808-89）　41, 50, 79-82, 85

カ行

カーゲンヴェン，ジョン・ブレンダン John Brendon Curgenven（1831-1903）　148, 149, 164
ガードナー，グレース Grace Gardiner（生没年不明）　189, 192-194, 197, 254
香月牛山（1656-1740）　227, 228, 231, 229, 233
『小児必用養育草』（1703）　227, 228
カドガン，ウィリアム William Cadogan（1711-97）　26, 42, 47, 106, 109, 110
『誕生から三歳までの子の養育についての考察』*An Essay upon Nursing, and the Management of Children, from Their Birth to Three Years of Age*（1748）　26, 42
ギウモ，ジャック Jacques Guillemeau（1550-1613）　118, 128

人名索引

＊著作名・作品名は著者名・作者名に併記し、同一著者・作者による複数の著作・作品の配列は発表年順とした。著作名・作品名には略記したものもある。

ア行

アームストロング，ジョージ George Armstrong（1720-89） 36, 44, 50, 51
アクトン，ウィリアム William Acton（1812?-1875） 61, 66, 67, 84-93, 145, 158, 162
『性病診療全書』*A Complete Practical Treatise on Venereal Diseases*（1841） 86
『公衆衛生との関連における売春』*Prostitution in Relation to Public Health*（1851） 86
『売春――道徳的、社会的および衛生的観点からの考察』*Prostitution: Considered in Its Moral, Social and Sanitary Aspects*（1857） 86
アスキス，ハーバート・ヘンリー Herbert Henry Asquith（1852-1928；首相在職 1908-16） 62
アスキス，マーゴット Margot Asquith（1864-1945） 62
アダムズ，サミュエルとセアラ Samuel and Sarah Adams（生没年不明） 178
『使用人大全』*The Complete Servant*（1825） 178
アンダーウッド，マイケル Michael Underwood（1737-1820） 41, 50, 76
『小児病学』*A Treatise on the Diseases of Children*（1789） 41
ヴィクトリア（ヴィッキー）Victoria, Princess Royal; German Empress consort; Queen consort of Prussia（1840-1901） 198
ヴィクトリア女王 Victoria, Queen of Great Britain（1819-1901；在位

著者紹介

中田元子（なかだ　もとこ）

現在、筑波大学人文社会系教授。博士（文学）。専門は19世紀イギリス小説・文化。共著に、『英語圏文学』（人文書院）、『ギャスケルで読むヴィクトリア朝前半の社会と文化』（渓水社）、『ロンドン：アートとテクノロジー』（竹林舎）、『帝国と文化』（春風社）、『ディケンズとギッシング』（大阪教育図書）などがある。

JIMBUN SHOIN　Printed in Japan
ISBN978-4-409-14067-3 C3098

乳母の文化史
——一九世紀イギリス社会に関する一考察

二〇一九年　一月二〇日　初版第一刷印刷
二〇一九年　一月三〇日　初版第一刷発行

著　者　中田元子
発行者　渡辺博史
発行所　人文書院
〒六一二-八四四七
京都市伏見区竹田西内畑町九
電話　〇七五(六〇三)一三四四
振替　〇一〇〇〇-八-一一〇三

印刷　創栄図書印刷株式会社
装丁　上野かおる